« Io appartengo a questi boschi, mentre loro credono che
questi boschi appartengano a loro.
La differenza è tutta qui. »

« Moi, j'appartiens à ces forêts, et eux,
ils considèrent que la forêt leur appartient.
Toute la différence est là. »

La Main de Dieu

Valerio Varesi

La Main de Dieu

Traduit de l'italien par
Florence Rigollet

Agullo

Ouvrage publié sous le titre original de :
LA MANO DI DIO

Published by Mondadori Libri for the imprint Frassinelli

www.agullo-editions.com

Conception graphique : Cyril Favory
Image de couverture : Apennins d'Italie centrale. Cenz07/Shutterstock

Je remercie Andrea Benati pour ses conseils
et nos promenades dans les bois.

CHAPITRE 1

Sur la table, il y avait un paquet, et sous le ruban, une carte de visite qui indiquait : *Pour le commissaire Soneri.* Aucune signature, pas un mot de salutation. On avait dû le déposer tôt le matin, car lorsque Juvara était arrivé au bureau, le paquet était déjà là.

— Si j'étais vous, je ne l'ouvrirais pas, ajouta-t-il. On ne vous a pas transmis la circulaire du questeur au sujet des colis et du courrier ?

Soneri haussa les épaules et joignit le planton :

— Tu sais qui a déposé un paquet pour moi, ce matin ?

Mais le planton non plus n'était pas au courant.

— *Dottore*, reprit Juvara, d'après moi, quelqu'un a prétexté un truc pour venir le déposer ici. Si j'étais vous, je ne l'ouvrirais pas, insista-t-il encore. Personne ne vous a dit pour le collègue, en Toscane ? Il a eu le visage brûlé.

Le commissaire haussa de nouveau les épaules, détacha la carte de visite et soupesa le paquet.

— Je me fous des circulaires du questeur, affirma-t-il en arrachant le papier.

D'instinct, Juvara se recroquevilla derrière l'écran de son ordinateur, mais rien ne se passa. Soneri en tira un petit assortiment de pâtisseries surmonté de deux *scarpette*, deux biscuits en forme de chaussure. C'est alors que le commissaire se souvint que l'on était le 13 janvier, le jour où l'on fêtait le protecteur de Parme.

— On a peur de nos souvenirs, dit-il dans un sourire amer.

Et devant l'expression quelque peu interdite de l'inspecteur, qui ne saisissait pas, il expliqua :

— Aujourd'hui, c'est la Saint-Hilaire, la fête de notre saint patron. Un voyageur parti de Poitiers. En voyant ses souliers troués, un cordonnier d'ici les lui a ressemelés : tu comprends pourquoi les biscuits ont cette forme ?

Juvara s'étonna tout en hochant la tête.

— De toute façon, ajouta le commissaire, ce n'est pas ton genre de saint, il faisait trop de sport.

L'autre marmonna quelques mots tandis que Soneri rêvait déjà devant les deux biscuits glacés parsemés d'éclats de sucre jaune et bleu aux couleurs de la ville. Sa mémoire divagua jusqu'à ce qu'elle se transforme en images oniriques, puis une mauvaise pensée assaillit son esprit : à son âge, il s'était déjà englouti la moitié des *scarpette* auxquelles il avait droit.

Sous l'œil perplexe de Juvara, le commissaire se saisit de son portable comme s'il voulait demander de l'aide. L'inspecteur l'entendit murmurer d'une voix de somnambule et devina qu'il s'adressait à sa compagne.

— Mais qu'est-ce que tu racontes ? s'esclaffa cette dernière.

— Je t'assure, répéta Soneri, j'ai mangé la moitié des *scarpette* auxquelles j'ai droit : c'est une question de statistique.

Le pire fut qu'Angela resta sans voix.

— Pas seulement les *scarpette*, poursuivit-il, les *anolini*, les *tortelli*, les tripes…

— Visiblement, de tout ce que tu regrettes, il n'y a que la bouffe qui compte, constata-t-elle.

— Les *scarpette*, on n'en mange qu'une fois l'an, pas tous les jours. C'est limité, répliqua-t-il.

— Comme pour tout…

— Ce n'est pas vrai. Je pourrais décider de t'embrasser toute une journée et te donner plus de baisers qu'en une année.

— Quelques heures te suffiraient… le moqua Angela.

— Je veux simplement dire que l'irréparable est entré dans nos vies.

Elle eut un petit rire nerveux, et Soneri se reconnut dans son malaise.

— Tu as de ces conversations…

Angela essaya de changer de sujet, mais échoua lamentablement.

— Bon Dieu, réattaqua Soneri, pourquoi chaque fois qu'on passe du temps ensemble, on y pense avec regret ? Pourquoi on a cette impression d'être volé à chaque jour qui passe ?

Le commissaire parlait à jet continu, et Juvara, qui continuait de l'écouter en silence, un peu gêné, songea soudain aux assassins repentis, aux malheureux dont il avait rédigé les aveux sur des procès-verbaux.

— Tu sais très bien pourquoi, s'agaça Angela tout en reprenant son sérieux, et tu sais qu'il n'y a pas de solution. La seule issue, c'est de ne pas trop y donner d'importance, de se croire invulnérable et d'avancer sans trop se poser de questions. Ou tu crois que tu es un dieu, ou tu crois en Dieu, conclut-elle. Barguigne tout ce que tu veux, tu n'y échapperas pas.

À la manière dont le commissaire raccrocha, Juvara sut que la journée serait mauvaise.

— Bon, ben, heureusement, il ne s'est rien passé, dit-il pour essayer de dédramatiser en visant le paquet.

Soneri lui jeta un regard noir.

— J'aurais préféré qu'il explose, ça aurait fait moins de dégâts, siffla-t-il en sortant.

Il arpenta les quais qui longeaient le torrent. C'était une journée anormalement ensoleillée pour un mois de janvier. Le vent marin de Ligurie avait franchi les Apennins et surgi dans la plaine avec la violence d'une armée d'occupation, et maintenant qu'il avait chassé le brouillard, la neige fondait à toute allure en grossissant le torrent, aussi trouble et gonflé qu'une veine jugulaire. Cette brusque douceur du climat, la neige fondante et ce vent capricieux qui énerve depuis toujours les gens de la *bassa* lui inspiraient un sentiment confus de crépuscule qui prolongeait funestement son déballage de tout à l'heure. À mesure qu'il marchait, il se sentait gagné par une insupportable odeur de morgue. Dans ces cas-là, Angela affirmait que c'était à cause de son métier. Qu'il voyait trop de cadavres. Elle n'avait pas tout à fait tort. De jour en jour, il supportait de plus en plus mal l'incertitude de l'existence.

Il traversa un océan de bouillasse grise ainsi que des plaques de verglas qui résistaient, à l'ombre de la Pilotta, puis rejoignit le ponte Verdi. Parme n'était plus qu'un granité géant dans lequel la foule fluctuait d'un pas mal assuré en s'agrippant aux rampes ou aux parapets pour ne pas tomber. Il parcourut le viale Mariotti, parallèle au courant qui dévalait juste en dessous en frôlant les maisons de l'Oltretorrente à pic sur l'autre rive. Son portable sonna peu avant le ponte di Mezzo.

— Commissaire, on a trouvé un cadavre sur la grève ! annonça Juvara.

— Quelle grève ? demanda Soneri qui s'attendait à un endroit en dehors de la ville.

— La grève du Parma, précisa l'inspecteur.

— De *la* Parma, Juvara ! Les torrents sont au féminin, ici ! Où ça ? À quel endroit ?

— À côté du ponte di Mezzo.

Soneri regarda en bas et vit deux policiers recouvrir un corps d'une toile blanche.

Un rire faillit lui échapper : il ne comprenait pas si le destin avait placé sur son chemin un exorcisme ou bien un simple avertissement. Quoi qu'il en soit, de gros ennuis. Les agents en avaient maintenant terminé et se tenaient debout à côté du cadavre tels deux veilleurs grotesques sous les yeux des passants penchés au-dessus du pont pour observer la scène.

Le soleil qui avait suspendu la grisaille de l'hiver, le bruit de la circulation de la mi-journée, ce vent insupportable soufflant en de brusques rafales plongèrent le commissaire dans un tourbillon de nervosité. Il repéra l'escalier qu'avaient pris les agents pour descendre au bord du torrent, mais une fois devant les marches, il s'aperçut qu'il serait obligé d'escalader le parapet. Il hésita un court instant, gêné de devoir s'exhiber en une gymnastique maladroite. Il atterrit dans la gadoue, parmi les herbes et les arbustes léchés par le courant.

Le cadavre avait la tête coincée dans un enchevêtrement de branchages, le visage vers le bas, et une pose obstinée de fléchette enfoncée. L'humus l'avait teinté d'une couleur uniforme de grosse motte. Soneri s'approcha et s'accroupit sur ses talons tandis que le bout de ses chaussures s'enlisait dans la terre trempée. On distinguait une partie du visage atrocement exsangue à l'endroit de la rive boueuse où le courant l'avait bercé. Soneri se pencha pour l'observer de plus près, et le spectacle obscène d'un œil bigleux rempli de terre lui apparut.

Horrifié, il se releva d'un coup. Il ne s'était jamais habitué aux cadavres. Il ne s'y habituerait jamais.

— Quand est-ce qu'on vous a appelés ? se renseigna-t-il dans un filet de voix.

— Il y a une heure, répondit l'un des agents, le chef de bord. D'après moi, il est là depuis un bon moment, personne ne l'a remarqué.

— Qui vous a prévenus ?

— Un appel anonyme, expliqua le policier. Ce matin, quand le niveau de l'eau a baissé, le corps a dû s'échouer. Mais je pense qu'il a flotté longtemps.

Le commissaire regarda tout autour de lui, puis leva les yeux vers le pont où des têtes s'alignaient comme des pastèques sur un étal. Ce cadavre s'exhibait de manière scandaleuse sans la moindre pudeur dans un quartier du centre, et sous le pont le plus ancien de Parme. Un événement si éclatant qu'il donnait l'air de mettre en garde. À peine au-dessus de l'avenue : le marché de la Ghiaia, les rues passantes, les fenêtres de l'Oltretorrente, la Pilotta, résidence des ducs, le palais communal et le *duomo*. Un mort comme un coup de feu en plein cœur de la ville.

— Oui, confirma le commissaire, il a sûrement flotté longtemps. Il doit venir de loin.

Il ne comprenait pas d'où lui venait cette conclusion, mais sentait qu'il était dans le vrai. Il regarda au sud, où le vent soufflait, et distingua au loin les premiers monts des Apennins. Les collines argileuses s'avachissaient déjà, tout donnait l'air de se dissoudre en une gigantesque colique.

Au même moment, le médecin légiste arriva, vêtu d'un grand manteau qui s'agitait au vent comme une lance à incendie. Soneri prit son portable et composa le numéro de Nanetti.

— J'ai du boulot pour toi, annonça-t-il.

— Jamais tu ne m'appelles pour autre chose ?

— J'en avais l'intention, mais je suis tombé sur un mort.

— Et sur quoi d'autre tu veux tomber ?

— En fait, c'est lui qui m'est tombé dessus.

— Si tu te prends un poteau, tu dis que c'est de sa faute, le railla Nanetti.

— On dirait une mise en garde, insista Soneri. On a déjà vu ça, un mort transporté par la crue qui s'échoue sous le ponte di Mezzo ?

— Quoi ?

— Tu as bien entendu : la Parma t'a pondu un cadavre sous le nez, tu n'as plus que cent mètres à faire avec tes poudres et tes pinceaux.

— T'es sérieux ? reprit Nanetti, incrédule.

— Viens, tu verras. La moitié de la ville est sur le pont et des centaines de téléphones sont en train de le photographier. On n'attend plus que toi pour le film.

De l'eau glaciale entra dans ses chaussures et le piqua comme une aiguille tandis qu'une rafale de vent arrachait plusieurs feuilles des mains du médecin légiste en les dispersant sur la grève, suivies par les agents. Leur course maladroite, les feuilles qui les narguaient dès qu'ils tentaient de les attraper, un képi qui vola au milieu du branle-bas et plusieurs glissades dans la boue rendirent le tout comique et irréel. Soneri se sentait de plus en plus nerveux. Les pieds dans la gadoue juste en dessous du pont, ils ressemblaient à des pantins devant une foule venue assister au spectacle. Et puis cette incessante, obscène exhibition de téléphones qui les photographiaient, les filmaient…

Nanetti remporta péniblement l'épreuve de l'escalier et s'avança difficilement en sautillant d'un pied sur l'autre pour s'approcher de Soneri.

— T'as encore réussi à me faire passer pour un con, grinça-t-il en fixant d'un œil rancuneux l'escalier et le parapet.

— Tu vas devenir célèbre, le rassura le commissaire, regarde : cadré par des centaines de réalisateurs.

— Va te faire foutre ! grogna son collègue.

— Sans déconner ! Avec cette entrée en scène digne d'une diva, tu vas rester dans les annales de milliers de mémoires numériques ! Imagine le nombre de vidéos en circulation… Des milliers de gens t'auront dans leur album.

— Des milliers de gens avec un abruti empêtré sur un parapet, maugréa Nanetti.

— Ce ne sera pas pire qu'à la télé : abruti mais célèbre, voilà ce que les gens veulent. Tu ne devrais pas refuser la popularité, insista Soneri.

— Écoute, ce n'est pas bien de t'acharner… lui reprocha son collègue.

— Je ne m'acharne pas, poursuivit sérieusement le commissaire, je te fais juste remarquer que la discrétion n'est plus à la mode. Ce qui compte, c'est d'être populaire. Un délinquant célèbre vaut davantage qu'un bienfaiteur anonyme. Il est plus rentable, on peut le vendre…

— Allez ! Me casse pas les couilles, ce n'est pas le

moment, le coupa Nanetti. On nous observe... ajouta-t-il en ricanant.

Les caméras de télévision venaient d'arriver. Les agents les avaient autorisées à passer, et maintenant leur œil de verre fouillait dans tous les coins. La mort filmée de près et servie dans tous les foyers au moment du dîner.

Avec le vent, le médecin légiste était de plus en plus débraillé, une vieille frusque tourbillonnante.

— Pour moi, c'est sûr à 80 %, dit ce dernier. La mort est due à un traumatisme crânien.

— Vous avez une idée de ce qui a pu se passer ? le questionna le commissaire.

L'autre écarta les bras.

— Tant que l'autopsie n'est pas conclue, je préfère ne pas m'avancer. On peut tout imaginer : une chute ou un suicide du haut d'un pont quand l'eau est basse...

Soneri fronça les sourcils, sceptique.

— D'après vous, il est mort depuis combien de temps ?

— Depuis au moins dix heures, répondit le médecin.

Ce dernier prit congé au moment où une bourrasque s'engouffra dans son manteau en le faisant voler dans toutes les directions. Peu après, Nanetti et ses hommes s'éloignèrent du cadavre que l'on enleva et enferma dans un cercueil en acier. Le spectacle était terminé, les portables s'éteignirent, et les spectateurs décampèrent, chargés de leurs captures d'images. Nanetti put ainsi réenjamber le parapet sans que personne ne l'immortalise.

— Tous ces efforts m'ont donné faim, annonça-t-il.

— Allons nous mettre à l'abri, proposa Soneri, je n'en peux plus de ce vent.

Il dut soutenir son collègue qui glissait sur la neige boueuse. Le sifflement constant du vent résonnait dans la ville, parfois interrompu par des bruits sourds de portes qui claquent. Le soleil inondait les rues avec une cruauté soudaine, et les vitrages renvoyaient par moments des lueurs aveuglantes.

— On dirait que l'hiver a fini avant l'heure, sans crier gare, commenta Nanetti.

Ils étaient arrivés devant le *Milord*, leur cantine favorite, et hésitèrent un bref instant avant d'entrer, encore surpris par cette bizarrerie climatique.

— Allez, viens, je t'invite, ordonna Soneri, impatient d'échapper au soleil et au vent.

CHAPITRE 2

— Qu'est-ce que tu en penses ? attaqua le commissaire, que cette funeste matinée avait rendu nerveux.

— Ne me dis pas qu'à ton âge tu t'angoisses encore pour un homicide ! sourit Nanetti.

— Tu vois ? Tu me donnes déjà un bout de réponse : tu viens de dire « homicide »...

— Ce serait quoi d'autre, d'après toi ?

— Un suicide, par exemple. Quelqu'un se jette d'un pont, sa tête heurte une saillie...

— Arrête... Si c'était un cheval, tu miserais combien ? demanda son collègue.

— Pas plus que pour un outsider, admit le commissaire. Mais quelquefois, ils arrivent les premiers.

Nanetti l'invita à laisser tomber d'un geste de la main.

— On avait combien de chances pour que ce mort finisse sous le ponte di Mezzo ? insista Soneri.

— Honnêtement, pas beaucoup. Une chance sur un million ? Mais là, on est face à autre chose. Quand on retrouve un type à l'eau avec le crâne brisé, neuf fois sur dix il ne se l'est pas brisé tout seul. Et les suicidés laissent des traces. Ils veulent qu'on sache leur nom. Leur identité est un acte d'accusation.

— Oui, je sais. Les flics m'ont dit qu'il n'avait rien sur lui. Cela dit, ils n'ont fouillé que les poches.

— Rien à signaler. Que dalle.

— Aucun indice ?

— Tu as vu son état ? En plus d'avoir passé du temps dans l'eau, il a stagné au moins deux heures dans la boue tiède. Enseveli sous des kilos de terre, répondit Nanetti.

— En bref, *nada*, résuma le commissaire.

— *Nada*, répéta son collègue. J'ai demandé qu'on m'envoie ses fringues pour les analyser. Peut-être que je trouverai quelque chose…

Alceste, le patron, arriva sur ces entrefaites et énuméra son menu que les deux connaissaient par cœur. Chaque fois ils l'écoutaient comme une comptine.

— J'ai des *anolini*, trois sortes de *tortelli*…

Ils l'écoutèrent comme s'il s'était agi d'un quintette de musique de chambre, et quand Alceste eut terminé, ils se sentirent heureux, car, au moins, au *Milord*, tout restait comme avant.

— Sa petite rengaine prépare nos estomacs, se réjouit Nanetti quand Alceste s'éloigna.

— Mais nous, on va devoir se préparer à un bon gros bordel, maugréa Soneri.

— On peut savoir ce que tu as ? s'impatienta son collègue. Tu as l'air possédé.

— Tu ne comprends pas ce que ça veut dire, ce cadavre, sous le ponte di Mezzo ? s'énerva le commissaire. On va encore nous rebattre les oreilles avec la sécurité, nous dire que les forces de l'ordre ne sont pas suffisantes… Demain, la presse va matraquer, et tous les politiques vont se tirer la bourre pour caresser les indignés dans le sens du poil. Et pour finir, c'est à moi qu'on cassera les reins.

— Ce n'est pas non plus le premier mort qu'on trouve en ville, non ? dédramatisa son collègue.

— On vit dans une société de communication, ce qui compte, ce n'est pas qu'un fait soit important ou négligeable, mais la manière dont il a lieu. Tout est spectacle, tu n'as pas vu les téléphones ? Le mort s'est donné en spectacle. Aujourd'hui, on appelle ça un événement. Ce qui vient de se passer, c'est un événement. La presse et la télé vont s'y vautrer pendant des jours, et les spéculateurs politiques, se l'arracher. Les mecs en place vont s'égosiller en répétant que ça peut arriver partout, qu'il n'y a aucun problème de sécurité, et les autres, que la ville est un vrai coupe-gorge. C'est comme ça que ça marche, acheva Soneri.

— Je sais, soupira Nanetti. C'est ça le pire.

— Tu paries que je reçois un appel de Capuozzo dans l'heure qui vient ? On parie le déjeuner ?

— Même pas en rêve ! Tu veux me la faire à l'envers ? Tu ne m'as pas dit que tu m'invitais ? Arrête de me gruger !

Le commissaire regarda sa montre.

— À l'heure qu'il est, il doit manger ses *tortelli* à la crème dans sa pizzeria préférée, soutint Soneri avec le mépris du gourmet. Le temps de digérer et de somnoler un peu, dès qu'il rentrera au bureau… Le compte à rebours a commencé…

— On peut manger tranquille ? s'énerva Nanetti en entendant sonner le téléphone de son collègue. Je dis ça, je dis rien, bougonna-t-il ensuite en voyant Soneri répondre.

C'était Angela.

— C'est quoi, le bordel ? attaqua-t-elle d'entrée de jeu.

— Un mort dans la Parma… s'agaça mollement Soneri.

— Au moins trois de mes clients m'en ont parlé... On ne parle que de ça... On sait qui c'est ?

— Non, pour l'instant, on ne sait rien. Les journalistes pourront écrire que la police tâtonne...

— Ça va te faire du bien, cette nouvelle affaire : quand tu dois résoudre un bordel, tu penses moins aux malheurs du monde, reprit-elle. Tu es un peu bizarre, non ? Plus on te casse les couilles, et moins tu es désespéré. C'est Capuozzo, ton bienfaiteur.

— Fous-toi de ma gueule...

— Je ne me fous pas de ta gueule, le contredit Angela. Si tu n'as pas l'esprit occupé, tu finis dans une bouche d'égout.

— OK ! se vexa Soneri. Mon grand-père a connu la faim et ne se posait jamais de problèmes existentiels. En attendant, maintenant que j'ai sous les yeux un plat fumant de *tortelli* aux blettes... je n'ai pas de mauvaises pensées.

— Je vois que tu es devenu frivole, le tacla-t-elle. Si tu ne comptes plus combien il t'en reste à manger, c'est signe que tu vas mieux.

— Je fais semblant et je profite du présent. Je suis tes conseils, riposta le commissaire.

— Bravo ! Tu vas peut-être enfin apprendre à vivre ?

Leur conversation terminée, Soneri s'attarda sur la dernière phrase d'Angela. Apprendre à vivre incluait également l'idée de son contraire : la mort. Ou bien était-ce la mort qui faisait partie de la vie ? Il n'avait toujours pas résolu cette question.

— Tu t'es habitué à la mort ? demanda-t-il à Nanetti dans la foulée.

— Pour être sincère, non, avoua son collègue en remuant la tête. Je m'identifie toujours aux morts que je découvre. Ensuite, bien sûr, le métier prend le dessus...

— C'est ça le problème. Perso, j'en ai ma claque de voir des morts.

— On fait un métier de merde.

Ils fixèrent tous les deux leurs *tortelli* d'un air pensif, puis s'échangèrent un signe dans un petit sourire amer avant de se mettre à manger.

— Ah ! Ça va mieux ! s'exclama Nanetti en se laissant aller. De la bouffe et du sexe : voilà ce qu'il nous faut. Enfin, du sexe... soupira-t-il en ricanant. C'était Angela ? voulut-il savoir quelques instants plus tard.

— Tu parles de sexe, et tu me sors Angela. Dis...

— Mais non, arrête ! se défendit son collègue. C'est parce que vous parliez du mort.

— Eh oui. Elle m'a confirmé que la ville n'a que ça à la bouche. Y compris ses clients, rapporta Soneri.

— On va bien finir par trouver un truc, le rassura Nanetti. On finit toujours par trouver quelque chose. Sur les fringues, par exemple. Une trace, une étiquette... Je vais tout passer au crible comme une épouse jalouse. Tu sais que si je m'y mets...

Soneri sourit tandis qu'Alceste débarrassait la table et attaquait la deuxième partie de sa comptine :

— À suivre : tripes, poitrine de veau farcie, assiette de charcuterie...

Sans bouder leur plaisir, ils se résignèrent une fois de plus à écouter la liste. L'hôte aurait pu s'arrêter n'importe où et inviter d'un geste l'un ou l'autre à poursuivre, à l'instar des institutrices qui vérifiaient si les enfants suivaient sur leur manuel scolaire. Après avoir fini d'énoncer son menu, Alceste passa aux suppléments, mais à l'annonce de la « surprise du jour », le portable de Soneri se remit à sonner.

— La voilà, la surprise ! grommela-t-il à la vue du numéro.

— *Dottore*, annonça Juvara, des collègues en patrouille nous ont appelés. Ils ont trouvé une camionnette suspecte sur la grève, expliqua-t-il confusément par-dessus un brouhaha de voix excitées.

— Laquelle ? s'impatienta le commissaire.

— La grève de la Parma, *dottore*. Mais loin d'ici, et plus au sud, à Pastorello. Vous voyez où c'est ?

Le commissaire l'interrompit avant que l'autre ne lui indique la route :

— Évidemment. Mais quel rapport ?

— *Dottore*, la carrosserie s'est pris cinq balles : cinq coups de fusil à gros calibre.

— Les collègues t'ont dit que c'était en lien avec le mort ?

— Non, mais... vous savez comment c'est... Deux plus deux... Les carabiniers ont prévenu le magistrat, il veut que la PJ soit sur place.

— Juvara, c'est quoi tout ce bordel ? demanda Soneri en faisant allusion aux voix qu'il entendait à l'arrière-plan.

— C'est le chaos, ici, tout le monde est surexcité ! Ils dansent tous la tarentelle !

— À cause du mort ?

— Oui. Capuozzo est dans son bureau avec le substitut, ils ne sont même pas allés manger. Ils se sont fait livrer des paninis, l'informa l'inspecteur.

Encore une preuve que l'affaire commençait mal : Capuozzo avait renoncé à sa pizzeria.

— Qu'est-ce que je dois faire, *dottore* ? s'enquit Juvara de plus en plus tyrannisé par le vacarme.

— Rien, répondit le commissaire perdu dans ses pensées. Tu sais précisément où se trouve la camionnette ?

— Dans la zone de la station d'épuration. Fiat Ducato blanc, immatriculé...

— Laisse tomber la plaque, le coupa Soneri. Ça ne doit pas courir les rues.

— *Dottore*, vous allez y aller ?

— Bien obligé ! Avec cette psychose...

— C'est clair... Si Capuozzo me demande des comptes, je lui dis que vous êtes déjà là-bas ?

— Évidemment. De toute façon, il ne sait même pas où c'est.

Il se sentit brusquement angoissé, entraîné malgré lui, dépassé par les faits. Il avait pris du retard, il devait leur courir après.

— Il faut qu'on y aille, fit-il savoir à son collègue. Notre plat, on se le mangera la prochaine fois.

— Ah non ! Je te répète que je ne vais pas me faire avoir ! Je suis ton invité, se fâcha Nanetti.

— Je suis sérieux, ils ont trouvé une camionnette sur la grève, à Pastorello, criblée de balles. Ils pensent qu'il y a un lien avec le mort.

— Merde ! lâcha l'autre. On n'a même plus le temps de bouffer !

— C'est encore pire que ce que tu crois, maugréa le commissaire, à partir de maintenant, ils vont tout rapporter au mort du ponte di Mezzo.

— Les politiques ont dû se bouger, en déduisit Nanetti. De toute façon, moi, j'arriverai quand j'arriverai ! Faut que je passe au bureau pour prendre mon matériel.

— Visiblement, c'est le gros bordel. Juvara dit que tout le monde l'a très mal pris et que ça part dans tous les sens. Je préfère garder mes distances, le prévint Soneri.

Ils quittèrent un Alceste mortifié : pour lui, s'en aller au milieu du repas équivalait à une insulte.

— Si ça peut te consoler, le réconforta Nanetti, dis-toi qu'on part la faim au ventre.

Tandis qu'il conduisait tout droit vers Pastorello, Soneri pensa qu'Angela avait raison : il fallait plonger dans le quotidien et se laisser porter par le courant des événements. Sous peine de se laisser griser par les doutes et les idées noires.

Désormais concentré sur ce qu'il pourrait découvrir, il éprouva soudain une tension rassurante. Et quand il emprunta la route blanche qui menait au torrent, ce fut comme un retour à la normalité.

Les agents de la PJ l'attendaient en compagnie d'une petite foule de curieux. Le vent, dans ce fond de vallée, soufflait plus fort qu'en ville et gémissait entre les branches dépouillées des saules. Le Ducato était embourbé côté route, le nez tourné vers le courant, à l'endroit où la boue laissait place aux galets. Avec son flanc criblé de balles et dans sa position instable, tout penché de travers, il ressemblait à une bête abattue avant d'atteindre le torrent. Comme dans un jeu d'énigmes, Soneri traça une ligne idéale entre chacun des cinq impacts, mais n'en tira qu'un grand point d'interrogation.

— Il est ici depuis longtemps ? demanda le commissaire à un agent.

— Ils ont dû l'abandonner après 22 heures, parce qu'un ouvrier communal est passé juste avant et n'a rien vu, rapporta l'autre.

— Vous avez contrôlé la plaque ?

— En règle, commissaire. Le véhicule appartient à un certain Tonino Coruzzi, résidant à Tizzano Val Parma.

— Plus haut qu'ici… marmonna Soneri.

Et devant l'expression interrogative de l'agent, il fit un signe pour dire que cela n'avait pas d'importance.

— Vous avez trouvé des choses utiles à l'intérieur ? questionna-t-il ensuite.

— On a trouvé des cartes dans la boîte à gants : Milan, Bologne, Vérone… Certaines avec des repères, répondit l'agent.

— Des repères ?

— Oui, des petits cercles, à certains endroits, comme quand on note où on doit aller.

— Quelqu'un qui voyage, alors…

— Oui, apparemment.

— Autre chose ?

— Non, commissaire. À part la crasse, rien d'autre.

Soneri téléphona immédiatement à Nanetti.

— Tu arrives ?

— Putain, vous avez quoi, tous ? explosa le collègue tandis qu'on entendait le bruit de son moteur. La Questure est en état de guerre, le légiste me harcèle pour l'autopsie, toi qui me téléphones…

— C'est l'opinion publique qui nous met la pression… ironisa le commissaire.

— Qu'elle aille chier, l'opinion publique. Je suis un scientifique, moi, je ne cours pas derrière les délinquants, souligna Nanetti, volontairement pompeux.

— OK, trancha Soneri, dès que tu seras arrivé, jette un œil à la camionnette avant que le vent ne l'emporte.

— Tu ne m'attends pas ? s'étonna Nanetti.

— Je dois aller à Tizzano pour interroger le propriétaire de ce vieux clou.

— Tu es parti du ponte di Mezzo et tu remontes le torrent, constata Nanetti. D'ici ce soir, tu vas être au sommet.

— Tu sais qu'il faut toujours remonter en amont pour résoudre les affaires, répliqua le commissaire, mais une rafale de vent s'engouffra dans son téléphone et son collègue n'entendit pas sa phrase.

Soneri tenta d'allumer un cigare, mais l'air poussait de tous côtés. Il retourna sur la route et se glissa, tout étourdi, dans sa voiture. Il s'arrangea les cheveux et soupira dans la quiétude de l'habitacle. Il démarra sans s'attarder. Il dépassa plusieurs villages qui lui rappelèrent des souvenirs de promenades dominicales, puis, en montant, vit apparaître de grosses congères au pied des haies et des maisons qui se trouvaient à l'ombre. La neige qui résistait à l'assaut du changement lui donnait toujours le cafard. Tout comme ces villages détrempés, les rigoles qui courent sur les places, les avant-toits dégoulinants et les flaques troubles d'eau boueuse qui éclaboussent à chaque passage. C'était ainsi que se présentait Tizzano, avec ses derniers skieurs fuyant le mont Caio, poursuivis par le sirocco dans ce paysage délabré.

Il se mit à la recherche de Tonino Coruzzi en demandant après lui. Il le trouva finalement au bout d'une route en pente, si raide qu'on eût cru qu'elle plongeait à l'intérieur d'un bois de charmes. Une vieille dame, qui devait être son épouse, s'avança dans la cour en voyant le commissaire et cria : « Tonino ! »

Un vieux fit son apparition, petit, bossu, et les bras tellement longs qu'il faisait penser à un singe.

— Je suis le commissaire Soneri.

L'autre le fixa, intimidé, et allongea une main aussi dure que de la pierre. Puis il l'invita à entrer.

À cet instant, une fenêtre claqua et l'épouse, à qui ils avaient emboîté le pas, jura contre le vent.

— En peu de temps, il a fondu un demi-mètre de neige, dit Coruzzi, et l'eau fait des désastres. Vous avez vu tout ce qu'on a comme mouvements de terrain ?

Soneri fit non de la tête.

— Tout part à vau-l'eau, poursuivit l'homme, on n'entretient plus rien, et la saison devient folle.

— Je suis venu pour la camionnette, l'interrompit le commissaire.

— La camionnette ?

— Oui, confirma Soneri.

— Qu'est-ce qui s'est passé ? murmura Coruzzi en regardant autour de lui d'un air inquiet à la recherche de sa femme.

— On l'a trouvée criblée de balles à Pastorello.

— De balles ?

— Des coups de fusil. Du gros calibre qui sert au sanglier.

Coruzzi resta muet et regarda dans le vide.

— Comment l'expliquez-vous ? demanda le commissaire.

L'autre secoua la tête.

— Je ne me l'explique pas, murmura-t-il.

— Vous vous en serviez pour travailler ?

Coruzzi s'agita nerveusement sur sa chaise.

— Je ne m'en sers plus depuis longtemps, répondit-il peu après.

— Et qui s'en sert ?

— Mon neveu. Je lui ai donnée, parce que moi, maintenant…

— Vous n'en avez plus besoin ?

— J'ai quatre-vingts ans… Je suis parfois confus… Qu'est-ce que vous voulez…

— Quel métier fait votre neveu ?

— Menuisier. C'est-à-dire : il essaye de lancer son activité. Et moi, souvent, je lui donne un coup de main. J'ai plus d'expérience.

— Pourquoi ? Il n'est pas assez consciencieux ?

Le vieux fit ondoyer sa main et ses doigts recourbés pour dire que ça ne marchait pas fort.

— Vous savez comment sont les jeunes d'aujourd'hui… Ils ont beaucoup de choses dans la tête. Ils veulent travailler, bien sûr, mais ils veulent aussi s'amuser, jouer de la musique, faire la noce. Moi et mon épouse, précisa-t-il en haussant légèrement le ton, on n'est jamais partis en vacances. À part des pèlerinages avec monsieur le curé dans des sanctuaires.

— Et votre neveu…

Le vieux leva le bras d'un coup pour dire qu'il voyageait trop.

— Il ne reste pas en place. Tous les week-ends, il va jouer, et même en milieu de semaine : si vous avez une activité, comment voulez-vous vous en sortir ?

— Jouer ?

— Oui ! De la guitare, de la batterie… Qu'est-ce que vous voulez que j'en sache ! J'y comprends rien à ces choses-là.

— Et pour finir, quand il n'est pas chez lui, les clients viennent nous voir, intervint son épouse qui jusque-là avait écouté en silence. Comme ça, çui-là, dit-elle en montrant son mari, il se tape tout le boulot.

Coruzzi fit un geste de capitulation.

— Ça me fait mal au cœur, expliqua-t-il. Sinon, tous ces clients sont des clients perdus. De mon temps, il fallait aller les chercher, cogner à leur porte... Et puis, fallait bien les traiter, accourir dès qu'ils appelaient...

— Votre neveu vit seul ? questionna Soneri.

— Mais non, il a une femme et des enfants. C'est qu'il faut se débrouiller avec deux petits, c'est pas facile. Si je peux aider, je le fais surtout pour eux, se justifia Coruzzi. Une chance que sa femme se donne du mal : elle élève des poules et pis, elle a un potager avec tout ce qu'il faut.

Il ajouta ensuite :

— Ils ont la folie de la nature, leurs chats et leurs chiens, c'est comme leurs gosses.

— Ça, je l'ai jamais compris, s'immisça de nouveau l'épouse d'un air sévère.

— Depuis quand vous n'avez pas vu votre camionnette ? questionna encore Soneri.

— Ça fait deux ans que j'ai arrêté de m'en servir, se renfrogna le vieux. La dernière fois que je l'ai vue, c'était il y a un mois, quand mon neveu est venu me refiler un travail parce qu'il ne s'en sortait pas.

— Comment s'appelle votre neveu ?

— Breviglieri. Giancarlo Breviglieri, répondit promptement Coruzzi. Il a fait quelque chose ? s'alarma-t-il.

— Je ne sais pas, dit le commissaire, sibyllin. Où pourrais-je le trouver ?

Cette fois-ci, Coruzzi mit quelques secondes avant de répondre et se montra préoccupé.

— Il vit là-haut, à Monteripa. Il a choisi de s'installer là-bas, dit-il avec une expression de désapprobation.

— Vous lui avez déconseillé ? insista Soneri.

— Qu'est-ce que vous voulez… fit le vieux d'un air sceptique. Quand on grandit en ville et qu'on veut se réfugier dans les hauteurs… On ne réfléchit pas toujours au chemin qu'on prend. On croit que tout est beau, la nature… Comme à la télévision. Mais c'est dur de vivre là-haut. Faut avoir l'habitude.

Le commissaire se souvenait de Monteripa comme d'une sorte d'avant-poste sous l'enceinte grise et âpre des Apennins, juste en dessous de la ligne de faîte. D'un village où l'on reste isolé tout l'hiver. Voilà où le menait l'enquête, dans le village d'où venait l'eau qui passait sous les ponts de Parme.

CHAPITRE 3

La route était un cimetière d'ornières qui se déroulait patiemment en direction du ciel entre éboulis, hêtraies et pinèdes de reboisement. Le vent secouait les arbres comme s'il voulait les arracher en brisant leurs racines. La pluie apportée par le sirocco débordait de la terre trempée. C'était bientôt le soir, et depuis plus de quatre heures, Soneri remontait la vallée tel un berger qui s'en irait passer l'hiver de l'autre côté de la montagne où donne la tiédeur de la mer.

Son téléphone sonna tandis qu'il découvrait le panneau de Monteripa.

— Ton Ducato est en règle, annonça Nanetti. On n'a trouvé que dalle, à part la puanteur.

— Si ça pue, ce n'est pas en règle, répliqua Soneri.

— Qu'est-ce que t'as ? C'est l'air de la montagne qui te rend spirituel ? Y a pourtant pas de quoi rire : je n'arrive à aucune conclusion. On ne trouve pas le moindre indice. Quoi qu'il en soit, c'est ton problème.

— Je ne plaisante pas, se froissa le commissaire, si tu dis que ça pue, ça doit bien venir de quelque part, non ? Ça pue quoi ?

— Je ne sais pas. Ce genre de vieille odeur stagnante qu'on sent dans les cars, ou dans les caves. Une crasse lyophilisée, réduite en poussière, absorbée. Impossible à éliminer, comme les rats. Et à l'arrière des sièges, on a trouvé une couche de crasse bien dégueulasse avec des cheveux. Maintenant, te dire depuis quand ils y sont… On a prélevé des échantillons, au moins, si on doit faire des comparaisons, on sera sûrs du résultat… précisa Nanetti.

— Rien d'autre ?

— Je te l'ai dit : ils n'ont rien laissé, rien sur quoi s'appuyer.

Soneri raccrocha, indécis et confus. Loin de la Questure, perdu dans ces montagnes, il se sentait déboussolé et ne savait même plus où il voulait en venir. Monteripa donnait l'impression d'un village où les gens restaient faute de mieux. Qui sait pour quelle raison les Breviglieri s'étaient enthousiasmés pour cet endroit.

Ils habitaient un peu en dehors du village, sur la seule route qui conduisait au col du Brattello avant de continuer son ascension vers un paysage lunaire de pierres et de sommets corrodés par le gel. Ils avaient raccommodé leur logement du mieux qu'ils le pouvaient en faisant de menus travaux. Ce devait être une ancienne maison de cantonnier abandonnée et cédée à bas prix. Derrière, Soneri remarqua le potager dont avait parlé Coruzzi.

Une femme encore jeune, quoique déjà un peu fanée, vint l'accueillir.

— Je suis Elena, se présenta-t-elle avec un grand sourire solaire.

Derrière elle, deux bambins intrigués par le nouveau venu apparurent en silence.

— Commissaire Soneri, de la PJ de Parme, dit-il. Votre mari est là ?

La femme perdit aussitôt son sourire et regarda tout autour d'elle en pâlissant. Elle portait un survêtement qui lui donnait l'air négligé de ceux qui se fichent de leur apparence.

— Il va bientôt arriver. En attendant, je peux vous offrir quelque chose ?

Soneri fit signe que non.

— Pourquoi vous cherchez Giancarlo ? demanda-t-elle avec une certaine appréhension.

— Nous avons retrouvé son véhicule sur la grève du torrent... expliqua le commissaire en laissant volontairement sa phrase en suspens.

Elle le fixa encore avec appréhension.

— La camionnette ? chuchota-t-elle.

Soneri acquiesça.

— On lui a tiré dessus. Cinq coups de fusil.

La femme eut un sursaut et resta silencieuse. Puis elle détourna son regard et s'occupa de ses enfants. Le commissaire aussi passa à autre chose, peu convaincu que cette famille ait quelque chose à voir avec l'enquête. Les coups de fusil ne devaient être qu'une bravade de chasseurs qui s'étaient amusés comme on s'amuse à tirer sur des panneaux de signalisation.

Mais soudain, la femme murmura :

— On nous l'a volée.

— Quand ? On n'a pas trouvé...

— Il y a quelques jours. Mais on n'a rien dit. On attendait un peu, on espérait la retrouver.

— Aux calendes grecques ? s'agaça Soneri qui trouvait l'idée saugrenue.

— C'est déjà arrivé, qu'est-ce que vous croyez, se défendit-elle. Une fois, on nous l'a empruntée, et trois jours après, on l'a retrouvée à Lagastrello. Ils l'avaient laissée en plan...

— Aujourd'hui aussi, vous l'avez retrouvée, constata Soneri avec une légère ironie.

— Vous voyez ? répondit-elle sans la saisir. Des fois, il suffit d'attendre. On préférerait qu'on nous demande...

— Sauf que cette fois, on y trouve cinq impacts de balle... insista le commissaire.

La femme se pencha de nouveau vers ses enfants au moment où Breviglieri entra.

Il avait l'air encore plus jeune que ce que Soneri avait imaginé. Il portait les cheveux longs noués en queue-de-cheval, et trois anneaux à l'oreille gauche. Il lui tendit la main, une toute petite main molle, et Soneri jugea que ce n'était pas une main de menuisier. Ils se présentèrent.

— Vous êtes venu pour le camion ? devina Breviglieri.

— Plus pour les coups de fusil, rectifia le commissaire.

— Les coups de fusil ?

— Cinq. Vous vous l'expliquez ?

Le garçon sembla réfléchir.

— Qu'est-ce que vous voulez que j'en sache, dit-il un rien embarrassé. Je n'en sais rien. Vous l'avez vu ? C'est un vieux tacot de trois cent cinquante mille kilomètres au compteur. Qui peut s'intéresser à un vieux tas de ferraille de ce genre ? Quelqu'un a voulu s'amuser. On est entourés de crétins le fusil à l'épaule.

— Oui, je sais, opina Soneri, c'est un village de chasseurs, ici.

— De braconniers, corrigea le jeune homme avec emphase. Ici, personne ne contrôle personne. Ils font ce qu'ils veulent.

— Pourquoi vous n'avez pas porté plainte quand on vous l'a volé ? insista le commissaire.

Breviglieri jeta un coup d'œil nerveux à sa femme.

— Volé… Je n'irais pas jusque-là… On me l'a emprunté quelques jours, et puis on l'a laissé en plan. C'est déjà arrivé. Je ne le ferme jamais, dans l'état où il est… Ça m'arrive même de laisser la clé sur le contact. Qui voudrait me le voler ?

— Vous n'avez rien entendu ? Vous ne le garez pas devant chez vous ? s'étonna Soneri en indiquant la cour.

— Je n'ai pas beaucoup d'espace, vous voyez bien. Je dois choisir : ou ma voiture, ou mon camion. Je gare le plus vieux sur la route. Vous voyez le petit emplacement quand on vient jusqu'ici ?

Le commissaire ne répondit pas.

— Vous avez une idée de la personne qui aurait pu vous l'emprunter ?

— Comment savoir ? Ici, tout le monde a une voiture. Des 4 x 4, pour la plupart. Ils n'ont pas besoin de mon camion !

— En effet. C'est bien pour ça que je vous le demande.

Breviglieri fit un signe avec ses mains remplies de bagues.

— Ça vous ennuie si je fume ? dit-il en changeant de sujet, comme s'il voulait gagner du temps. Il faudrait aller dehors, mais avec ce vent…

— Tu l'allumes ici, mais tu sors, lui enjoignit sa femme.

Le garçon prit une feuille et se roula une cigarette.

— Vous savez qu'on le cultive nous-mêmes ? reprit-il. Pas beaucoup, le climat n'est pas adapté, mais ça marche.

Une fois sa cigarette roulée, il se leva, et Soneri lui emboîta le pas. Juste avant d'affronter le vent, le commissaire aussi s'alluma un cigare.

— Vous cultivez tout un tas de choses, ici, constata-t-il

en tombant sur le potager après avoir tourné sous les arcades.

— Oui, confirma le jeune homme. Ma femme se donne du mal : on ne manque ni de fruits, ni de légumes. On fait surtout de la pomme de terre. On a de la merveilleuse pomme de terre.

— Alors ? D'après vous, qui vous a volé votre camion ? réattaqua-t-il.

— D'après moi, c'est les Marocains, susurra Breviglieri en expirant la fumée de sa cigarette tout en s'affalant sur un banc. Je n'ai rien contre eux, précisa-t-il. Je procède par élimination. Qui d'autre aurait l'idée de se prendre un tas de rouille comme le mien ?

— Ils sont nombreux par ici ?

— Pas mal. Ils vivent dans les baraques abandonnées de ceux qui sont partis dans la vallée. Ils payent un loyer ridicule, c'est pour ça qu'ils restent. Aussi parce qu'on peut rejoindre la Ligurie et les environs de Massa : le col est à côté, précisa Breviglieri.

— Ils travaillent là-bas ? demanda le commissaire.

— Non, ils se ravitaillent. Et ils viennent faire du porte-à-porte. On n'a pas de supermarchés, ici. Ils vendent un peu de tout, du coup ils gagnent plus qu'en ville, parce qu'ici les gens en ont vraiment besoin.

— Et pourquoi vous emprunteraient-ils votre camionnette ?

— Qu'est-ce que j'en sais ? s'agaça le jeune homme. Ils ont dû avoir un chargement qui ne rentrait pas dans leurs bagnoles…

— Si quelqu'un fait une connerie au volant de cette épave, c'est vous qui prenez. Ou pire, votre oncle.

— Je sais, reconnut Breviglieri en se radoucissant un

peu. Mais on n'est quand même pas coupable si on nous vole un truc !

— Non, mais si vous ne portez pas plainte, ça peut sentir mauvais, insinua le commissaire.

— J'ai eu la flemme, abrégea l'autre, piqué au vif. J'y serais allé aujourd'hui ou demain. Les carabiniers sont à vingt kilomètres.

— Quoi qu'il en soit, acheva Soneri en ébauchant un mouvement de départ, tout ça n'explique pas les coups de fusil.

Il s'était arrêté juste avant de tourner au coin de la maison et de réaffronter le vent. Le jeune homme regardait de l'autre côté, pressé que Soneri s'en aille, mais ce dernier ne bougea pas. Alors, l'autre braqua son regard sur lui et se limita à un haussement d'épaules.

Quand il remonta en voiture, l'obscurité avait effacé tout contour, comme si les deux parois de cette vallée étroite étaient pressées par une masse d'eau. On entendait seulement le sifflement du vent bercer doucement la voiture qui cahotait sous les rafales. Le commissaire se sentit, une fois de plus, en marge de l'enquête. Personne n'avait tenté de le joindre. Du moins, c'est ce qu'il croyait. À peine entré dans Monteripa, une série de bips l'avisa qu'on l'avait appelé. Six appels manqués de la Questure, le septième venant d'Angela. Il n'était pas encore garé que son portable sonna encore.

On entendait Juvara par à-coups.

— Parle plus fort, je capte mal, l'interrompit le commissaire en élevant la voix.

— *Dottore*, Capuozzo vous cherche depuis deux heures, le prévint l'autre. Vous êtes où ?

— À Monteripa. J'attends les examens de la camionnette.

— Ils ont organisé une réunion avec le préfet, ils voulaient que vous y soyez, reprit l'inspecteur.

— Perte de temps, comme d'habitude !

— Cette fois, ils s'agitent beaucoup, insista Juvara. Le maire et le président de Région ont écrit un courrier au ministre de l'Intérieur pour le tenir au courant de la situation, et des parlementaires ont annoncé des questions au gouvernement pour connaître ses intentions en matière d'ordre public.

— Quel cinéma ! souffla le commissaire.

— Ils sont obligés de réagir, en ville, on ne parle que de ça. Vous auriez dû regarder le journal de 13 heures : dix minutes de reportage ! Il y avait même un plan sur vous.

— Laisse tomber, s'irrita Soneri. Tu es allé à cette réunion ? Qu'est-ce qu'ils ont dit ?

— Qu'ils vont appliquer un nouveau protocole en exigeant du personnel et un budget plus conséquent. Ils veulent aussi organiser une table ronde sur la sécurité dont le rapport sera transmis à la commission pour l'ordre public, résuma Juvara.

— À part ces conneries, on a du concret pour notre affaire ?

— *Dottore*, comme vous pouvez vous en douter, ils aimeraient donner un truc à manger à la presse pour prouver qu'ils ne restent pas les mains dans les poches.

— Pour l'instant, je n'ai rien, l'informa Soneri. La camionnette ne donne rien non plus…

La ligne fut brusquement coupée. Il essaya de rappeler, mais vit qu'il n'avait plus de réseau. Il rejoignit la place balayée par le vent. Des pages de journaux virevoltaient au-dessus du pavé en compagnie de chauves-souris qui volaient par saccades. Il ne trouva qu'un bar, avec une enseigne jaune : *Chez Egisto.* Il y stagnait à l'intérieur une odeur de cuisine réchauffée mêlée à des relents de vin et d'humidité. Un groupe d'hommes entre deux âges fumait en se foutant des interdictions.

— Je peux téléphoner ? demanda Soneri.

Le patron indiqua un renfoncement où se trouvait une cabine à carte.

— Vous aussi, vous êtes resté en carafe avec votre portable ? déplora-t-il.

— Ben oui, j'ai été coupé, répondit Soneri.

— Une antenne a sauté à Ca' Selvatica, lui apprit le patron. À cause de ce vent de merde…

— Elle a été foutue par terre à cause de l'éboulement, ajouta l'un des clients. Pour avoir du réseau, faut monter la moitié de la côte.

Le commissaire composa le numéro d'Angela.

— Tu sais que tu es devenu célèbre ! attaqua-t-elle. Tu passes super bien à l'écran ! T'as l'air moins en colère quand tu travailles.

— Mais arrête ! Laisse tomber !

— Ah non ! Maintenant, t'es entré dans la danse. Ils passent en boucle toutes les images où on te voit sur la grève, ils n'arrêtent pas de te citer. Un journal local t'a même consacré un petit portrait, tu sais comment ils l'ont appelé ? « Un enquêteur taiseux et fier. »

— N'importe quoi ! s'exclama Soneri. Si ce mort s'était arrêté sous le pont de Panocchia, ils auraient écrit trois lignes.

— Et alors ? Le fait est qu'il est arrivé à Parme, et que tu ne peux pas y échapper. Que ça te plaise ou non, les gens ont le regard braqué sur toi.

— C'est encore pire que les appels de Capuozzo, se lamenta le commissaire.

— Tu es coincé, reprit Angela. Tu ne peux pas tout choisir sans eux : ils t'ont refilé un rôle, tu dois l'interpréter, même s'il ne te convient pas.

Une discussion éclata entre les clients.

— Mais où tu es ?

— À Monteripa, dans un bar. L'antenne relais s'est cassée, les portables ne passent plus.

— Qu'est-ce que tu fais là-bas ?

— J'ai dû m'occuper d'un camion criblé de balles découvert sur la grève. Je ne sais pas s'il y a un rapport... Je ne crois pas. Comme je n'ai rien en main, je suis toutes les pistes, s'expliqua Soneri.

— Donc, ce soir, tu descends de ta montagne ?

— Bien sûr, on a besoin de moi sur le tournage, ou pas ?

— Prends tout ton temps : les premiers rôles ont le droit d'être en retard.

Le commissaire raccrocha et se tourna vers la salle. Tout le monde était parti, mais les tables n'avaient pas été débarrassées des restes de casse-croûte. À l'extérieur, on voyait le vent battre la place, les arbres ployer comme des gymnastes, et les maisons de l'ancien bourg qui s'agrippaient les unes aux autres sur la portion de route en direction de la vallée. Soudainement fatigué, il s'assit sur une chaise pour regarder dehors et écouter le crépitement des gravillons qui se cognaient à la vitrine. Il commanda une assiette de jambon avec un morceau de pain pour réparer son estomac à moitié plein. Pendant qu'il mastiquait, il fut pris d'une furieuse envie de rester là toute la soirée, protégé de l'agressivité du monde, à rêvasser devant son pichet de vin, la conscience en suspens, bienheureux et béat.

Tout à coup, une femme apparut sur la place déserte. Soneri ne distingua pas son visage, comme si le vent lui ravissait aussi les éclats de lumière. La femme passa du côté le plus éloigné du bar en serrant un châle autour de son cou. Ensuite, elle disparut en direction du bourg. Elle réapparut quelques instants plus tard d'un pas plus résigné, comme si elle n'avait pas trouvé qui elle cherchait. Quand elle fut devant le bar et qu'elle se retourna l'espace d'une seconde, le commissaire reconnut Elena.

Il se précipita dehors, et l'air lui transperça le corps. Quand il arriva près d'elle, la femme se retourna en sursautant, apeurée.

— Nerveuse ? demanda Soneri.

— Vous m'avez fait peur.

— Vous pensiez aux coups de fusil sur votre utilitaire ?

Elle regarda autour d'elle d'un air inquiet.

— Je préfère aller ailleurs, où personne ne pourra nous voir, proposa-t-elle enfin.

Ils rejoignirent la voiture de Soncri et quittèrent le village. Elena indiqua une impasse avec des précautions dignes d'un adultère et, quelques minutes plus tard, ils se retrouvèrent immobiles dans l'habitacle obscur.

— Vous cherchiez à me voir ? s'enquit le commissaire.

— Je ne vous ai pas tout dit.

— Sur le camion, ou sur autre chose ?

Elle éluda d'un geste vague.

— Je voulais vous parler, mais Giancarlo est arrivé… Lui ne veut pas porter plainte, et moi, ça fait longtemps que je me sens à la merci… Je suis souvent toute seule.

— À la merci de qui ? la pressa Soneri en s'armant de patience.

— De tout le monde. J'ai peur, avoua la femme en se tournant subitement vers le commissaire. Ici, les gens rendent la vie impossible, poursuivit-elle en replaçant ses cheveux décoiffés par le vent.

— On vous menace ?

— Entre autres. J'ai l'impression de gêner. Quand on a décidé de venir vivre ici, on était contents de quitter la ville, de quitter la cohue. On voulait une maison au milieu de la nature, avec un potager, des animaux. On voulait vivre différemment, simplement, avec des gens plus disponibles : Giancarlo avec la menuiserie, et moi, avec le potager.

— Et finalement ?

— Et finalement, s'ils pouvaient... murmura Elena. On n'a pas les mêmes idées qu'eux, vous comprenez ? Ici, ils rêvent d'une nouvelle route pour relier la vallée, en coupant la montagne en deux. Ils ont aussi un projet de zone artisanale et de travaux de déblaiement sur la moitié du versant pour construire des pistes de ski. Pour eux, le progrès se mesure en mètres cubes de béton. Dès qu'il s'agit de spéculer, ils sont tous d'accord. Et tous ceux qui ne font pas partie du chœur...

La femme s'interrompit et déglutit plusieurs fois. De profil, elle n'avait vraiment pas bonne mine, et le commissaire, dans le noir, eut l'impression qu'elle pleurait en silence.

— Ils vous menacent comment ? risqua-t-il pour briser la tension.

— Ils ont tué mes chats à coups de fusil. Et mes chiens ont été empoisonnés avec des boulettes à la strychnine. Ils ont aussi balancé des cadavres d'animaux sur le seuil de ma porte : un renard, et des blaireaux… ils ont même balancé un loup devant les bureaux de l'Office des forêts.

— Il y a un Office des forêts, ici ?

— Oui, heureusement. Avec un garde forestier. Toutes ces zones en amont du village sont incluses dans le parc du Crinale. Enfin, si on peut appeler ça un parc…

— Vous pensez que les tirs viennent de la même personne ? balança Soneri.

— Je ne sais pas, dit Elena en secouant plusieurs fois la tête. Parfois, je reçois des appels bizarres où ça raccroche dès que je réponds. Et puis presque personne ne nous adresse la parole, on nous considère comme des étrangers. Personne ne joue avec nos enfants : on nous isole, vous comprenez ?

— Pas vraiment, avoua le commissaire. Je ne comprends pas vraiment, répéta-t-il en marmonnant.

Surtout, il repensait au mort sous le ponte di Mezzo dont le seul lien avec ces monts était le torrent qui avait célébré ses funérailles.

— Quand on croit fort à quelque chose, il arrive que l'on soit déçu, dit-il enfin du ton de ceux qui veulent se montrer solidaires.

On entendit à ce moment-là des gouttes de pluie sur le toit de la voiture.

— Il ne manquait plus que la flotte ! s'exclama Elena en changeant de sujet. Comme si la neige fondue ne nous suffisait pas !

— Je vous raccompagne, proposa le commissaire tout en redémarrant.

— On pourrait en faire des choses, ici, sans détruire, fit-elle remarquer tandis qu'ils se mettaient en route. Imaginez : du tourisme, redécouvrir d'anciens métiers, de l'agriculture bio…

Son enthousiasme était si communicatif qu'on lui donnait naturellement raison. Une bouffée d'utopie avant de replonger dans la réalité en retenant son souffle.

— Pourquoi tout ça n'est pas possible ? regretta Elena en descendant de voiture.

— Peut-être parce qu'on n'assume pas d'où on vient, répondit Soneri.

Elle claqua la portière, et le commissaire se remit en route.

CHAPITRE 4

Le vent s'était calmé, et ses rafales rageuses avaient laissé la place à un égouttement tranquille et paresseux pareil à la condensation d'un épais brouillard de novembre. Le commissaire se gara dans le bourg et remonta à pied jusqu'au hameau de Malora, là où la route se terminait sur la basse-cour de quatre vieilles fermes assiégées par le froid. Il n'avait pas voulu téléphoner à Nanetti du bar, car tout le monde l'aurait entendu. Les propos d'Elena avaient dépeint des villageois hostiles. Il commençait à se dire que la violence qui s'était exprimée contre la camionnette était une violence cachée, tapie dans les maisons et les gorges de ces montagnes.

De temps à autre, il vérifiait sur son écran s'il avait du réseau. Il fut obligé de grimper un bon moment avant que deux barres n'apparaissent. Il contempla alors la nichée d'habitations de Monteripa éclairée par les lampadaires et de rares lumières isolées. Tout autour, un silence de mort rendait l'humeur inquiète.

— Allô, collègue, attaqua Soneri en entendant la voix de Nanetti.

— Où tu as fini ? Tout le monde te cherche ! Un journaliste est même venu jusqu'au labo, tu imagines ? Il pensait que tu t'étais réfugié chez moi.

— Ils n'ont qu'à appeler Capuozzo, ricana le commissaire. Ou le magistrat. À propos, qui est nommé ?

— Zammarano, rapporta Nanetti. Un jeune qui ne tient pas en place.

Soneri grogna, déjà sur le qui-vive.

— Il paraît qu'il est bien, le rassura son collègue. Dès que tu entends le mot « magistrat », tu te mets à jurer la Madone.

Soneri changea de sujet :

— Dis-moi plutôt s'il y a du nouveau.

— Tu as senti l'odeur ? le railla son collègue. Je suis quasiment sûr que les cheveux du camion appartiennent au cadavre. J'attendais de nouvelles confirmations pour te le dire, mais puisque tu m'appelles…

— Quand est-ce que tu en seras certain ?

— Bah, je ne sais pas… dans une heure et demie, deux heures ?

— D'ici là, je serai peut-être à Parme.

— Et si on reprenait notre conversation où on l'avait laissée, chez Alceste ?

— Pourquoi pas ? Je suis toujours fidèle à mes promesses.

— Je t'appelle dès que je suis sûr.

— Non, c'est moi qui t'appellerai. Le vent a défoncé une antenne relais, et mon portable ne capte pas. Je suis obligé de monter au-dessus du bourg, l'avisa Soneri.

— Alors, il vaudrait mieux que tu dînes là-bas en attendant.

— Pourquoi ?

— Primo, parce que tu risques de tomber sur un peloton de journalistes à la Questure. Deuzio, parce que ça va me prendre un peu de temps. Tertio, si les cheveux sont à la victime, ça veut dire que la camionnette a transporté le cadavre à Pastorello, et que c'est là-bas qu'ils l'ont foutu à l'eau, expliqua Nanetti.

— Et alors ? riposta le commissaire. On l'a volée il y a deux jours, on ne sait pas combien de kilomètres elle a roulé. Rien ne prouve qu'elle venait d'ici.

— On ne l'a pas volée à un type du coin ? lui rappela son collègue. M'enfin, fais comme tu veux. Réessaye dans une heure, j'aurais peut-être les résultats.

— On n'a toujours rien à l'identification ?

— Demande à Juvara, c'est lui qui bosse dessus : Zammarano lui a mis la pression.

Quelques instants après avoir raccroché, un son lugubre traversa l'obscurité et résonna dans les hauteurs en direction des crêtes. À distance de quelques secondes, un deuxième écho retentit, puis un troisième. On aurait dit les plaintes d'un gigantesque animal, amplifiées par l'enceinte rocheuse. Plusieurs minutes s'écoulèrent, et des sons identiques, bien qu'un peu plus aigus, répondirent d'un autre versant. Puis, à nouveau, le silence.

Le commissaire devina un certain malaise sur cette route obscure où personne ne passait, et se sentit tout à coup sans défense. Ainsi, lorsque son portable sonna, il craignit presque de révéler sa présence.

— Où tu es ? attaqua Angela.

Toute la journée, on lui avait posé la même question, il commençait à se lasser.

— Toujours à Monteripa.

— Je croyais qu'il n'y avait pas de réseau.

— Je suis monté sur une route pour téléphoner.

— Tu reviens bientôt ?

— J'attends les résultats d'un examen sur les cheveux de la victime, ensuite, je redescends, promit Soneri.

— Redescends maintenant, non ? Tu fais quoi, là-bas ?

— J'ai peut-être une petite chance que ce bled ait un rapport avec l'affaire. C'est là qu'on a volé la camionnette, et puis, il y a un truc…

— Quoi ?

— Je ne sais pas, une sensation… Ce soir, la femme du type à qui on l'a volée m'a dit qu'on les menaçait. On leur a balancé des cadavres d'animaux devant leur porte, expliqua le commissaire.

— Quel rapport avec le mort du ponte di Mezzo ?

— Je ne sais pas. Aucun, si ça se trouve. D'ailleurs, tant qu'on ne l'a pas identifié…

— Ici, c'est du grand n'importe quoi, reprit Angela. Le maire a décidé de former une brigade de sécurité : des agents de la police municipale main dans la main avec les flics et les carabiniers pour donner la chasse aux clochards, aux clandestins et aux petits criminels. Tu sais comment ils vont l'appeler ? Brigade anti-dégradation.

— La dégradation, c'est ses copains industriels corrompus qui font des affaires avec les mafieux, ou les banquiers des salons où il pose son cul qui truandent les gens avec des obligations bidon, grogna Soneri. Ça me donne envie de rester ici, conclut-il.

— Si tu ne redescends pas, les journalistes vont venir te chercher. J'ai peur qu'ils soient déjà sur tes talons, l'informa Angela.

— Qui a balancé que j'étais ici ? s'alarma Soneri.

— Mon cher, les murs ont des oreilles à la PJ. Qui veux-tu que ce soit ?

Le commissaire entendit un camion vrombir plus bas dans le village, puis d'autres véhicules se mettre en mouvement. Soudain, la vallée s'animait. Il donna rendez-vous à Angela sans lui indiquer d'heure exacte.

Il détestait que des horaires enrégimentent sa nature vagabonde. Et puis l'agitation dans les rues de Monteripa l'intriguait de plus en plus : du genre de celles qui suivent un accident. En revenant vers le bourg, il entendit un bruit sourd et continu monter du fond de la vallée, une espèce de sombre murmure. Toutefois, à mesure qu'il se rapprochait, le bruit baissait, et lorsqu'il rejoignit la place, il eut la sensation d'avoir atteint l'œil du cyclone.

Il trouva Egisto en train de lire son journal, assis à l'une des petites tables du bar désert. L'homme se tourna à moitié pour voir qui était entré.

— Qu'est-ce qui s'est passé ? demanda Soneri.

— On est isolés, se limita à répondre l'autre. Pour nous, ça ne fait pas beaucoup de différence, mais pour vous qui n'êtes pas d'ici...

— Isolés ?

— La route s'est affaissée à cause de l'éboulement, l'instruisit le patron tout en continuant de feuilleter son journal. C'est la seule route qu'on a.

— Où ça ?

— Au Faiastro. À trois kilomètres. Ce vent de merde et cette flotte... pesta-t-il.

— Ils vont bientôt la rouvrir ? J'ai entendu des camions, supposa le commissaire.

— Qu'est-ce que vous voulez qu'ils rouvrent ? La moitié de la montagne s'est transformée en lavasse, elle a emporté cent mètres de départementale. Le torrent a creusé sous ses pieds.

— Il n'y a pas d'autre route ? insista Soneri.

— Si je vous dis que c'est la seule ! explosa Egisto en se tournant complètement pour regarder le commissaire en face. Autrement, faut passer par le col du Brattello et redescendre par les petites routes plus tordues qu'un pied de vigne. Vous aurez plus vite fait d'aller prendre le train à Aulla.

Soneri réalisa qu'il lui serait difficile de retourner à Parme. Cependant, la perspective de rester confiné à Monteripa ne le dérangea pas vraiment, il aurait au moins un prétexte pour prendre congé du monde.

— Pour nous, ça ne change pas grand-chose, reprit le patron. Par contre, pour l'usine…

— L'usine ? s'étonna le commissaire qui n'avait pas remarqué de fabrique alentour.

— L'usine d'eau minérale, expliqua l'homme. Ils mettent en bouteille la source de san Rocco. Tout le monde travaille là-bas.

— C'est où ?

— Pas très loin du Faiastro. Quand ça s'écroule, c'est toujours là où y a de la flotte.

— Et cette usine, elle est à qui ?

Le patron le regarda avec stupeur.

— Ne me dites pas que vous ne connaissez pas Malpeli ? Tout lui appartient, ici, c'est lui qu'est aux manettes.

— Ce n'est pas non plus écrit dans les livres d'école, se justifia Soneri.

— Chez nous, dans la vallée, même les merles des haies le connaissent.

— Il habite ici ?

— Ici, en ville, en bord de mer… Il possède des baraques un peu partout. Il revient au pays quand la chasse est ouverte. L'été aussi. En ce moment, je ne sais pas où il est.

Ils gardèrent le silence un petit moment. La température semblait avoir baissé et le vent s'était arrêté de souffler.

— La terre a capitulé, et elle se laisse aller, constata le commissaire.

— Comme la peau des vieux, ajouta Egisto. Que voulez-vous, plus personne n'en prend soin. La flotte va où elle veut. Rien de plus malin que la flotte.

Soneri s'approcha de la vitrine du bar. Le village immobile paraissait résigné.

— Je vais voir, annonça-t-il.

Le patron opina du bonnet avec indifférence. Le commissaire ouvrit la porte et traversa la place, puis il monta dans son Alfa et prit la direction de la vallée. Dix minutes plus tard, il se retrouvait à l'arrêt derrière les clignotants d'autres voitures. Il descendit et continua à pied. Tout à coup, des phares s'allumèrent, et il vit apparaître devant lui un mur de terre, de pierres et d'arbres renversés aussi haut que la digue d'un fleuve. Un type courtaud et moustachu s'approcha de lui.

— Vous ne pouvez pas rester ici, c'est dangereux. Prenez votre voiture et retournez au village, de toute façon, personne ne passe, le pria-t-il de manière expéditive.

— Je suis un commissaire de la PJ.

L'homme se raidit et le scruta.

— On n'a pas de morts, précisa-t-il d'un œil méfiant.

— Et les éboulements ne sont pas des délits, poursuivit Soneri.

L'autre se tut en le fixant avec embarras. Puis il se présenta :

— Je fais partie de l'équipe de volontaires de la Protection civile, je m'appelle Rasmi. On est ici pour vérifier que personne ne court de risques.

Le commissaire acquiesça en s'allumant un cigare tandis qu'il entendait une portière claquer derrière lui.

Il se tourna et découvrit une femme d'une trentaine d'années, très belle et élégante. Perchée sur ses talons aiguilles au milieu de la boue et enveloppée d'un manteau de cachemire, elle surprenait autant qu'un forgeron habillé d'une blouse blanche.

— Vous êtes de la police, si j'ai bien compris? l'agressa-t-elle.

Soneri acquiesça.

— Je dois être à Milan d'ici demain 10 heures, je fais comment?

— Vous pouvez emprunter une autre route, malheureusement, elle est beaucoup plus longue, la renseigna le commissaire.

La femme afficha un air désespéré et rejeta sa longue chevelure blonde en secouant la tête.

— Si ça n'est pas urgent, je vous conseille de reporter votre rendez-vous, relança Soneri.

Sans rien répondre, la femme ouvrit son sac pour en tirer un paquet de cigarettes, mais elle semblait au bord de la crise de nerfs.

Entre-temps, d'autres véhicules s'ajoutèrent à la file. Comme si le village était soudainement pris au piège.

— Il vaudrait mieux rentrer chez vous, insista le commissaire.

— Où est l'autre route? s'obstina-t-elle en ignorant sa recommandation.

— Au col. Mais elle est longue, et avec les lacets, il y a de quoi avoir la tête qui tourne, expliqua Soneri.

— Laissez tomber, intervint Rasmi. Ils prévoient de la neige et du verglas pour cette nuit, c'est trop risqué de passer par là, même en 4 x 4.

La femme le dévisagea avec indifférence, puis haussa

les épaules. Elle recula de quelques mètres et se mit à fumer dans le noir.

— Belle plante, hein ? chuchota l'homme en passant à côté de Soneri.

On ne voyait d'elle que les braises de sa cigarette qui rougeoyaient à chaque bouffée.

— Qui est-ce ? voulut savoir le commissaire.

— La femme d'Ugo Malpeli, le patron des eaux minérales, lui confia l'homme. Une parmi d'autres… ajouta-t-il malicieusement.

— Et qu'est-ce qu'elle fait dans un endroit pareil ?

— Il doit être là-haut, dans sa villa. Il a dû avoir envie d'aller à la chasse.

— La chasse est autorisée ? On n'est pas dans un parc, ici ? s'étonna le commissaire.

— Y a une réserve de chasse un peu plus bas, il suffit de payer…

Tout à coup, Soneri entendit les pas de la femme qui s'éloignait. Puis il la vit passer entre les clignotants orange, près de la rangée de voitures. Peu après, un moteur démarra et des phares transpercèrent le vide de la vallée tandis que la femme faisait demi-tour.

— Elle n'a pas l'intention de passer par le col ? s'inquiéta Rasmi.

— Ce serait bien son genre. Elle m'a paru très agitée, constata le commissaire.

— Elle est folle, décréta l'homme. Dans le meilleur des cas, elle va terminer dans le fossé.

Ils entendirent d'autres voitures se mettre en branle cependant que des pierres et des mottes de terre se détachaient de temps à autre de la roche. Quand il ne resta plus que quelques véhicules, Rasmi soupira :

— Je ne sais pas à quoi ça sert que je reste ici, puisque personne ne passe. En bas, tout le monde est au courant... Les nouvelles vont vite, au village.

— Et l'usine ? questionna Soneri en indiquant l'amont où devait se trouver le bâtiment.

— Eh ! C'est bien ça, le problème, reconnut l'homme. D'après moi, la ville va manquer d'eau pendant un petit moment. Mais vous verrez, Malpeli va casser les couilles. Bizarre qu'il ne l'ait pas déjà fait : il pique des crises pour moins que ça. De toute façon, conclut Rasmi, le seul espoir de voir la route rapidement rétablie, c'est qu'il aille dire deux mots à la Région. Il saura les prendre par les couilles s'il n'envoient pas les pelleteuses dès demain.

Le commissaire se souvint tout à coup qu'il devait téléphoner. Il remonta dans son Alfa et fit demi-tour vers le village, puis continua tout droit jusqu'au hameau de Malora. Il s'arrêta au même endroit qu'il avait rejoint à pied et descendit de voiture. Il composa le numéro de Nanetti, et lorsque ce dernier lui répondit, il entendit le vrombissement d'un moteur qui sortait d'un virage un peu plus en amont.

— Ho ! entendit-il hurler dans l'appareil. Tu pionces ou quoi ?

— Excuse-moi, j'ai été distrait par un truc... se justifia Soneri.

— Je n'ose même pas imaginer le nombre de distractions qu'il peut y avoir là où tu es... se moqua Nanetti.

— Justement, c'est pour ça que ça se remarque, répliqua le commissaire en suivant du regard la voiture qui descendait de Malora.

— Pendant que tu contemples les étoiles, je te confirme que tes cheveux sont bien les cheveux du mort.

Il a donc séjourné dans cette camionnette, lui annonça son collègue.

La voiture apparut juste à côté de Soneri, et ses phares l'aveuglèrent un court instant. Lorsqu'elle passa devant lui, il reconnut la femme de tout à l'heure.

— Écoute, reprit Nanetti, ou tu es face à une meute de loups, ou t'es devenu gâteux : t'as entendu ce que je viens de te dire ? T'écoutes tout le monde, sauf moi.

— Non, non, excuse-moi, il y avait encore cette bagnole… bredouilla le commissaire.

— OK, abrégea l'autre sans comprendre, quand tu voudras que je t'explique, t'auras qu'à me siffler. Je t'ai dit l'essentiel.

Le commissaire entendit l'autre raccrocher, et son esprit fut tiraillé entre l'appel de Nanetti et les soupçons que cette femme avait éveillés. Il suivit la voiture des yeux jusqu'à ce qu'elle entre dans le bourg. Ensuite, plus rien. Alors qu'il la croyait garée, il l'aperçut prendre la direction du col. Peu après, son portable se remit à sonner.

— Tu es en route ? le secoua Angela.

— Mais non ! Je ne peux pas !

— Pourquoi ? C'est le bordel ?

— Oui, un éboulement. La route qui mène à la vallée est coupée.

— Il n'y en a pas d'autre ?

— Si, répondit Soneri sans lâcher du regard la voiture qui se traînait en zigzaguant et en balayant comme une torche le flanc de la montagne. Mais elle est longue et risquée.

— Donc, tu dors là-bas… en déduisit Angela, déçue.

— Qu'est-ce que tu veux que j'y fasse ?

On ne voyait plus la voiture, elle devait être couverte par les arbres ou derrière une arête.

— J'ai envie d'être avec toi…

— Tu n'aimes pas la montagne…

— Mais là, ça m'a donné envie.

Les phares réapparurent un peu plus haut. Cette femme ne prenait aucune précaution et, par moments, on entendait le vrombissement rageur de son moteur.

— Si je réussis à redescendre, je t'y emmène, promit le commissaire.

Il raccrocha et suivit de nouveau les zigzags des feux dans le noir.

Il continua de l'observer jusqu'à ce que la voiture rejoigne une partie de la route presque au sommet de la montagne. Ensuite, elle affronta la gorge où se trouvait le col et disparut de l'autre côté.

CHAPITRE 5

Il tira plusieurs fois sur son cigare, planté au milieu de la nuit chargée d'incertitude. Dix minutes s'écoulèrent avant qu'il ne décide de rentrer au village pour demander une chambre à Egisto. Quand il reprit le volant, un nouvel écho retentit dans l'air au-dessus de Malora, un son grave qui vibra longuement dans le noir. Il retourna dans la vallée en conduisant d'un air pensif et s'épuisa en conjectures qui s'arrêtaient à mi-chemin comme un pont qui se casse en deux. Il ne comprenait rien à cette affaire. Tout avait l'air fortuit, méli-mélo d'objets jetés dans un tiroir. Il se gara une nouvelle fois et regagna la place. Dans ce décor figé de carte postale, on entendait seulement ses pas qui résonnaient sur le granit. Mais quand il fut à quelques mètres du bar d'Egisto, il devina le grondement d'un gros diesel qui démarrait et, peu après, une jeep munie d'une longue antenne passa près de lui à vive allure. Il reconnut Rasmi à bord. L'homme lança un coup d'œil furtif, comme s'il prenait la fuite. Puis la jeep sortit du village, tourna et prit la route du col de Brattello.

Soneri resta immobile, appuyé contre le muret qui délimitait la place du côté opposé au bar. Il ne parvenait pas à interpréter ce qu'il voyait. On aurait dit que tout le village vivait de sous-entendus, de regards tacites et de petits signes, dans un alphabet que lui ne connaissait pas. Et quand, en se tournant, il s'aperçut qu'Egisto le fixait derrière sa vitrine, cette sensation s'accentua au point de devenir insupportable. Alors, dans l'un de ses élans, il retourna à sa voiture et partit lui aussi en direction du col.

Il ne s'expliquait pas pourquoi il avait pris cette décision. En l'absence de raisonnement, il suivait son instinct. Et son instinct lui suggérait de se soustraire à ce jeu d'ombres tourbillonnantes. Ou peut-être voulait-il éprouver l'illusion de l'action ? Il s'en remettait une fois encore au conseil d'Angela : agir pour se débarrasser de nos mauvaises pensées. Il conduisait sur la petite route taillée dans l'âpreté du grès, éclairant des crêtes rocheuses et des bords enneigés, la douceur des pinèdes, les hêtres squelettiques. Et puis le vide obscur du précipice, quand l'étendue de la nuit noire surgissait sous ses phares et que son moteur vrombissait en s'engageant dans les tournants. Il comptait rattraper Rasmi, mais l'homme avait beaucoup d'avance. Ou peut-être suivait-il une de ces ombres qui l'avaient effleuré avec plus d'insistance ? Si c'était le cas, s'il ne rencontrait rien par-delà ses soupçons, il descendrait directement pour retourner en ville sans repasser par Monteripa. Tout était suspendu au dénouement de ce voyage nocturne.

Il continua de grimper dans la nuit épaisse et hostile pendant une vingtaine de minutes. Sur un court tronçon rectiligne, il regarda en bas et aperçut les lumières du village comme dans le fond d'un puits. Quelques centaines de mètres plus loin, il fit une légère embardée. L'asphalte brillait comme du carrelage ciré : sûrement le verglas que Rasmi avait évoqué. Il leva le pied quand il réalisa qu'il était sur la crête et rétrograda en première avant de s'engager dans la descente. Il termina deux fois sur les graviers du bas-côté, cramponné au volant pour dompter ses écarts. Après le col, une forte pente conduisait à un petit plateau d'altitude, et il songea que remonter serait difficile par mauvais temps. En attendant, ces trente kilomètres de descente seraient un vrai supplice. Il parcourut avec prudence ce versant exposé au nord où le gel avait résisté aux rafales du sirocco.

Soudain, il remarqua une lueur étrange, atténuée par les arbres et par la blancheur de la neige qui avait survécu en abondance. Quand il s'en approcha, il distingua nettement le faisceau de lumière oblique des phares d'une voiture. Vu son inclinaison, il supposa que l'automobile avait dû finir dans le fossé ou de travers sur l'accotement. Les ombres tourbillonnantes se firent alors de chair et d'os.

Il vit d'abord le 4 x 4 de Rasmi, et juste après, la petite Mercedes de la femme dont l'arrière était encastré dans le fossé tandis que le capot paraissait implorer de l'aide. Soneri s'arrêta, descendit et les rejoignit. La femme fumait une cigarette, immobile et transie sur le bord de la route, et Rasmi s'activait à côté de sa voiture.

— Et maintenant ? Vous êtes convaincue que ce n'est pas une soirée pour rouler ? la provoqua Soneri.

La femme eut un mouvement d'exaspération.

— S'il vous plaît, je ne suis pas votre fille ! grogna-t-elle.

Le commissaire mesura la différence d'âge et se prit un coup de vieux.

— J'ai voulu jouer au père, mais c'est raté... murmura-t-il sans que la femme n'entende. Ce n'est pas pour vous que je m'inquiétais, je suis payé pour me mêler des affaires des autres, ajouta-t-il.

C'est alors que Rasmi s'approcha.

— Vous êtes bon pour les emmerdes, vous avez du flair, constata-t-il. Vous êtes toujours là quand c'est le bordel.

— Vous pensiez que les flics se déplacent pour les baptêmes et pour les communions ?

Rasmi le regarda par en dessous et changea de sujet.

— Il faudrait un tracteur, dit-il en indiquant la Mercedes. Ma jeep ne pourra pas la décoincer.

La femme accueillit la nouvelle en s'agaçant et en tapant du pied par terre.

— Vous ne pourriez pas m'emmener à Parme ? s'enquit-elle auprès de Rasmi.

— Je ne peux pas, je suis de garde à cause de la route, répondit l'homme.

— Je vous paye le dérangement, insista-t-elle.

— Je suis désolé, c'est impossible, regretta Rasmi. Je suis obligé de rester sur place.

— Pourquoi l'avoir appelé, lui ? s'immisça Soneri en s'adressant à la femme.

— Il n'est pas de la Protection civile ? Et puis c'est un des rares que je connaisse au village, riposta-t-elle.

Rasmi semblait embarrassé et quelque peu nerveux. Les deux s'échangèrent des regards entendus.

— Où vous alliez, comme ça, si vite ? reprit Soneri.

— Ça ne vous regarde pas, s'agaça la femme qui tremblait légèrement à cause du froid. On a besoin d'autorisation pour aller quelque part ? Il faut prévenir la police ? prononça-t-elle d'un ton acerbe.

— Je peux savoir votre nom ? continua-t-il. Si je peux éviter de vous demander vos papiers.

L'autre, dans l'obscurité, lui jeta un regard de défi.

— Nadia Bocchialini. Je peux savoir pourquoi vous m'avez suivie ? l'interrogea-t-elle à son tour.

— Les choses bizarres attirent les flics, et vous, vous faites des choses bizarres.

— C'est bizarre de prendre la route ? Vous estimez peut-être que les femmes doivent passer la soirée chez elles ?

— Non, mais ce soir, vous aviez à peu près 30 % de chances de vous en sortir avec le verglas, bluffa le commissaire.

— C'était trop risqué, confirma Rasmi. Le temps va empirer, la température va baisser. Dans une heure, il peut se mettre à neiger.

Nadia trembla en se serrant dans son manteau.

— Venez, je vous raccompagne, fit Soneri avec autorité.

La femme hésita un instant, frissonna de nouveau, capitula devant le froid et fit un mouvement de départ. Rasmi éteignit les feux de la Mercedes, claqua la portière et lui tendit les clés.

— Je vous suis, on ne sait jamais, les prévint-il en indiquant la route.

Le commissaire poussa le chauffage au maximum et fit demi-tour pour retourner au col. Régulièrement, l'Alfa glissait et zigzaguait.

— Qui vous a fait prendre tous ces risques ? demanda Soneri. Vous y avez laissé votre carrosserie.

La femme éluda la question et semblait sur le point de pleurer.

— Vous ne voulez pas me dire pourquoi vous étiez si pressée de partir ?

— Je vous répète que ça ne vous regarde pas.

— Malpeli est avec vous, au village ?

— Non.

— Vous alliez chez lui ?

— Ça ne vous regarde pas, scanda-t-elle avec entêtement. Qui vous permet de poser ce genre de questions ?

— Personne, je le reconnais. Disons que ça vaut toujours la peine d'être curieux. Dans une enquête, les sensations sont importantes, et en ce moment…

— De quelle enquête vous parlez ? Qu'est-ce que j'ai à voir avec une enquête ? rétorqua Nadia.

— On a trouvé un mort à Parme, sous le ponte di Mezzo, et le corps de ce mort a été transporté dans un véhicule volé à quelqu'un du coin. Et vous, pendant qu'on essaye de comprendre qui est ce cadavre, vous ne pensez qu'à partir d'ici. Mais la route est coupée… C'est fou comme le hasard fait prendre des tournants, dans la vie.

— Et alors ? dit-elle en s'efforçant de rester froide.

Le commissaire remarqua de légers tremblements tandis qu'elle essayait de sortir une cigarette de son paquet.

— Rien, reprit Soneri avec froideur. Je trouve ça bizarre, c'est tout. Je vous l'ai dit… les sensations sont importantes. Et parfois, elles nous guident.

— Et moi, ma sensation, c'est que vous perdez votre temps et que vous fourrez votre nez là où vous ne devriez pas. Qu'est-ce que j'ai à voir avec ce que vous venez de me dire ?

— Rien, répéta le commissaire. Je cherchais juste de l'aide. Comme vous, quand on s'est rencontrés sur la route. Vous deviez aller à Milan, vous m'avez demandé comment faire. S'il n'y avait pas eu d'éboulement, on ne se serait jamais croisés et on ne serait pas ici…

Ils arrivèrent au bout des tournants et mirent le cap sur Monteripa.

— Dites-moi où je dois aller, fit Soneri.

Elle lui montra le chemin. La villa dominait le village : une de ces constructions faites pour taper dans l'œil. Au beau milieu de l'argile grise de la montagne, elle avait l'air d'une tache de graisse sur une cravate.

— Vous êtes seule ? se renseigna le commissaire en montrant la maison.

— Vous croyez que j'ai peur ?

— Malpeli n'est pas avec vous ?

— Il est en déplacement pour ses affaires, lui répondit Nadia, nerveuse. Il est parti il y a quelques jours.

— Et ça vous plaît de rester ici ?

— Non, tout est mort, dans ce bled. Ugo adore parce que c'est son berceau familial, mais moi, je m'y ennuie, je fous le camp dès que j'en ai l'occasion.

Elle ouvrit brusquement la portière et se dirigea vers la grille sans même saluer le commissaire. Celui-ci baissa sa vitre et la prévint :

— Vous serez peut-être obligée de rester si la météo devient mauvaise et qu'il se met à neiger.

Elle le regarda d'un œil torve et disparut derrière la grille.

Le commissaire retraversa la place et remonta vers Malora jusqu'à ce qu'il trouve du réseau pour téléphoner.

— Allô, Juvara ! s'exclama-t-il tandis qu'on entendait à l'arrière-plan le brouhaha d'un restaurant.

— *Dottore*, je suis en train de manger…

— On en est où pour l'identification ?

— On a contrôlé les disparitions, mais on n'a rien

trouvé. Pour l'ADN, il faut attendre encore un peu. On est toujours dans le noir, acheva l'inspecteur.

— Écoute, lui suggéra Soneri, essaye de te renseigner sur un certain Ugo Malpeli, je pense qu'il réside à Monteripa. Il possède une usine d'embouteillage.

— Qu'est-ce qu'il a fait, *dottore* ?

— Rien, s'irrita le commissaire. Regarde s'il est en ville ou s'il est ailleurs. En bref, fais-moi quelques vérifs, OK ?

— OK, je m'y mets dès que j'arrive au bureau.

— C'est Zammarano qui te met la pression ? Ou bien c'est Capuozzo ? s'enquit le commissaire.

Juvara eut une seconde d'embarras.

— Ben, on a du travail, dit-il sans s'étaler. Vous avez l'intention de revenir ?

— Ils t'ont parlé de moi ?

— *Dottore*, je suis obligé de vous le dire : le magistrat et le questeur s'étonnent que vous soyez resté là-bas ce soir. Ils auraient préféré que vous soyez à la réunion de dix-huit heures, balança-t-il d'une traite.

— La route est coupée à cause d'un éboulement, l'informa Soneri. Et rien ne dit que je ne sois pas au bon endroit.

— À propos d'endroit, reprit Juvara, les résultats des examens pour les coups de feu confirment qu'il s'agit de balles pour chasser le sanglier. Je crois savoir qu'ils en utilisent dans la zone où vous êtes.

Juste à ce moment-là, on entendit un tir à la moitié de la côte, un peu plus haut que Malora, et l'obscurité vibra comme si elle était traversée par un énorme oiseau.

— Tu parles de balles, il en part une, constata le commissaire.

— Qu'est-ce qui se passe ? s'alarma Juvara.

— Une des nombreuses choses bizarres de ce bled, marmonna Soneri. Même si celle-ci est on ne peut plus claire.

— Ils tirent maintenant ? En pleine soirée ?

— Des braconniers : c'est normal. Ils sont partout, minimisa le commissaire.

— *Dottore*, y a un autre truc que je dois vous dire, mais je ne sais pas si ça a un rapport…

— Quoi ? grommela distraitement Soneri en entendant l'écho qui descendait dans la vallée.

— Des collègues ont trouvé des ossements le long de la grève. Il est probable que la crue les ait traînés jusque-là.

— Quel genre d'ossements ?

— Des os humains, *dottore*, précisa l'inspecteur d'un ton macabre. D'après les premiers examens, ils dateraient d'une dizaine d'années.

— Pourquoi tu ne l'as pas dit avant ? lui reprocha le commissaire.

— Ils n'ont aucun rapport… J'y ai repensé à cause du cadavre traîné par le courant…

— Il y en a beaucoup ?

— Pas énormément. Mais on soupçonne qu'il y en ait d'autres disséminés le long des berges. On est en train de les analyser, conclut Juvara.

— Demande aux carabiniers s'ils ont des crimes non élucidés dans la zone, ordonna Soneri tandis qu'il se représentait ces restes éparpillés ou ensevelis au hasard du courant. Je te rappelle demain matin.

— Ils n'ont toujours pas réparé l'antenne ?

— Toujours pas, se lamenta le commissaire. Et s'il neige…

Avant de repartir, il envoya un SMS à Angela et s'attarda quelques instants. On voyait l'éclairage de Malora sur le versant entier, mais on sentait, à l'abri de la nuit, la vie qui s'agitait. Il redescendit rapidement et, quand son téléphone perdit le réseau, le village lui sembla couvert d'une bulle imperméable. En réalité, le vent et l'éboulement ne faisaient que renforcer une autarcie enracinée depuis longtemps.

Egisto était tenu de l'héberger afin de remplir son office. Il lui montra l'une des quatre chambres qu'il avait à disposition en le prévenant qu'elle serait froide.

— L'hiver, je ne chauffe pas, je n'ai pas de clients, expliqua-t-il. Ils nous avaient promis des touristes avec le parc, mais c'étaient des bobards : ils ont juste mis la corde au cou à ceux qui ont voulu lancer une activité.

— C'est du gâchis, alors? Quatre chambres vides... insinua Soneri.

— L'été, on a un peu de monde, et au début de l'automne aussi, pour la saison de chasse. On a aussi les gars de l'Office des forêts au moment de l'abattage sélectif des chevreuils. Les chevreuils et les sangliers viennent jusque dans nos potagers, se plaignit Egisto.

— Et puis les gens de passage, comme moi, suggéra le commissaire.

— Pas beaucoup, minimisa l'homme. Vous êtes une rareté.

— C'est quoi, ce qui sonne, là-haut? s'informa Soneri. On dirait un cor, ou une trompe.

— Oh, ceux-là, je ne sais pas de quoi ils jouent, balança-t-il, un rien méprisant. Ils vivent là-haut, au beau milieu des bois, sans électricité ni téléphone, et avec des espèces de barbes...

— Vous ne savez pas qui c'est?

— Les Faunes. C'est comme ça qu'ils veulent qu'on dise. Ils ont occupé les bergeries et les hameaux abandonnés, des vieux domaines, aussi, envahis par les arbres. Ils vivent en communauté en cultivant des petits bouts de terre et ils élèvent des bêtes. Sans argent, juste du troc, acheva le patron.

— Pourquoi ils sonnent du cor en pleine nuit ? insista le commissaire.

— Qu'est-ce que j'en sais ! fit Egisto en écartant les bras. Ils disent que c'est pour communiquer. Comme ils sont éloignés les uns des autres, qu'ils sont un peu partout sur les versants, ils se préviennent en cas de besoin. Si quelqu'un va mal, une vache qui a du mal vêler... Ils ont chacun une mission. Si ça vous intéresse à ce point, allez voir don Pino : il en est dingue, des Faunes, ricana le patron comme s'il s'agissait d'une chose répréhensible.

— Vous n'avez jamais été chez eux ?

— Moi ? s'écria Egisto. Pourquoi j'irais là-haut ? Se farcir deux heures de marche et cracher ses poumons ? Et pour voir quoi ? Quatre allumés qui n'ont besoin de personne et qui s'enterrent en plcin hiver sous des mètres de neige ? Si c'est vrai qu'ils vont ouvrir une route pour construire une piste de ski, j'y monterai avec mon 4 x 4.

— Ils veulent construire une piste de ski ?

— C'est une vieille idée, ça date d'avant le parc.

— Le parc a tout bloqué ?

— Un sac de nœuds, cette histoire. Au départ, la Région avait validé le projet, mais ensuite, ils ont décidé de protéger la zone. Résultat, on a fini avec une bataille d'avocats. Ils essayent de voir comment construire la piste sans trop faire de dégâts. Autant de bordel pour quatre hêtres ! s'exclama Egisto.

— Qui est à la tête de ce projet ?

— Qui voulez-vous que ce soit ? Malpeli. C'est le seul qu'a les moyens. Et c'est le seul qu'a les couilles : les écolos, les politiques, il s'en bat l'œil ! ricana encore le patron.

— Et au village, tout le monde la veut, la piste ?

— Pourquoi ? Vous ne la voudriez pas, vous aussi ? C'est mort, ici. Bientôt, on n'aura même plus de cars. Vous savez combien y a de hameaux abandonnés sur ces montagnes ? l'interrogea Egisto en balayant toute la vallée des yeux.

— Les Faunes les occupent, non ? rappela le commissaire.

— Oh oui, c'est beau, tout ça ! On ne sait même pas ce qu'ils fabriquent... Paraîtrait qu'ils s'accouplent comme les lapins sans trop regarder la parentèle, on dit même qu'ils font des partouzes. De toute façon, qui peut les voir ? déblatéra le patron en préparant un plateau de charcuterie et des copeaux de *grana*. Vous avez vu cet article ? dit tout à coup Egisto en lui montrant le journal. Un avocat américain qui cherche les héritiers d'un type qu'est mort là-bas, aux États-Unis. Paraîtrait que le défunt vient d'ici.

— Ça risque de se bousculer au portillon, supputa Soneri.

— Pas forcément, objecta le patron. Jusqu'à maintenant, personne ne s'est fait connaître. Le seul à se déplacer, c'est le mort : paraît qu'il a demandé à se faire enterrer ici et que son cercueil va bientôt arriver. Ils savent même où ils vont le mettre : dans la tombe d'une de mes tantes qu'on a transférée au columbarium avec son mari.

— Et ce mort, personne ne le connaît? s'étonna Soneri.

— Qu'est-ce que vous voulez, se justifia Egisto, il doit descendre d'une nichée partie y a plus de cent ans... Ils ont tous disparu, ceux qui pourraient s'en rappeler... conclut-il en dessinant dans l'air une croix avec la main.

— Il y a beaucoup d'argent?

— Moi, je dis que si y avait pas d'argent, un avocat s'embêterait pas à venir ici. Bien sûr, ça fait envie à plein de monde, tout ça, mais faut les documents, ils ne vont pas se faire escroquer sur parole, affirma l'homme.

— Quelqu'un va se manifester...

— L'argent ne reste jamais orphelin, décréta Egisto. Ils finiront bien par retrouver le propriétaire.

Soneri acquiesça, grisé par le jambon et le *strolghino* d'Egisto, ce saucisson de *culatello* que l'on faisait pendant l'hiver. Il allait lui répondre quand le téléphone mural sonna.

Il entendit le patron demander deux fois qui était à l'appareil, puis marmonner quelque chose avant de s'adresser à lui :

— C'est la Questure.

En attrapant le combiné, Soneri reconnut la voix de Juvara.

— Qu'est-ce qui se passe?

— *Dottore*, j'ai eu du mal à vous trouver, mais finalement, sur Internet... Vu qu'il n'y a qu'une auberge à Monteripa, je me suis dit...

— Qu'est-ce qui se passe? répéta Soneri plus fermement.

— Vous avez vu juste : c'est bien Ugo Malpeli, le cadavre.

Une secousse parcourut l'échine du commissaire comme lorsque l'on sent un danger.

— Comment vous l'avez découvert ?

— Grâce à ses empreintes digitales : Nanetti a dit qu'il n'y avait aucun doute.

— Tu vois, Juvara, j'étais au bon endroit.

— *Dottore*, vous êtes toujours au bon endroit. Vous avez un de ces flairs !

— Pour les emmerdes, ajouta Soneri en se souvenant de la phrase de Rasmi.

CHAPITRE 6

Le vacarme le tira brusquement de son sommeil. Des rires tonitruants, des chaises qui se cognent, des éclats de voix, comme lors d'une irruption nocturne dans une maison qui dort. Le commissaire ouvrit les yeux sans se rappeler où il était. Puis il se souvint de la soirée précédente, de tout ce qui le menaçait en dehors de cette chambre, et il eut envie de se recroqueviller sous la lourde courtepointe. Le boucan devenait insupportable. Ce devait être le prélude à une battue de chasse. Un moteur allumé faisait vibrer les vitres et, de temps à autre, un coup de klaxon réclamait l'attention de ceux qui étaient dans la salle. Soneri se redressa, mais le froid le découragea. Il se renfila sous les draps pendant plusieurs minutes, puis, d'un seul coup, il rejeta les couvertures et se leva.

Il ouvrit la fenêtre de la salle de bains et fut surpris par la blancheur de la lumière que renvoyaient les flancs montueux. Une fine couche de neige avait effacé la sombreur et relustré toute la vallée. Le commissaire fit sa toilette tandis que, sur la place et dans le bar, le vacarme devenait assourdissant. On entendait le va-et-vient des jeeps, les aboiements des chiens encagés à la traîne et les cris des chasseurs, déjà surexcités, impatients de se jeter dans la forêt à la suite de leurs limiers. Une fois qu'il fut prêt à descendre, le tapage cessa presque aussitôt.

Les unes après les autres, les jeeps quittèrent la place, et le silence revint. Au milieu de l'escalier, il rencontra Egisto qui montait le prévenir.

— Les carabiniers vous attendent, lui annonça-t-il à moitié contrarié.

— Les carabiniers ? s'étonna Soneri.

L'homme acquiesça, fit demi-tour et redescendit aussitôt, suivi du commissaire.

Deux militaires se tenaient debout au milieu de la salle, leur képi sous le bras. L'un devait avoir la cinquantaine, petit et chauve. L'autre, grand et jeune, avait les cheveux bruns. Le plus vieux s'avança et lui serra la main tout en se présentant :

— Adjudant-chef Nunziata.

Puis ce fut au tour du second :

— Carabinier Malacrì.

S'ensuivit un certain embarras durant lequel Soneri les fixa quelque peu stupéfait. Nunziata clarifia les choses :

— Nous venons en renfort pour l'enquête : ordre du commandement régional.

Soneri conserva le silence jusqu'à ce que l'autre se sente obligé de préciser :

— L'enquête vous appartient. Nous serons en renfort *in loco*, conclut-il comme s'il communiquait une dépêche.

Egisto, piqué par la curiosité, restait dans les parages pour écouter en douce. Alors le commissaire invita les deux hommes à une table à l'écart au prétexte de prendre un petit déjeuner.

— C'est le bordel, attaqua-t-il une fois assis. Le cadavre du torrent est celui d'Ugo Malpeli.

Les deux sursautèrent.

— Malpeli ?

Soneri fit oui de la tête.

— C'est louche, affirma l'adjudant-chef. S'ils l'ont tué ici, ils pouvaient le faire disparaître de mille autres façons.

— C'est un moyen comme un autre, commenta le commissaire. Avec la crue de ces derniers jours, il aurait pu s'échouer et ressurgir des mois plus tard. Malheureusement, il s'est planté sous le ponte di Mezzo.

— La poisse, glosa Nunziata.

— Dans tous les cas, un jour ou l'autre, on aurait dû s'en occuper, répondit Soneri avec fatalisme. Je voudrais aller chez Malpeli : dites-moi ce que vous savez sur lui et sur cette Bocchialini, qu'il a ramenée ici.

Les militaires se regardèrent avec embarras.

— Écoute, intervint le plus âgé en passant au tutoiement, nous, on n'est pas vraiment experts de ce bled. La caserne est à vingt kilomètres, plus bas dans la vallée, et à part Malpeli...

— Vous ne connaissez personne ? devina le commissaire.

— Pas plus que ça. En fait, on ne vient jamais ici, poursuivit Nunziata.

— C'est mort, à Monteripa, ajouta Malacrì, à part deux-trois notifs, ou un ivrogne qu'a fait une sortie de route...

— Vous savez quoi ? reprit l'adjudant-chef. À chaque fois que je mets le pied ici, ça me rappelle chez moi, en Sicile.

Soneri scruta les versants enneigés et recula un peu la tête.

— Je ne vois pas les orangers.

Nunziata rigola :

— Je ne parlais pas du climat. Je veux dire qu'ici, c'est chacun chez soi. Personne n'aime parler, tu comprends ?

— Les montagnards sont des taiseux, approuva le commissaire.

— Pire, renchérit l'autre en secouant la tête, ici, ils n'ouvrent même pas la bouche quand on les interroge.

Soneri jeta un œil à Egisto en train de ranger la salle.

— Il faut que j'aille voir cette Bocchialini, dit-il en se levant.

Après un instant d'hésitation, les carabiniers l'imitèrent.

— Nous, on est là pour escorter le cercueil.

— Le cercueil ?

— Le type des États-Unis, expliqua Malacrì. Il est arrivé hier à l'aéroport de Malpensa, maintenant, il est en route.

— Le corbillard doit se farcir le col à cause de l'éboulement, on ne sait pas s'il va réussir… Probable qu'on doive se le trimballer nous-mêmes, sourit l'adjudant-chef en faisant le signe des cornes.

— On a retrouvé ses héritiers ?

L'autre écarta les bras.

— On cherche, mais pour l'instant, on ne trouve rien. L'état-civil est un désastre : les documents sont illisibles, quand ils ne sont pas perdus. Tout a brûlé dans les années 60, et personne ne s'est occupé de tout reconstituer.

— Pourtant, il y a beaucoup d'argent en jeu… constata Soneri.

— Quelqu'un s'est fait connaître, qu'est-ce que tu crois, reprit Nunziata, mais nous, on a besoin des documents. Ou de témoins, enfin, ceux-là, ils sont presque tous morts. Je me demande ce qui l'a fait revenir dans ce cimetière, ajouta-t-il à la pensée de l'émigré. Dans un endroit que tout le monde veut fuir.

— La mémoire nous trahit, observa le commissaire, elle nous fait désirer des choses qui n'existent plus.

Les deux carabiniers le fixèrent avec étonnement comme il sortait du bar. Puis Malacrì le rattrapa.

— On te laisse nos numéros…

— Ça ne sert à rien, il n'y a pas de réseau, l'avisa Soneri.

— Ah ! Voilà pourquoi il ne captait pas ! s'exclama l'autre en regardant son portable. Comment on fait, alors ?

— On finira bien par se croiser, promit le commissaire. Vous allez tourner par ici, non ? Sinon, je viendrais vous voir au cimetière.

— Putain ! laissa échapper Malacrì en se les touchant pour conjurer le mauvais sort.

Soneri laissa le carabinier à ses superstitions et se mit en chemin vers la villa de Malpeli. La neige couvrait la route de lignes désordonnées qui ressemblaient à des coups de griffe. À mesure qu'il montait, la couche était plus consistante. Il n'y avait que sur les crêtes que l'on voyait des marches de roche vive, si inhospitalières que les flocons ne s'y arrêtaient pas.

Devant la villa, il découvrit des traces de pneus. Les trajectoires prouvaient que l'on était venu rendre visite à la Bocchialini, et reparti tout aussitôt. Un simple aller-retour, à en juger à la quantité de neige recouvrant les empreintes. Il sonna plusieurs fois, mais personne ne lui répondit. Il fit alors le tour de l'imposante clôture protégeant la villa, mais celle-ci lui parut aussi fermée qu'une moule. Il aurait besoin d'un mandat de perquisition. Il regarda son téléphone devenu muet et s'énerva. L'isolement qu'il désirait tant lorsqu'il était en ville à présent lui pesait. Il observa le talus à l'arrière de la propriété et décida de s'y attaquer : peut-être aurait-il du réseau s'il s'élevait de quelques mètres ?

Avant de ne plus avoir de souffle, il arriva à la lisière de la hêtraie. Cette maison fermée, ces traces de pneus ne disaient rien qui vaille : elles pouvaient signifier une fuite ou quelque chose de pire. Il entendit soudain des bruits sans toutefois les déchiffrer. Comme s'ils dévalaient la pente en se brisant contre les arbres et qu'ils se rapprochaient par fragments. Il continua de grimper sans distinguer d'où ils venaient. Puis il comprit qu'il s'agissait de coups de hache. Il s'engagea dans leur direction, en oubliant pourquoi il avait monté ce talus. Il distingua un bruissement de ramilles qu'on déplace et aperçut au même instant une ombre un peu plus haut, aussi rapide qu'une bête épouvantée. Il fit mine de s'élancer, mais dès qu'il eut franchi une petite broussaille qui se trouvait devant lui, l'ombre avait disparu.

Il continua d'avancer en suivant le rythme des coups de hache qu'on distinguait de plus en plus nettement jusqu'à ce qu'une voix se fasse entendre :

— On ne trouve rien en cette saison.

Plus bas, un homme entre deux âges et assez corpulent fit son apparition, coiffé d'une espèce de colbaque couleur lièvre. Il venait de couper une cépée de hêtres poussée sur une vieille souche.

— On trouve ce qu'on ne cherche pas, riposta Soneri.

— Le hasard nous fait marcher, reprit l'autre. Mais vous ne ressemblez pas à un cueilleur de champignons.

— En effet, je suis commissaire de police.

L'homme fut surpris et le fixa, puis lui tendit la main pour se tirer d'embarras.

— Cavazzini. Mais par ici, tout le monde m'appelle Afro.

— Vous, de ce que vous cherchez, vous en avez en abondance, constata Soneri en observant le bois. Difficile de le cacher.

— Qui vous a dit que je cherchais quelque chose ? retourna l'homme en plantant d'un coup sec sa hache sur une souche. Je ne suis à la poursuite de rien du tout, j'aide ce qui pousse sans moi, expliqua-t-il en regardant aussi le bois et en montrant les arbres.

— Vous êtes le garde forestier ? s'enquit le commissaire.

— Lui-même. Entre autres. J'apprends aux arbres à pousser plus vigoureusement. Comme pour l'entraînement d'un athlète : avec de la technique, il devient plus fort.

— Tous ces arbres dépendent de vous ?

— De Monteripa jusqu'au val Cedra : un sacré bout d'hectares.

— Vous vous en occupez tout seul ?

Afro écarta les bras d'un geste éloquent.

— Je suis déjà bien content qu'on me laisse ici.

— Dans tous les cas, j'ai l'impression que vous ne manquez pas de compagnie, constata le commissaire en se souvenant de l'ombre qu'il avait entrevue.

— On se fait toujours des idées fausses sur ce qu'on ne connaît pas : la première, c'est de croire qu'on est seul quand on est dans les bois, décréta l'homme.

— En effet, j'ai vu passer quelqu'un tout à l'heure…

— Il y a pas mal de va-et-vient… confirma Afro.

— Des gens circulent sur ces montagnes ? l'interrogea le commissaire.

— Qu'est-ce que vous voulez que j'en sache ? Des gens qui marchent sur la pointe des pieds et qui se jettent dans les talus comme des chevreuils dès qu'ils vous voient. Des gens pas très sociables. Vous êtes le premier à vous arrêter, lui apprit l'homme.

— On m'a parlé des Faunes, qui vivent en altitude. Ce sont eux ?

— Ah non, réfuta fermement Afro, eux, je les connais. Des braves gens qui ont à cœur ces territoires abandonnés. Les seuls de la vallée à aimer leurs montagnes.

— Les seuls ?

— Les seuls. Tous les autres les détestent. Ils rêvent de foutre le camp, de vivre comme ceux qu'ils voient dans les publicités. Et comme ils n'en sont pas capables, ils déchaînent leur colère en baladant leurs jeeps sur les pistes forestières et en tirant sur tout ce qui bouge. En se soûlant, aussi. Faut s'en méfier, comme de tous les désespérés, conclut Afro.

— Pourquoi vous ont-ils menacé ? balança Soneri à brûle-pourpoint.

Le garde forestier le regarda une fois encore avec surprise.

— Qui vous l'a dit ?

— Quelqu'un qui est dans le même cas que vous.

L'homme fit montre d'avoir compris.

— Ça ne me touche pas. Je suis serein, je ne fais de mal à personne. Vous voyez tous ces arbres ? Ils sont plus vieux que vous et moi. Le monde part à vau-l'eau, mais eux, ils nous font respirer, ils nettoient l'air de nos poisons. Ceux qui pourraient me tirer dessus en faisant croire à un accident ne se rendent même pas compte du bien que je leur fais.

— Ils vous en veulent parce que vous êtes contre la piste de ski ?

— Moi, j'appartiens à ces forêts, et eux, ils considèrent que la forêt leur appartient. Toute la différence est là, dit l'homme en souriant tristement. Ils sont stupides, parce que le développement, comme ils l'appellent, eux et les politiciens, c'est leur condamnation. Vous avez vu les éboulements ? Ici, tout s'écoule en aval. Et ce vent chaud, brutal, les caprices du temps…

— Quel rapport avec Malpeli ? insista le commissaire.

— C'est l'homme le plus puissant de la vallée. Il a les sous, et il donne du travail : on fait pas mieux !

— Et les chasseurs, il les fréquente ?

— C'est son Afrique, ici. Il vient prendre du bon temps en chassant le gros gibier, expliqua le garde forestier. Avec son fusil à la main, il fait partie des leurs. Il chasse avec ses amis d'enfance, il continue de jouer avec eux, sauf qu'aujourd'hui c'est des vraies armes. Ensuite, ils rentrent tous en groupe en klaxonnant comme des furieux, les proies attachées au pare-chocs, et tout ça finit en beuverie jusqu'au bout de la nuit.

— Et au village, qu'est-ce qu'on en pense ?

— Tout le monde a besoin de Malpeli, reprit Afro. Y en a qui ont un fils ou un parent dans son usine, d'autres, employés dans sa banque… Pour le reste, rien que des vieux en mauvais état. Les seuls à détonner, c'est ce jeune couple, les Breviglieri. Par naïveté, sans doute. Ils ne devaient pas savoir que ça marchait comme ça. Ils le payent cher, soupira l'homme.

— Malpeli aussi l'a payé cher, l'informa Soneri. On a retrouvé son cadavre à Parme, sous le ponte di Mezzo.

L'autre en resta abasourdi.

— Il a dû se fourrer dans une sale affaire. Ou peut-être qu'il devenait gênant : je crois qu'il en connaissait un rayon sur les magouilles des politiques.

— Le cadavre a été transporté dans le camion de Giancarlo Breviglieri...

— Ce jeune homme ? Ce n'est pas possible... bredouilla Afro.

— Il dit qu'on lui a emprunté, et que ce n'est pas la première fois.

— Je confirme. Un jour, il s'est plaint à moi. C'est de sa faute, aussi : il laisse les clés sur le contact.

— Possible. D'autant plus qu'il avait cinq impacts de balles sur son aile.

— Un avertissement, comme les bêtes mortes devant chez lui, déclara le garde forestier. Comme ça, vous êtes en train de chercher les équipes de chasseurs ?

— Non, répondit évasivement le commissaire. Pour l'instant j'essaye de téléphoner. Depuis que l'antenne a sauté, la vallée reste muette.

— Elle était muette avant, ironisa l'homme. Rassurez-vous, ils sont en train de la rétablir, ajouta-t-il. Ce matin, j'ai vu les ouvriers monter vers Badignana.

— Je continue, dit Soneri en le saluant, on ne sait jamais, je vais peut-être trouver du réseau.

— À cette saison, vous aurez plus de chance que pour les champignons ! ricana Afro.

La température avait dû se radoucir, car de la neige tombait des branches et saupoudrait le matelas de feuilles de hêtre. Tout à coup, Soneri déboucha sur un sentier et décela sur un rocher une vieille trace rouge et blanche quasiment effacée. Son portable vibra dans sa poche. Il y avait trois appels manqués : deux de la Questure, un d'Angela. Il la rappela en premier, mais son portable était éteint. Il passa donc à Juvara.

— Commissaire, le réseau est revenu ?

— Non, c'est moi qui suis monté le chercher.

— Il y a du nouveau, s'empressa de dire l'inspecteur. Nanetti m'a communiqué les résultats des premiers examens de l'autopsie, et il s'avère que Malpeli a été tué avec un objet contondant, même si on doit encore trouver lequel. A priori, un objet plat et large. La fracture du crâne est aussi nette que le trou d'un projectile. Le coup a dû être violent, il est mort instantanément.

— On ne sait rien d'autre ?

— Arrière de la tête, un peu au-dessus de la nuque, côté droit, spécifia Juvara.

— Probablement agressé par-derrière... raisonna Soneri.

— Oui, confirma l'inspecteur, et probablement de la main droite.

— Elles ne nous aident pas beaucoup, tes déductions, grogna le commissaire. Par contre, on dirait qu'on l'a frappé par surprise : une espèce de guet-apens.

— On dirait, acquiesça Juvara un brin sceptique. Mais vous savez aussi que c'est toujours risqué de ne suivre qu'une seule piste pour remonter aux causes. J'ai regardé ce genre de blessures dans nos archives, et dans 40 % des cas, il ne s'agit pas d'un guet-apens, mais de l'issue d'un corps-à-corps.

— Le monde n'obéit pas toujours à ce qu'on imagine, trancha Soneri, ni aux statistiques d'Internet.

Puis il changea de sujet :

— J'aurais besoin que Zammarano me signe un

mandat de perquisition du domicile de Malpeli. Tu peux t'en occuper ?

— Pour quand, *dottore* ?

— Maintenant. Je veux bien attendre une heure ou deux, mais après, je défonce la porte.

— D'accord, murmura Juvara, déjà inquiet à l'idée de devoir affronter le magistrat.

Dès qu'il eut raccroché, Soneri rappela Angela, mais son portable était toujours éteint. Il essaya au cabinet et tomba sur son répondeur. Il décida alors de retourner au bourg. Le ciel immobile avait pris la couleur du beurre. On entendait au loin les coups de hache du garde forestier se répandre dans la hêtraie comme si les vibrations s'étaient donné le mot. Enfin, il déboucha à ciel ouvert et se retrouva juste au-dessus des toits de Monteripa.

Cette fois, on devinait d'entre les maisons le grondement continu des pelleteuses qui tentaient de rétablir la route. Il chercha les carabiniers, mais ne les trouva pas. À part deux chiens et une poignée de vieux, personne n'était dehors. Soudain, il entendit un 4 x 4 descendre du col et s'arrêter sur la place sans couper le moteur, prêt à redémarrer. Il s'avança en pressant le pas comme s'il voulait surprendre quelqu'un, et le 4 x 4 lui passa devant alors qu'il était presque arrivé chez Egisto. Il s'arrêta pour reprendre son souffle et tomba nez à nez avec Angela. Ils s'observèrent à distance pendant quelques instants, tel un couple qui se retrouve après une séparation. Puis elle se mit à rire :

— On dirait que tu m'attendais, qu'on s'était donné rendez-vous.

— Les rendez-vous inattendus sont toujours les

meilleurs, décréta Soneri. Comment tu as fait pour venir jusque-là ?

— Je me suis renseignée : j'ai trouvé un service privé à Berceto, de l'autre côté du col. Tu te souviens de ce vieux chauffeur, sur la place ?

— Le taxi, résuma le commissaire. Ce n'est pas ici qu'il va trouver beaucoup de clients.

— Il fait des courses à la demande. Il a même un local. Depuis que la route est coupée, il m'a dit qu'il en avait fait pas mal. Aujourd'hui, j'étais la deuxième.

— Il t'a parlé de la première course ? la pressa Soneri, à présent suspicieux.

— Oui, et il en a gardé un souvenir indélébile, dit Angela en souriant malicieusement. Il m'a confié qu'aujourd'hui c'était la journée des belles femmes, ajouta-t-elle, un rien coquette.

— L'autre, c'était qui ?

— Une nana d'ici, partie à l'aube. Elle lui a même donné un pourboire. Elle ne voulait pas rater son train.

— Il t'a balancé autre chose ?

— Ben, disons qu'elle l'a beaucoup marqué…

— Une nana tape-à-l'œil ?

— Une bombe, comme vous dites.

Il se traita d'andouille. La Bocchialini lui était passée sous le nez. Le commissaire l'avait sous-estimée, avec sa mine désemparée… Il se remémora la Mercedes, capot en l'air dans le tournant. La femme n'avait pas attendu, elle avait tout laissé en plan. Ses soupçons ne faiblissaient pas.

— Retiens ton enthousiasme, le surprit Angela d'une voix sarcastique devant son air absent et préoccupé.

— C'est parce que je la connais, se défendit-il. C'est la maîtresse de Malpeli, expliqua-t-il en continuant de pérégriner à travers son esprit confus. Surtout, je n'imaginais pas que tu débarquerais ici, avec tout le boulot que tu as…

— Mais on est samedi ! Tu ne te souviens même pas de quel jour on est ?

C'était vrai, ça aussi, il l'avait oublié. Il comprenait maintenant le chambard de la battue de chasse et le remue-ménage dans le bar d'Egisto, et cette aube bouillonnante, seul soubresaut dans la torpeur de Monteripa. Une torpeur qui avait dû le contaminer puisqu'il était en train de dormir lorsque Nadia s'était enfuie de la manière la plus banale qui soit : avec cette espèce de taxi.

Par-dessus le marché, Angela lui montrait les articles de presse qui ne parlaient que du cadavre. Des photos s'étalaient sur la moitié d'une page où l'on voyait le corps recouvert d'une toile allongé sur la grève ainsi que la foule de curieux penchée au-dessus du parapet du ponte di Mezzo. On lisait à côté d'un titre qui rapportait une déclaration de Capuozzo : « L'enquête confiée à un spécialiste. »

Soneri écarta les journaux, comme d'habitude agacé par l'emphase.

— Tu ne vas pas te défiler, l'avertit Angela qui savait ce qu'il en pensait. La sécurité est la priorité de notre département, professa-t-elle en imitant le maire.

— J'y pige que dalle, avoua Soneri dans un soupir, ce bled est aussi indéchiffrable qu'une inscription étrusque. Tout m'échappe. Y compris cette femme…

— C'est dans ce genre d'enquête que tu donnes le meilleur, le rassura Angela en le morigénant un peu. Dès que ça piétine, et que tu te sers de ton flair et de ton instinct… Et puis, tu n'es pas dans ton élément, ici ?

— Le décor n'est plus le même, à part les montagnes et les hêtres. La mémoire a foutu le camp. On attend l'arrivée d'un mort, un type émigré aux États-Unis qui a voulu se faire enterrer ici, mais personne ne se rappelle qui était son père ou son oncle. Ils ne savent pas à qui attribuer l'héritage, expliqua Soneri.

— Sans passé, le fric non plus ne sait pas où aller, releva Angela.

— Au moment de mourir, ce type a dû penser qu'on lui ferait bon accueil. Qu'il existait encore une communauté, railla le commissaire.

— Au moins, il sera mort avec cette illusion. L'important, c'est qu'il y ait cru. Le désenchantement lui sera épargné.

— Il aurait eu plus de fleurs s'il était resté de l'autre côté de l'océan.

Angela acquiesça et allait ajouter quelque chose lorsque le fourgon des carabiniers déboucha sur la place et se gara devant l'auberge d'Egisto. Une étrange couronne de fleurs décoiffée par le vent se trouvait sur le toit, on aurait dit un nid de cigognes. Un ruban pendait sur le côté avec une inscription étrange : ADIEU MISTER GARULLI. Qui sait d'où il venait, et pourquoi ce mélange de langues… Pour seule escorte, les deux carabiniers étaient accompagnés de deux agents des pompes funèbres, l'air égaré, qui semblaient n'avoir qu'une hâte : enterrer le mort et fuir la neige, le froid, la solitude de Monteripa.

Egisto apparut sur le seuil et observa cet étrange corbillard avec ce mélange de curiosité et de désapprobation dont font preuve les montagnards face à ce qui rompt les habitudes. Soneri entendit Nunziata demander à Malacrì s'il s'était mis d'accord avec le prêtre, et l'autre lui répondit qu'il les attendait au cimetière. À ce moment-là, l'un des croque-morts remit la couronne funéraire en place, puis il remonta en bâillant. Quand le fourgon repartit d'un coup sec, on entendit la caisse glisser et cogner contre la portière arrière.

CHAPITRE 7

Soneri laissa Angela à l'auberge et profita de l'occasion pour retourner à la villa. Il escalada la clôture et rejoignit la porte d'entrée. Il se retrouva devant deux battants de châtaignier massif, aussi hostiles qu'un coffre-fort. Il refit le tour de la maison pour trouver une entrée secondaire ou une fenêtre plus facile à ouvrir, mais de tous les côtés l'habitation le repoussait. Il retourna à sa voiture et se rendit chez Breviglieri.

— Venez avec moi, lui ordonna-t-il.

Le jeune homme était livide.

— Vous ne pensez pas que je…

— Non, il ne s'agit pas de ça : j'ai besoin que vous m'aidiez. Prenez vos outils.

L'autre s'exécuta tandis que son épouse les observait avec gravité.

Une fois à la villa, Breviglieri s'épouvanta une nouvelle fois :

— Qu'est-ce que vous comptez faire ?

— Entrer, répondit le commissaire d'un ton décidé.

— Je suis désolé, mais je ne peux pas, s'opposa le garçon.

— Et moi, je vous dis que si, lui intima Soneri.

— Je ne veux rien faire contre ce type, bredouilla Breviglieri. Il peut ruiner n'importe qui, j'ai assez d'emmerdes comme ça.

— Vous n'avez plus rien à craindre, reprit le commissaire. Il est mort. Et son dernier voyage, il l'a fait dans votre camionnette.

— Je vous ai déjà dit…

— Il ne suffit pas de me le dire. Il faudra le prouver au magistrat. Et si vous voulez de l'aide pour ne plus être suspecté… insinua Soneri en montrant la villa.

Le jeune homme avait l'air secoué, et au vu de son trouble Soneri comprit à quel point Malpeli était redouté.

— Ça ne sert à rien de forcer l'entrée, l'informa Breviglieri. Mieux vaut demander les clés à Ablondi.

— Ablondi ?

— Il chasse avec Malpeli et il lui garde sa maison.

— Autant prévenir le clan entier des fusils de chasse, objecta Soneri. Je préfère l'éviter. On va forcer un des volets à l'arrière, personne ne nous verra.

— Vous êtes sûr ? s'alarma le garçon. Ils ont des yeux partout.

À son corps défendant, il se mit au travail. Il dévissa les gonds des volets et posa ces derniers par terre. Ensuite, il n'eut plus qu'à graver un demi-cercle sur la vitre à côté de la poignée, et les battants s'ouvrirent à leur tour.

Le commissaire sauta par-dessus le rebord de la fenêtre et pénétra à l'intérieur. Il avait atterri dans une des pièces du rez-de-chaussée garnie d'étagères métalliques pleines de classeurs et de dossiers, des espèces d'archives. Disposés au hasard comme dans un débarras, des objets disparates, ainsi qu'un lit défait qui semblait encore chaud. Soneri emprunta un couloir où donnaient plusieurs portes, puis il monta à l'entresol.

Quand il alluma la lumière, il se retrouva dans un décor complètement différent. Un mobilier soigné, un sol de terre cuite et parquet, des gravures et des reproductions dans des cadres raffinés, une salle de bains en porcelaine, le tout dans une atmosphère ambiguë de maison de tolérance. Trois chambres à coucher se succédaient, chacune dans le même style, tandis que le salon semblait aménagé en piste de danse. Il fouilla sommairement et s'aperçut que tous les meubles étaient quasiment vides. Seul un buffet contenait encore des verres, des assiettes et des nappes, sans doute utilisés en cas de réceptions. La maison ressemblait davantage à un appart'hôtel qu'à un lieu habité.

Il entra dans les chambres et éprouva une fois encore une impression d'ambiguïté. Chacune d'entre elles abritait un téléviseur noir à écran plat relié à un lecteur DVD, seule présence métallique parmi les étoffes raffinées et le bois massif. Les couleurs chaudes des papiers peints, les dentelles des rideaux et la lumière qui se répandait le long des murs sans violer la pénombre augmentèrent son impression. Il ouvrit les tiroirs et les examina. Certains contenaient des films pornos, d'autres, de la lingerie, d'autres encore, des accessoires érotiques et des boîtes de préservatifs. Au bout du compte, d'une banalité si prévisible que Soneri en resta presque mortifié. C'est alors qu'il comprit que le désordre familier du rez-de-chaussée lui réserverait davantage de surprises.

Il redescendit et retrouva une sensation de normalité. Il entra dans une salle de bains, sans doute utilisée peu de temps auparavant à en juger aux traînées de fond de teint au bord du lavabo. Derrière les portes que le commissaire n'avait pas tout de suite ouvertes, il trouva un autre salon ainsi qu'une chambre, plus accueillante, et là encore, un lit défait. Comme celles de l'entresol, ces pièces faisaient penser à un hôtel.

Très peu de vêtements, aucun objet personnel : défaut qu'il trouvait de plus en plus suspect. Dans le bureau, il tomba sur un cahier, abîmé sur les bords. Il l'ouvrit et le feuilleta. Malpeli avait noté ses battues de chasse d'une graphie élémentaire, suivies de la date et des noms des participants. La liste se terminait toujours par le butin, signalé de la même manière : *8 novembre, prise d'une bête de 85 kg, 23 novembre, prise d'une bête de 72 kg, 15 décembre, prise d'une bête de 101 kg*… Çà et là sur les pages, d'autres annotations sur les achats pour la maison, la fourniture du gaz ou celle du bois pour la cheminée. Et puis des numéros de téléphone inscrits en vrac, parfois de travers : ceux d'Ablondi, de Rasmi, d'Egisto, et d'autres, accolés à des noms typiques de la région. En les lisant, Soneri en percevait la sonorité familière, et chacune réveillait des souvenirs de classe, lorsque tôt le matin les enfants endormis, transis par le noir de l'hiver, répondaient à l'appel. Ce fut pour cette raison que l'un des noms frappa son attention : Nourredini. Un son venu d'ailleurs qui détonnait avec le chœur. Il nota le numéro et prit le cahier avec lui. Mais il se rendit compte qu'il lui manquait des feuilles. Il rouvrit le cahier et s'aperçut qu'on avait arraché des pages. Au vu de l'amputation, on l'avait fait d'un coup d'un seul, sans y réfléchir à deux fois.

Il retourna à la fenêtre et ressortit sous les arcades. Breviglieri avait disparu. Il tourna à l'angle et l'appela jusqu'à ce qu'il le vît surgir du bûcher, frigorifié et soupçonneux.

— Vous cherchiez à vous réchauffer là-dedans ? le titilla Soneri.

— Ce n'est pas du froid que je veux me protéger, répliqua l'autre d'un air sombre.

— De quoi, alors ?

— Je vous l'ai dit, commissaire : ici, il y a des yeux partout. Vous auriez préféré que je vous attende sans rien faire devant la fenêtre forcée ?

— Tôt ou tard, il faudra vous décider à me raconter ce que vous savez, grogna Soneri.

— Je vous ai déjà tout dit. Vous voulez m'attirer des ennuis, ou bien ?

— N'exagérez pas. Ils vous en veulent assez sans moi. Ça vous dit quelque chose, Nourredini ? Sans doute un nom nord-africain.

— Non. Mais à Corchia, il y a un groupe de Maghrébins : c'est peut-être quelqu'un de là-bas, répondit Breviglieri.

Le commissaire eut l'impression que le garçon voulait lui donner un tuyau sans trop s'exposer. Il enregistra sans rien dire et n'insista pas. Quand l'autre eut remis les volets en place, Soneri le raccompagna et remarqua durant leur bref trajet qu'il regardait de tous côtés, extrêmement mal à l'aise. Une fois devant chez lui, le commissaire réitéra :

— Vous feriez mieux de tout me dire.

Breviglieri resta immobile un instant en regardant ses pieds, puis se saisit de sa caisse à outils et descendit de voiture. Tout en refermant la portière, Soneri insista :

— N'oubliez pas que je suis le seul à pouvoir vous tirer d'affaire.

Puis il redémarra sans attendre sa réaction et s'engagea vers le cimetière.

La grille de fer rouillé était ouverte en grand, et le fourgon des carabiniers avait reculé entre les tombes.

— On vous a signalé un voleur d'âmes ou vous êtes venu arrêter le diable ? plaisanta Soneri.

— Putain ! Qu'est-ce qu'on me fait pas faire... maugréa Nunziata. Même le croque-mort ! Comme si les deux pouvaient pas s'en sortir tout seuls ! ajouta-t-il en faisant allusion au couple des pompes funèbres.

Il y avait aussi un vieux maçon en train de préparer un seau de chaux, s'affairant en silence, une cigarette au coin de la bouche. C'est alors qu'apparut don Pino de derrière une colonne. L'homme n'était pas très grand, d'une maigreur souffreteuse, mais ses gestes fusaient. Sa soutane accentuait sa maigreur et, à chacun de ses mouvements, se déployait comme un drapeau. Il chuchota à l'oreille du maçon, qui réagit comme s'il s'excusait. Puis il laissa tomber, fit quelques pas vers le cercueil, et Soneri se présenta.

Il sentit une main sèche et nerveuse, étonnamment chaude, serrer la sienne.

— Vous êtes un parent ? susurra le prêtre.

— Non, un commissaire de police.

L'autre s'étonna :

— Vous êtes là pour l'histoire de l'héritage ?

— Ce n'est pas sur ce mort que j'enquête, clarifia Soneri.

— Lequel, alors ?

— Malpeli.

Don Pino ne sembla pas vraiment surpris.

— Quand on vit d'une certaine façon... murmura-t-il, l'air mystérieux. Comment est-il mort ?

— Il a été assassiné. Vous le fréquentiez ?

— Non. Il n'était pas très religieux, cela dit, très peu le sont, ici. Ils ont perdu le souvenir de Dieu et de leurs origines, commenta le prêtre. Le seul à ne pas l'avoir perdu, c'est ce Garulli, malheureusement, il l'emporte avec lui.

— D'après vous, pourquoi ce Garulli a tenu à revenir ici ?

— Il avait au village trois sœurs célibataires auxquelles il écrivait souvent. Quand elles sont mortes l'une après l'autre, il y a maintenant plusieurs années, il n'est pas venu aux enterrements, quoiqu'il ait fait le nécessaire pour régler les cérémonies. Sans doute, supposa don Pino, qu'il se sentait coupable de les avoir laissées toutes seules. Ou peut-être croyait-il qu'ici on l'aurait accueilli comme l'un des siens.

— On dit qu'il était riche, rapporta le commissaire.

— C'est la seule chose qui l'a rendu intéressant aux yeux des gens de Monteripa. Pas ses obsèques, comme vous pouvez le constater. Ils sont beaucoup à vouloir mettre la main sur son argent, mais cet avocat américain est un dur à cuire, déclara le prêtre.

Le maçon avait fini de préparer la sépulture, et le moment de la bénédiction était venu. Don Pino prononça la formule consacrée et la fit durer plus que prévu, une sorte de messe abrégée, puis on plaça le cercueil dans le caveau. Les deux croque-morts déposèrent la couronne à côté ainsi qu'une pancarte en carton avec le nom du mort, puis repartirent en compagnie des deux carabiniers. Ne restèrent plus que Soneri et le curé tandis que tranquillement travaillait le maçon en raclant avec sa truelle.

— Ce mort de retour parmi nous est une affaire assez étrange, réattaqua don Pino, mais par ici, ce n'est pas ce qui manque. Vous voyez cette tombe, là-haut ? indiqua-t-il. Elle appartenait à un homme décédé il y a cinquante ans dont personne ne se souvient. Ce matin, quand le maçon l'a ouverte, elle était vide. Seulement de la poussière et des gravats.

— Vous voulez dire que ses restes ont disparu ? s'alarma le commissaire.

— Je ne sais pas. Peut-être qu'il s'agit d'une erreur. Il faudrait regarder dans les autres. Tout ça, nous l'avons découvert grâce à l'arrivée imprévue de ce défunt. Dans le caveau où se trouve aujourd'hui Garulli reposait une tante de cet Egisto, le patron de l'auberge de Monteripa. Il y a un mois, nous avons récupéré ses restes pour les mettre dans une case du haut. Mais avant, il fallait transférer les restes de la case, et ils n'y étaient plus.

— Ils étaient censés y être depuis quand ?

— Je n'en ai pas la moindre idée, répondit le prêtre. Le cimetière est géré comme un entrepôt : la marchandise, ce sont les morts, qu'il nous faut installer de façon à occuper le moins d'espace possible, pour simplifier la gestion aux vivants.

Il sourit amèrement.

— À chaque fois que j'y entre, je trouve quelque chose de nouveau : j'ai l'impression que les morts disparaissent.

— Ils ont déjà disparu...

— Après un court passage sur terre, ils nous fixent depuis le marbre. Ils y demeurent tant que quelqu'un continue de croiser leur regard immobile, ensuite, il n'y a plus que l'au-delà. Et seulement pour ceux qui y croient.

— Qui gère ce cimetière ? s'enquit le commissaire.

— Devinez...

— Malpeli ?

— Pas directement : il le gère par le biais d'une société administrée par son factotum, Ablondi. Ici, tout le monde était soumis à Malpeli. À part la communauté qui vit en terre haute.

— Les Faunes ?

— Oui, les Faunes. Des gens libres qui vivent dans la fraternité chrétienne.

— Ils ne sont pas bien vus, au village… risqua le commissaire.

— Au village, tout ce qui n'est pas profit n'est pas bien vu. Les Faunes n'ont pas besoin d'argent, le péché le plus grave.

— Vous les fréquentez ?

— Je monte les voir dès que je peux, mais c'est ici que je dois évangéliser.

— Ça ne doit pas être facile, imagina Soneri en croisant le regard du prêtre qui possédait quelque chose de fébrile, comme si dans sa poitrine bouillait une passion qu'il ne maîtrisait pas.

— Personne n'aime être remis en question. Les gens aiment qu'on les innocente, qu'on les rassure. Moi, ma spécialité, c'est de les passer au crible.

— Dans un certain sens, nos métiers se ressemblent, reconnut le commissaire. Moi aussi, chez les autres, je cherche la petite bête.

— Vous la cherchez sur des choses plus concrètes, rebondit don Pino. Un policier qui vous arrête, ça se comprend, mais un curé qui vous met sous les yeux la société pourrie, c'est plus difficile à défendre. Surtout quand on la trouve aussi joyeuse qu'un manège à la foire.

Ils entendirent des pas. Le maçon avait fini son travail : sur la chaux fraîche se trouvait maintenant une pancarte qui indiquait l'identité et les dates du défunt. Depuis les cimes, le souffle grave d'un cor se diffusa jusqu'au village.

— Il doit y avoir une vache qui a du mal à vêler,

expliqua don Pino. Ils préviennent la sage-femme, qui vit de l'autre côté du versant.

— Ils arrivent à s'en sortir ? se renseigna Soneri.

— Presque toujours. Il y a des gens instruits là-haut, et chacun met à la disposition des autres ce qu'il a appris, pour le bien de tous. Vous voyez où s'est réfugié le christianisme ? Il sera de retour, comme les partisans quand ils sont redescendus de ces montagnes, décréta le prêtre avec une expression prophétique.

— Et vous, vous en serez le guide…

Don Pino s'approcha, et une certaine violence qui paraissait le consumer de l'intérieur brilla dans ses yeux pénétrants.

— C'est une mission qui m'engage tout entier et qui me dépasse jour après jour, confessa-t-il à voix basse. C'est tellement facile, la voie du mal, poursuivit-il. Je ne crois même pas qu'ils le fassent exprès, ça leur est naturel. Que puis-je y faire ? Croyez-vous que je sois en mesure de faire changer de lit à un fleuve ? Je donne tout ce que j'ai, je lutte, mais à la fin, je capitule. Et chaque fois, mon désarroi augmente.

Un nouvel appel résonna, plus sombre que le premier.

— Je vais demander au substitut une autorisation pour ouvrir les colombariums, annonça Soneri aussitôt après, comme si cette note caverneuse était une déclaration de guerre.

— À mon avis, vous allez avoir des surprises, subodora le prêtre. En cas de besoin, vous me trouverez au presbytère, proposa-t-il en s'en allant. Si toutefois un curé peut encore être utile.

CHAPITRE 8

Tandis que Soneri revenait au village, son portable se réanima. Les techniciens devaient avoir rétabli l'antenne hertzienne de Badignana : la vallée renouait ses liens avec le monde. Angela l'attendait chez Egisto, mais le commissaire voulut d'abord essayer de joindre ce Nourredini. Il laissa sonner un petit moment, mais personne ne lui répondit. Il réessaya quelques minutes plus tard, toujours sans résultat. Il était sur le point d'appeler Juvara quand Nunziata et Malacrì pilèrent juste devant lui.

— La balade était bonne, avec les croque-morts ? plaisanta Soneri.

— Ils portent encore plus malheur que les chouettes, commenta Malacrì avec un nouveau geste de conjuration.

— Le col est recouvert de neige, et y a du verglas sur les routes, l'informa le gradé.

— J'ai bien peur qu'on n'en ait pas encore fini avec ce cimetière, les prévint le commissaire. J'attends l'autorisation du parquet pour ouvrir les tombes.

— Tu vas vraiment chercher là-dedans ? s'étonna Nunziata. Tu penses trouver quoi au milieu de ces vieux os ?

— D'après moi, ce ne sont plus de vieux os.

— Excuse-moi, commissaire, reprit Nunziata, mais tu sais comment ça marche ? D'abord, on met le cercueil dans un caveau, ensuite, on déménage les restes dans une case de columbarium, et quand la concession est terminée… circulez ! On dégage ! De toute façon, à ce stade, plus personne ne se souvient de toi. C'est comme ça qu'on disparaît définitivement, acheva le carabinier.

— Je sais, je sais… approuva péniblement Soneri. Mais là, je n'ai pas l'impression qu'on attende la fin de la concession. Si ça se trouve, les os ne finissent même pas dans les cases.

L'adjudant-chef soupira en posant un bras sur le volant pour montrer qu'il avait compris.

— C'est quoi le putain de rapport avec Malpeli ?

Soneri secoua la tête.

— Je ne sais pas. On a trouvé des sacs de restes humains dispersés sur la grève, des restes de personnes décédées depuis des années. Alors quand don Pino a fait allusion à cette case vide… Peut-être que ça n'a rien à voir, mais comme tout a l'air de se tenir, dans ce village… Le gérant du cimetière n'est pas un homme de Malpeli ?

À mesure qu'il parlait, il se rendait compte qu'il commençait à faire le lien entre des noms et des événements : un enchevêtrement d'indices dans lequel aucune solution ne s'était empêtrée.

— Si, un homme de Malpeli, confirma Nunziata. Son nom, c'est Ablondi. On a eu affaire à lui, quelquefois.

— Tu connais un certain Nourredini, un Nord-Africain qui traîne par ici ? le questionna le commissaire.

Nunziata se tourna vers son collègue en l'interrogeant d'un coup de menton. L'autre secoua la tête.

— Jamais croisé.

— J'ai trouvé son numéro chez Malpeli, poursuivit Soneri.

— Bizarre, observa l'autre. Malpeli détestait les étrangers. Personne ne les aime ici. Nous, ils nous respectent à cause de l'uniforme, mais sans lui, ils nous traiteraient de la même façon que les Marocains, conclut le militaire avant de redémarrer.

Le ciel s'était légèrement ouvert au-dessus de la ligne de faîte. On eût dit que les cimes anguleuses avaient lacéré la nuée, et maintenant la déchirure laissait filtrer une lumière austère et compacte comme au travers d'une vitre dépolie. Le commissaire rejoignit le bar d'Egisto où l'attendait Angela, mais un nouvel appel l'interrompit à mi-chemin.

— Enfin je vous trouve ! lança Zammarano avec sa voix de jeune homme.

Soneri se prit son âge en pleine figure et en demeura mortifié. Le ton un brin doctoral du magistrat novice, pas encore dégrossi par le métier, fit le reste.

— Vous ne pouvez plus continuer seul. Vous savez que vous êtes en devoir de m'informer de tous les actes de l'enquête ? le réprimanda Zammarano.

— La route était bloquée à cause d'un éboulement, la neige rend impossible la circulation, et le réseau était HS il y a encore une heure : vous êtes le premier à réussir à me joindre, répliqua le commissaire en s'obligeant à faire preuve de patience.

— Il y a des téléphones à fil, non ? chicana l'autre avec une telle vague d'antipathie que Soneri mit un temps à répondre.

Il se le représenta, ce fraîchement diplômé bien au chaud sur son siège, avec sa tête de brave garçon grandi dans le confort d'une famille aisée, et mesura à quel point l'écart entre ceux qui font des sacrifices et ceux qui sont aux commandes était irremplissable.

— Là où j'aurais pu vous appeler, des gens pouvaient m'entendre, trancha enfin le commissaire.

— Quoi qu'il en soit, reprit Zammarano, je n'aime pas cette praxis d'exiger des mandats par personne interposée, je ne trouve pas cela correct.

— Si vous voulez, je passe vous voir personnellement, et je perds une journée en voiture, le rembarra calmement Soneri.

— Votre présence serait nécessaire, poursuivit le magistrat. On vous a sûrement rapporté que la situation en ville était brûlante. On ne parle que de sécurité, cette affaire a frappé l'opinion publique.

— L'opinion publique sera rassurée quand nous conclurons cette affaire, fit noter le commissaire, et pour y parvenir, il faut remonter en amont : c'est justement là que je me trouve.

— Vous vous foutez de ma gueule ?

— Non, je vous expose les faits, rectifia froidement Soneri. Cette affaire est comme le torrent : elle court au milieu de la ville, mais elle prend naissance dans les monts. Je pense que c'est ici qu'il faut enquêter pour comprendre ce qui s'est passé.

— D'où le déduisez-vous ?

Le commissaire se sentit soudain désarmé. Comment lui expliquer les dizaines de petites intuitions dictées par les circonstances, l'omerta et les sous-entendus ? Un murmure permanent encore indéchiffrable, mais que l'on percevait nettement. Ainsi, au pied du mur, il balança la seule info capable de convaincre son interlocuteur :

— Le camion qui a transporté le cadavre appartient à quelqu'un du coin, révéla-t-il, conscient de jeter sur Breviglieri des soupçons inconsidérés. Je pense aussi que Malpeli était à Monteripa le soir du crime.

Zammarano grogna quelque chose, mais semblait convaincu. Toutefois, du ton de ceux qui veulent avoir le dernier mot, il affirma :

— Je crois qu'il faut aussi faire une enquête en ville.

— Chargez-en Juvara, mon adjoint… Draghi, Musumeci… suggéra Soneri.

Nouveau grognement du magistrat.

— Rien ne dit que je reste encore longtemps dans les parages… ajouta-t-il en pensant à l'ennui dont Angela ferait bientôt preuve dans ce coin de montagne. En attendant, j'aurais besoin d'une autorisation… insista-t-il.

— De quoi s'agit-il ?

— D'inspecter les colombariums du cimetière local.

— Quel est le rapport ?

— Je pense qu'ils sont vides. Vous vous souvenez des restes retrouvés sur la grève ?

— Vous pensez qu'ils viennent de Monteripa ?

— *Dottore*, je ne suis sûr de rien. Je cherche.

— Eh bien, cherchez. Et tenez-moi au courant, ordonna Zammarano.

La vallée s'éclaira brusquement de reflets aveuglants. Le soleil avait traversé les nuages, mais l'espace d'une seconde, comme un appel de phares. Soneri se remit en marche et vit qu'Angela l'attendait à une table du bar en feuilletant les journaux.

— Tu ne les as même pas regardés, lui reprocha-t-elle peu après. Tu devrais le faire pour être prêt à répondre.

— Répondre quoi ? Je n'ai que des doutes.

De l'autre côté de la salle, une tablée d'ouvriers faisait un bruit de tous les diables.

— Les gars qui bossent sur la route, l'informa Angela. D'après ce que j'ai compris, ils doivent la rétablir d'ici demain. Je l'ai entendu dire par un géomètre de la Région.

— Comme ça, tu pourras rentrer chez toi sans demander au taxi de te ramener à Berceto.

— Mais moi, je veux rester tout le week-end jusqu'à lundi matin, rétorqua-t-elle, piquée au vif. Tu aurais pu dire : « nous pourrons ».

— Mais je disais ça pour toi : tu vas faire quoi, en attendant ? Je risque d'en avoir pour un bout de temps, se défendit le commissaire.

— S'ils rétablissent la route, tu pourrais venir dormir à Parme.

— Je pourrais… susurra le commissaire. Sauf que tout le monde n'attend que ça pour pouvoir me baiser. Je n'ai pas envie de leur donner l'avantage.

— Comment tu le sais ?

— Tu ne vas pas te mettre, toi aussi, à jouer les magistrats ! s'agaça Soneri. Je n'en sais rien, c'est juste une sensation.

Puis, tout à trac, il lui demanda :

— Donne-moi ton téléphone.

Dès qu'il l'eut en main, il ouvrit le cahier trouvé chez Malpeli et composa le numéro de Nourredini. Ainsi que la première fois, le numéro sonna dans le vide jusqu'à ce que la ligne soit coupée. Il se leva et refit le numéro depuis le téléphone du bar. Quelques secondes plus tard, la voix d'un étranger répondit :

— Allô. Nourredini à l'appareil.

Satisfait, le commissaire raccrocha.

— Il ne répond qu'aux numéros qu'il connaît, annonça-t-il à Angela.

— De qui tu parles ?

— D'un Maghrébin qui figure dans les contacts de Malpeli.

— Ce qui veut dire ?

— Je ne sais pas, je trouve ça louche.

— Moi aussi, ça m'arrive de ne pas répondre à des numéros inconnus.

Le commissaire se tut, incapable d'exprimer une autre de ses sensations.

— Ce village mutique est hostile à tout, marmonna-t-il quelques instants plus tard en admirant le vaste espace de la vallée et le mur d'arbres à l'arrière-plan, telle une chevelure ondulée qui aurait blanchi sans prévenir.

Egisto lui-même, de par son expression ambiguë et indifférente, résumait parfaitement ce mutisme hostile. Même en énonçant le menu, il se montrait réticent :

— Nous avons des *anolini*… *tortelli*… Si vous voulez, je peux aussi vous préparer un risotto…

Une pause après chaque plat, comme s'il n'avait pas envie de révéler le reste.

Soneri commanda des *anolini* au bouillon, Angela, une salade et un poulet grillé. Lorsque Egisto voulut savoir ce que le commissaire prendrait ensuite, ce dernier répondit : « Sanglier », comme s'il obéissait à un réflexe conditionné. Les préparatifs de la battue du matin lui étaient revenus à l'esprit, et il imaginait Malpeli parcourir les talus de long en large, le fusil à l'épaule. Cette vision l'agita à ce point qu'il en attrapa son portable et appela Nunziata :

— Chef, tu sais où je peux trouver ce maçon qui bosse pour le cimetière ?

Il entendit le carabinier déglutir avant de répondre en plaisantant :

— Ben oui, bien sûr ! Maintenant qu'on est spécialistes en obsèques ! On a même l'uniforme noir…

— Tu peux le convoquer dans une heure, au cimetière ?

— Je vais essayer. Il a toujours des trucs à faire… Tu sais ce que c'est, quand tu travailles pour la mairie…

— D'accord, mais toi, tu es carabinier et tu vas lui donner un ordre, non ?

Quand il raccrocha, Angela lui demanda ce qu'il pensait trouver.

— Des os. Et si je ne les trouve pas, l'affaire sera encore plus intéressante.

Les *anolini* étaient excellents : le bouillon gras avait des yeux qu'il s'amusa à réunir du bout de sa cuillère en une seule grosse bulle uniforme, comme il le faisait lorsqu'il était enfant.

La nourriture lui redonnait toujours une certaine euphorie, et quand il termina son deuxième verre de bonarda, le monde lui parut moins adverse. Il se perdit en réflexions et commença à établir des connexions ainsi qu'à entrevoir des hypothèses, bien que celles-ci ne tiennent que sur des signes impalpables. Perdu dans ses ruminations, il aperçut la silhouette d'Elena se profiler derrière la vitre de la salle de la même manière que la veille. D'un pas rapide et zigzagant, elle avançait comme au travers des ramilles d'un maquis. Elle paraissait chercher quelqu'un, peut-être Soneri, comme le soir précédent.

Le commissaire l'observa longuement, et Angela s'en rendit compte.

— Elle t'intéresse tant que ça ?

— C'est la femme de Breviglieri, le propriétaire de la camionnette, expliqua-t-il. Elle dit que le village la persécute : non seulement on lui tue ses animaux, mais on lui en dépose sur le seuil de sa porte.

— Où est-ce qu'elle va ? On dirait qu'elle a bu, dit Angela en baissant la voix.

— Je n'en ai pas la moindre idée, dit le commissaire en avalant sa dernière bouchée de sanglier.

À cet instant, Egisto s'approcha.

— J'espère que vous vous entendez mieux pour d'autres choses que pour la cuisine, commenta-t-il en désignant les plats qui révélaient leurs goûts différents.

Soneri se sentit brusquement embarrassé et devint quelque peu nerveux. Il comprenait soudain l'étrangeté de la situation : un flic qui menait son enquête en compagnie de sa petite amie. Il craignait toutefois de froisser Angela s'il lui laissait entendre qu'elle était de trop. Quand son malaise se mua en inquiétude, il se leva et salua froidement sa compagne, puis quitta rapidement le bar afin de ne pas avoir à s'expliquer.

Il traversa le village, coupé en deux par la route qui menait à la vallée où se trouvaient plusieurs commerces ainsi qu'un petit débit de tabac. Arrivé sur la place de la mairie, il se dirigea vers l'église derrière laquelle le cimetière se nichait. Nunziata et Malacrì l'attendaient dans leur camionnette avec le moteur allumé pour ne pas trop souffrir du froid. En le voyant arriver, les deux quittèrent leur véhicule et le saluèrent au garde-à-vous. Le bruit pétaradant d'un petit triporteur annonça l'arrivée du maçon.

— On n'en a pas fini avec notre dose d'emmerdes, grommela l'adjudant-chef. Commissaire, c'est vraiment nécessaire d'aller casser les couilles aux morts ?

— Juste une petite vérif, minimisa Soneri, rien de plus qu'un contrôle routier.

— Dis donc, mon vieux, riposta l'autre du tac au tac, parle plutôt d'un contrôle à la douane de l'au-delà !

— Alors ? Qu'est-ce que je dois faire ? marmotta le maçon avec son éternel mégot de cigarette au bec.

— Ouvrir les colombariums, indiqua sèchement Soneri en pointant la rangée du haut.

L'homme ne sourcilla pas : à force d'ouvrir des tombes, il était devenu indifférent à tout. Il attrapa l'échelle qui servait à mettre les fleurs devant les cases du haut et l'installa au bon endroit. Puis il monta avec un seau rempli d'outils et se mit au travail. D'en bas, on entendait des petits coups aussi secs et rapides que le martèlement des pics-verts. Les deux carabiniers restaient plantés en dessous, et Malacrì marmonnait de temps à autre des propos incompréhensibles, sans doute des imprécations contre le froid, ou des conjurations. À l'intérieur de l'enceinte du cimetière, l'après-midi semblait se resserrer. On entendit venant des cimes le faible son d'un cor que l'air se dépêcha de dissiper. En revanche, ce fut distinctement que l'on perçut des coups de fusil provenant de la vallée, des rafales de gros plomb contre une bête en fuite. Puis ce fut le maçon qui brisa le silence :

— Celle-là, elle est vide.

Il s'agissait de la case d'un ancien combattant dont le marbre avait entièrement terni.

— Complètement vide ? Vous ne voyez rien ? insista Nunziata.

Pour toute réponse, l'homme enfila son bras jusqu'au coude et n'en sortit que de la poussière.

— Plâtras, résuma-t-il en montrant sa récolte.

— On continue, ordonna Soneri, voyons celles d'à côté.

Le maçon se remit au travail sur la case d'une femme décédée quarante ans plus tôt et, quelques instants après, en tira la même conclusion :

— Celle-là aussi, vide !

Dans le troisième loculus, l'homme ne trouva qu'un os, probablement un fémur, à en juger à sa longueur.

— Et les autres ? s'écria-t-il en ricanant et en agitant le fémur de manière obscène, son mégot à moitié éteint toujours collé aux lèvres.

Les deux cases suivantes étaient également vides, et lorsque le maçon s'apprêta à ouvrir la troisième, on lui avait facilité le travail.

— Celle-là, même pas besoin de se fatiguer ! jubila-t-il.

Il retira sans peine la petite plaque de marbre sur laquelle ressortait le visage éteint d'Evelina Magnani, veuve Missiroli. Au lieu de restes, le maçon en tira six petits sachets soigneusement confectionnés.

— Six petites miches de pain, commenta Nunziata quand il les eut en main. Tu sais ce que c'est ?

Le commissaire haussa les épaules.

— Vu comment ça se présente, je dirais de la poudre. Et dans des quantités non négligeables.

Le maçon s'était mis à fumer sur l'échelle en regardant avec satisfaction les trois se repasser les sachets, comme si tout le mérite lui en revenait.

— Vérifions les autres, décida Soneri.

— Je dois toutes les ouvrir ?

— Non, pas maintenant. Vérifiez si d'autres ont été ouvertes.

Un quart d'heure plus tard, le maçon exhiba une petite plaque, à peine ôtée de son support. Cette fois, c'était le visage moustachu du chevalier Remigio Santini, décédé cinquante-deux ans plus tôt, qui celait deux autres sachets.

— Je n'en vois pas d'autres, déclara peu après le maçon.

Ils n'auraient plus le temps de faire davantage de recherches. Le jour baissa d'un coup, et tous les lumignons des tombes s'allumèrent simultanément. Malacrì s'agita encore sous la pénombre des arcades.

— Commissaire, intervint Nunziata, on va aller vérifier la came.

Mais Soneri s'adressa au maçon :

— Ne parlez à personne de cet après-midi.

L'autre le regarda avec son éternelle indifférence et acquiesça d'un signe de tête.

— On compte sur vous, hein ! renchérit Nunziata.

Une fois assis dans le fourgon, le commissaire concéda :

— Dans une heure, tout le village sera au courant.

— Et tout le monde fera semblant de ne pas l'être, souligna Nunziata. Vous voyez que c'est comme chez moi ! Le seul truc qui leur manque, c'est l'allusion. En Sicile, un mot de trop et on soupçonne un message envoyé de travers. Ici, même pas. Ils se la ferment, et basta.

— S'ils veulent se faire comprendre, ils le font en dialecte. Et toi, tu ne le comprends pas.

Le temps de revenir au village et le jour mourut définitivement.

L'adjudant-chef alluma ses phares, et la neige voleta à travers le faisceau de lumière.

— Punaise, le temps s'y met aussi, pesta Nunziata.

— Le vent de la mer en janvier en retire un panier et t'en donne un boisseau, récita Soneri.

— Quoi ? voulut comprendre le militaire alors que Malacrì semblait saisi d'admiration.

— C'est un proverbe paysan : si le vent du sud souffle en janvier, il fait fondre un peu de neige avant d'en rapporter le triple, expliqua le commissaire.

— Putain ! lâcha Nunziata. On va finir ensevelis.

Il se gara devant le portail d'une ruelle du village, et Malacrì descendit après lui avec les sachets dans la main. Le commissaire leur emboîta le pas et remarqua près de l'entrée l'enseigne de l'Office des forêts.

— Ici, on n'a pas de caserne, alors on profite de l'hospitalité du garde forestier, expliqua le carabinier tout en sortant une clé afin d'ouvrir la porte.

Ils se réfugièrent dans la chaleur du bureau. Malacrì aligna sur la table les paquets trouvés dans les colombariums : six identiques, et deux un peu plus petits, comme si ça n'était pas la même personne qui les avait confectionnés.

— Comment on fait ? questionna Nunziata.

— Je dirais de les inciser pour voir ce qu'il y a dedans, proposa Soneri.

Malacrì sortit son canif, étendit un sac en plastique sur la table afin d'y déposer cette sorte de petite miche, puis y enfonça la pointe de son couteau comme s'il voulait l'ouvrir pour se faire un sandwich. Dès qu'il retira la lame, une fine poudre blanche en sortit.

— Putain, c'est de la cocaïne ! s'exclama Nunziata.

— Tu en es sûr ? intervint Soneri.

— *Dottore*, j'ai suivi une formation à Milan sur les stupéfiants, affirma le sous-officier, balayant toute forme de doute. Et celle-là, je peux t'assurer que c'est de la pure.

CHAPITRE 9

Un cortège tapageur brisa le silence de la vallée. Une dizaine de 4 x 4 redescendaient du col, violant la nuit à coups de klaxon. Quand les véhicules s'approchèrent, le commissaire aperçut des bêtes mortes attachées aux pare-chocs et entendit un concert de vociférations et de chansons paillardes. Egisto se tenait devant son auberge en affichant une expression de vieux père satisfait. Les 4 x 4, souillés de boue jusqu'aux portières, envahirent la place et déchargèrent un peloton de chasseurs encore verts, ventripotents et forts en gueule. L'eau des flaques et le sang des bêtes s'égouttaient des voitures. Un homme grand et gros se gara au milieu de la place et parla dans son talkie, avant d'entrer lui aussi chez Egisto. La bataille se poursuivrait à table jusqu'au bout de la nuit.

Angela surgit de l'obscurité.

— Je suis sortie, expliqua-t-elle, je n'ai jamais vu de mecs aussi grossiers. Y en a même un qui est entré avec des bottes crottées et couvertes de sang.

— Ils vont rester là toute la nuit, se lamenta Soneri. On ne va pas pouvoir dormir…

— On pourrait trouver autre chose à faire… suggéra-t-elle avec malice.

— Je veux bien, mais j'aurais préféré de la musique classique en fond sonore.

— Tu sais que j'adore ce qui sort de l'ordinaire…

Soneri garda le silence. Il songeait à son embarras de s'afficher en couple devant une tablée qui le regarderait avec mépris et malveillance avant de questionner Egisto en déblatérant sur son compte.

— OK, abrégea Angela, moi, j'ai trouvé un autre hébergement.

Le commissaire la fixa avec étonnement.

— Ah bon ? Où ça ?

— Je vais dormir chez les Breviglieri, annonça-t-elle. J'ai fait la connaissance d'Elena, et elle m'a proposé d'aller chez eux

— Écoute, Angela, ce n'est peut-être pas très indiqué, tenta de la dissuader Soneri. Son mari est sur le point d'être mis en examen.

— Et alors ? Je suis quand même libre, en tant qu'individu, de rendre visite à une amie que j'ai connue à la montagne, non ? Et puis, il se trouve qu'elle veut ouvrir un agritourisme et que, de temps en temps, elle loue des chambres pour se faire un peu d'argent. De toute façon, poursuivit Angela, les Breviglieri n'ont rien à voir avec toute cette histoire. Elena est une femme qui se bat pour son mari et ses enfants dans un village où il n'y a que les hommes qui comptent.

Ils furent interrompus par le portable du commissaire. Juvara paraissait en grande agitation :

— *Dottore*, j'ai du nouveau, attaqua-t-il. Zammarano m'a appelé pour me confier une partie de l'enquête…

— Je sais, le coupa aussitôt Soneri. Tu t'occuperas de ce qu'il se passe en ville.

— Ah, alors, ça vient de vous… percuta Juvara. J'ai commencé par cette Nadia Bocchialini et j'ai trouvé des trucs intéressants : on l'a grillée une fois dans un night-club rempli de dealers et de prostituées. À l'époque, elle s'en est sortie, mais les gérants sont tombés pour proxénétisme. *Dottore*, ajouta-t-il en baissant légèrement la voix, cette Bocchialini… enfin, vous voyez ce que je veux dire ?

— Faisait la pute, résuma le commissaire.

— Oui, enfin, pas le trottoir non plus, minimisa Juvara.

— Tu crois que c'est différent ? C'est juste une question de prix.

— C'est vrai. Les types ont les moyens : industriels, médecins, avocats et politiques.

— Politiques ?

— Je suis allé voir le dossier, précisa l'inspecteur. Un conseiller municipal et un adjoint sont cités, et même un parlementaire.

— Ils ont fini comment ?

— D'après vous ? Dossier classé : rien à voir avec le trafic. Juste quelques sniffs et…

— … quelques galipettes, acheva Soneri. En bref, rien de bien méchant… Tout le monde le fait, non ?

Comme souvent les timides, Juvara ne saisit pas l'ironie et en resta sans voix.

Puis il reprit :

— L'élément le plus intéressant, c'est la coke. On va tenter de remonter jusqu'aux fournisseurs. Il y en a des paquets dans la bonne société parmesane.

— Il va falloir que tu ailles en amont, le prévint Soneri.

— Absolument ! confirma l'inspecteur sans cueillir l'allusion. Les Stups sont déjà sur le coup, mais pour l'instant, sans résultat.

— Qu'est-ce qu'ils t'ont dit ?

— Pas de nouveau trafic à Parme, ni de nouveaux passeurs qui ne seraient pas d'ici.

— Ils sont devenus malins, Juvara, constata le commissaire.

— Ils nous dépistent sans arrêt, ça complique notre enquête, confirma l'autre.

— Tiens-moi informé, lui recommanda Soneri. Et suis de près cette Bocchialini.

Il mit un terme à la conversation sous le regard d'Angela qui le fixait sourire aux lèvres.

— Tu t'es foutu de sa gueule, je le vois à tes yeux, devina-t-elle.

— C'est pour son bien, se défendit le commissaire. Il doit apprendre à se démerder sans moi. Si je suis trop derrière lui, il ne prendra jamais son envol.

Le froid devenait de plus en plus insupportable.

— On bouge ? proposa Angela. Où on va ?

— À part chez Egisto… Malheureusement, c'est occupé, lui rappela le commissaire.

— Tu veux dire qu'il n'y a pas d'autre bled pour boire un verre ?

— Je t'avais prévenue, les touristes ne sont pas les bienvenus, par ici. Elena a dû te le dire…

— Elle m'a dit qu'on la traitait comme une pestiférée.

— De vrais chacals. Même pire… dit Soneri.

— Elle pense qu'ils sont surtout frustrés à force de comparer ce qu'ils voient à la télé avec ce qu'ils n'ont pas : du coup, ils pètent les plombs. Cas sévère de provincialisme, probablement.

— Ils n'ont plus d'identité. Le monde de leurs pères a disparu sans qu'un nouveau ne le remplace, glosa le commissaire. La plupart d'entre eux se sont barrés, et les rares qui sont restés, ou qui résistent, sont pourris par l'alcool. Ils se défoulent en s'en prenant à ceux qui ne peuvent pas se défendre : les arbres, les animaux, les personnes les plus faibles…

— Elena m'a dit qu'elle ne parlait qu'à don Pino et au garde forestier. Eux non plus ne sont pas bien vus.

— Oui, je sais.

— Ils en veulent au curé parce qu'il aide les étrangers : si ça ne tenait qu'à eux, ils les fusilleraient.

— Elle est allée voir don Pino, aujourd'hui ? s'étonna Soneri.

— Oui. Elle m'a dit qu'elle y allait souvent. Elle s'épanche. Il y a quelques jours, on a détruit tous les rangs de choux qu'elle avait plantés derrière chez elle. Elle espérait les vendre pour arrondir ses fins de mois.

— Elle n'a rien entendu ?

— Ils ont fait ça la nuit. Ils ont tout écrasé avec leurs jeeps, plusieurs fois de suite. Le bruit l'a réveillée, elle a tout vu, mais qu'est-ce que tu voulais qu'elle fasse ? Ses enfants se sont réveillés, ils étaient morts de peur.

— Salopards ! jura Soneri.

— Don Pino l'aide un peu en lui donnant trois sous par-ci par-là. Elle ne sait pas comment faire. Personne ne fait bosser son mari, à part d'anciens clients de son oncle. Ils se demandent s'ils ne vont pas retourner à Parme, ou bien rejoindre les communautés qui vivent en altitude : ils sont très attachés à ces montagnes, développa Angela.

— Ce sont bien les seuls. Eux et cet émigré qui a cru retrouver ce qu'il avait quitté soixante-dix ans plus tôt, considéra Soneri.

Ils s'installèrent dans la voiture, et le commissaire

alluma le contact afin de se réchauffer un peu. Il composa ensuite le numéro de Zammarano.

— Je vois que vous tenez compte de ce que je vous dis, se félicita le magistrat, content de ce deuxième appel en l'espace de quelques heures.

— J'appelle si j'ai quelque chose à dire, répliqua fraîchement le commissaire.

L'autre prit une respiration avant de répliquer tout aussi fraîchement :

— Très bien. Qu'avez-vous à dire ?

— Que le cimetière de Monteripa sert de dépôt de cocaïne, l'informa Soneri.

— Ah ! s'exclama Zammarano. Vous aviez raison d'avoir des soupçons. Heureusement que je n'ai pas signé d'autorisation sans fondement.

— C'est ça qui vous tracassait ?

— Écoutez, commissaire, il se trouve que j'ai des responsabilités, vous comprenez ? s'impatienta le magistrat.

— On ne se connaît pas, riposta Soneri, mais si vous vous étiez renseigné, vos collègues vous auraient appris que je n'ai jamais mis dans la merde aucun ministère public. Jamais.

— D'accord, d'accord… s'inclina l'autre, surpris par le ton ferme du commissaire. Et où se trouvait la cocaïne ?

— Dans des cases de colombariums. Vides.

— Ce qui voudrait dire que les ossements du torrent…

— C'est très probable. J'attends les examens de Nanetti.

— Je vais le prévenir tout de suite, se proposa Zammarano, brusquement prêt à rendre service.

— Non, attendez, l'arrêta le commissaire. On ne peut pas procéder avec des tests de compatibilité génétique si on ne se donne pas de méthode. Il nous faudrait des mois.

— Oui, bien sûr, admit le magistrat, désormais complètement soumis.

— Je dirais qu'il vaudrait mieux partir des restes retrouvés au cimetière pour évaluer leur compatibilité avec les ossements du torrent. Avec un peu de chance...

— C'est-à-dire, de quelle manière ? questionna l'autre, suspendu à ses lèvres.

— Si les restes des cases sont compatibles avec ceux du torrent, il y a de fortes chances que la totalité vienne du cimetière de Monteripa, conclut Soneri.

— Très juste, approuva Zammarano. Et l'on pourrait entreprendre des arrestations. Qui s'occupe du cimetière, là où vous êtes ?

— Un certain Ablondi, mais c'est prématuré : si on remue trop les eaux, elles vont se troubler, et on ne comprendra plus rien, avertit le commissaire.

— Prévenez-moi quand ce sera le moment, alors, acheva le magistrat avant de prendre congé.

Soneri referma son portable et démarra.

— On va où ? demanda Angela.

— Chez don Pino.

Ils traversèrent le village désert. Certaines façades affichaient des vestiges de blasons méconnus effacés par le temps qu'achevaient d'effriter les longs mois de l'hiver. L'église aussi, illuminée de nuit par de misérables ampoules, ressemblait à un lieu où aucun Christ ne s'arrêterait jamais. Don Pino y vivait contre vents et marées. Lorsqu'il les accueillit dans son logement d'une pièce où cohabitaient un réchaud à gaz, un lit, une table ronde et une bibliothèque, Soneri et Angela eurent presque le sentiment de lui voler son air et son espace. Des livres étaient éparpillés un peu partout, y compris sur les chaises, et une odeur de minestrone remplissait l'atmosphère.

Ainsi que la première fois, le prêtre se présenta dans un état d'extrême agitation. Il ne portait pas sa soutane, mais de simples vêtements civils. Rien ne laissait deviner qu'il était prêtre. Son visage au regard intense sous ses lunettes épaisses lui donnait un air d'intellectuel tourmenté, peu adapté à pacifier les âmes.

— Alors, vous aussi, ils vous ont expédié ici? demanda-t-il en s'asseyant devant Soneri et Angela.

— Vous ne vous y plaisez pas? lui retourna le commissaire.

Don Pino haussa les épaules.

— D'un certain point de vue, ces monts sont l'idéal pour un prêtre missionnaire.

— Vous avez été missionnaire?

— De nombreuses années, mais ma mission actuelle est sans doute la plus difficile : évangéliser les chrétiens de naissance qui en sont réduits à l'indifférence, expliqua-t-il.

— Beaucoup de choses se sont perdues, admit Soneri.

— Et en particulier la capacité de croire en l'autre, ajouta le prêtre. Tout est là, dans cette chose très simple : si vous ne croyez pas en l'autre, si les autres n'existent que par intérêt, alors le monde se brisera en mille morceaux. Et chacun d'entre nous ne sera qu'un débris de terre cuite, dépareillé et inutile.

— Je pensais que vous parliez de la foi en Dieu.

— C'est la même chose. Dieu nous a créés en tant que communauté. Renier l'autre, c'est Le renier Lui. Le vrai chrétien vit pour les autres.

De l'autre côté du mur, on entendit des pleurs d'enfant et une mère fredonner une berceuse aux accents de contrées lointaines. À ce moment-là, Soneri comprit ce que don Pino voulait dire.

— Combien sont-ils à côté ?

— Deux familles, cinq enfants en tout. Je leur ai donné les deux chambres que j'avais en plus. Ils doivent se débrouiller, mais je me débrouille aussi.

Le commissaire se remémora son enfance, cette époque où l'on dormait dans la même chambre que ses parents et où, en plein hiver, le linge séchait dans la cuisine. Il lui avait suffi d'entendre le vagissement d'un nouveau-né et tout avait refait surface. Mais il revint bientôt à la réalité.

— Que pensez-vous de Malpeli ?

Don Pino sembla hésiter. Puis il répondit :

— Il était riche, mais pas heureux.

— Vous le connaissiez bien ?

— Non, bien, non, précisa aussitôt le prêtre. Mais je savais. Je devine presque tout des gens qui vivent ici. Je suis un pasteur, ajouta-t-il avec un sourire douloureux.

— Un pasteur que les brebis n'écoutent pas... s'acharna Soneri.

— Je vous l'ai dit : il n'y a pas de monde plus aride qu'un monde déchristianisé. Il y a le stade où tout le monde a renoncé à Dieu, mais continue de faire semblant d'y croire : en agissant en bon chrétien, en allant à l'église... Au moins, le prêtre peut sauver les apparences. Mais là, nous avons dépassé ce stade : ils ne font même plus semblant.

— Une femme vient souvent vous rendre visite, affirma le commissaire.

— Vous voulez parler d'Elena Breviglieri ? Oui, elle vient souvent. Elle rencontre bon nombre de difficultés, elle a envie de tout lâcher.

— Pour aller où ?

— Rejoindre les communautés des Faunes. La première fois que nous nous sommes parlé, je lui ai raconté que les chrétiens d'ici étaient prêts à redescendre coloniser les vallées. Il faut quitter ce monde pour se régénérer et revenir avec un regard neuf, s'enflamma le prêtre dont la maigreur extrême faisait penser à un câble en tension. Comment l'a-t-on tué ? demanda-t-il sans prévenir.

— D'un coup sur la tête.

Don Pino sembla réfléchir quelques secondes.

— Espérons dans le pardon de Dieu, confia-t-il. Je crois que Malpeli luttait pour tenir ses angoisses en respect.

— J'ai besoin d'en savoir davantage sur Malpeli. Vous, vous connaissez tout de ce village… le pressa le commissaire.

— Je pense que ses angoisses naissaient du fait qu'il vivait en éludant la mort.

— Il l'a pourtant affrontée, répliqua Soneri.

— Je parle d'une autre mort, le corrigea le prêtre. De celle à laquelle on fait face tous les jours en tant que vivant, de celle qu'un homme de cinquante-six ans doit affronter.

Soneri comprit immédiatement ce qu'entendait don Pino, il l'avait ressenti douloureusement, comme un pincement.

— Je veux parler, continua l'autre, d'un homme imposant et puissant qui entrevoit le déclin et réagit en s'agrippant à la vie avec une énergie désespérée. Le déclin peut être insupportable pour qui n'accepte pas la limite de la mort. Pourtant, c'est quand on se sent perdu qu'il faut renoncer au monde et chercher la paix dans la foi. Le désespoir ou la foi, trancha don Pino de manière péremptoire en élevant la voix, tout en rapprochant son visage de celui de Soneri et d'Angela. Il n'y a pas de troisième voie. Ou l'on croit en Dieu, ou rien n'a de sens. Malpeli en avait l'intuition, mais il a choisi de se consumer jusqu'au bout en préférant le plaisir à la paix et en se précipitant au-devant du néant.

— Il avait des ennemis ? chercha à savoir Soneri.

— Je ne sais pas, répondit distraitement don Pino, comme si cette question ne l'intéressait pas. Au village, il venait s'amuser, mais en ville, ce qu'il fabriquait, je n'en sais rien.

— Des femmes ? insista le commissaire.

— On voyait des voitures de luxe, des gens fortunés… L'été, on entendait de la musique jusqu'au matin. Malpeli ne se ménageait pas…

— Avec tout ce qu'il a entrepris, justifia Soneri, il pouvait se le permettre.

— Laissez tomber, dit don Pino avec une expression tout à la fois sceptique et dégoûtée. Si l'on se place dans une perspective universelle, l'homme le plus important de la terre est d'une insignifiance totale. Que disent nos gestes, d'après vous, dans la micro-histoire des hommes ? Même s'il s'agit du geste le plus important, que veut-il dire par rapport à l'infinité du monde, à ses espaces d'où l'on ne perçoit que notre insuffisance ? Ne vaudrait-il pas mieux capituler et vivre avec authenticité ? Accepter nos limites ? Nous en remettre aux mains de Dieu ?

— Je comprends, acquiesça le commissaire. Mais moi, au nom de la loi, je ne peux pas accepter le meurtre.

— Qu'est-ce que vous croyez ? Que moi, je l'accepte ? protesta le prêtre. Être chrétien, c'est être révolté par cet ordre truqué ! s'écria-t-il soudain. Jésus est le plus grand révolutionnaire qu'on ait jamais vu sur la terre ! Imaginez son attitude, aujourd'hui, dans notre monde dominé par l'égoïsme, qui affame et tue son prochain. Autre chose que les bergers de Galilée ou les marchands du temple !

— Un homme a été tué, réattaqua patiemment Soneri, alors qu'on entendait toujours la berceuse au parfum d'Orient. Tuer est toujours inacceptable, ajouta-t-il.

— Voilà, votre pensée est une pensée chrétienne, approuva calmement don Pino. Tuer est toujours inacceptable, poursuivit-il avec affliction et en baissant la tête. J'ai failli, reprit-il avec un sursaut en jetant son regard perçant sur Angela et le commissaire. Je n'ai pas réussi à toucher les consciences. Dans ce village, on ne m'aime pas parce que je crie la vérité en face. Mon christianisme dérange, il est aussi abrupt que ces montagnes. Si j'étais un de ces curés accommodants qui excusent tout en permanence et qui gèrent leurs paroisses comme de zélés notaires en inscrivant les communions et les baptêmes sur les registres…

— Vous n'avez jamais rencontré Malpeli ? questionna encore Soneri.

— Rarement, et c'est lui qui est venu me voir, spécifia don Pino.

— D'habitude, ce sont les prêtres qui vont au-devant des autres, releva le commissaire.

— Il m'avait fait comprendre que je n'étais pas le bienvenu.

— Alors pourquoi est-il venu vous voir ?

— La paroisse est propriétaire d'une grosse parcelle de bois vers le mont Sillara, expliqua le prêtre. Il m'a proposé de l'acheter pour en faire une piste de ski.

— On m'en a parlé, confirma Soneri. Et qu'est-ce que vous lui avez répondu ?

— Que c'était une énormité, et que je n'avais pas l'intention de lui vendre. Cette parcelle est vieille de deux cents ans. De quel droit l'aurait-il abattue pour faire de la spéculation ?

— Et lui ?

— Il en a gardé une dent contre moi, reprit don Pino. Il est reparti hors de lui en me disant qu'il s'adresserait directement à la curie et qu'il finirait bien par me le faire avaler.

— Il se prenait pour le chef, ici, constata Soneri. Le village dépendait de lui, non ?

— Il le tenait dans sa main grâce à des hommes de confiance qui ont dicté leur loi à tout le monde, maire y compris. Ces gens servaient leurs propres intérêts, ils n'obtenaient fidélité et reconnaissance qu'en distribuant des faveurs. Et dès qu'ils avaient une minute, ils chassaient dans sa réserve, plus bas dans la vallée, ou bien ils braconnaient dans le parc.

— Ils vous ont menacé ? l'interrogea le commissaire en remarquant une sorte de gêne de la part du curé.

— Ils n'ont pas eu besoin, murmura-t-il. Ils m'ont isolé, on ne peut pas faire mieux. Isoler un prêtre, c'est comme retirer l'eau à un poisson. Je sers à quoi, ici, en disant la messe à trois petites vieilles complètement sourdes qui répondent au hasard pendant la liturgie ?

Le jour de la bénédiction de la craie, je ne trouve que des portes fermées. Je lutte, je persévère, mais l'indifférence finit par me ronger. L'église déserte, le cimetière où les os disparaissent, le mépris… Après ces épreuves, il n'y a plus que la croix.

— À la place des os, on a trouvé de la cocaïne, révéla Soneri en tâchant de rendre cette information la plus indolore possible.

Don Pino le fixa derrière ses verres épais : son regard s'éclaira d'une lumière scintillante. Puis il pencha la tête au-dessus de son assiette et entama son minestrone.

CHAPITRE 10

Ils marchèrent un bout dans le village au milieu des volets fermés sous un léger grésil tourbillonnant nonchalamment. Angela éternua.

— Je préfère t'accompagner chez les Breviglieri, tu as pris un coup de froid.

— Passons d'abord à l'auberge, proposa-t-elle.

— Avec ce bordel…

— Ça me donne des idées… susurra-t-elle en jouant les coquettes. Et puis je dois prendre mes affaires.

Quand ils arrivèrent sur la place, ils passèrent à côté d'un gros sanglier mort. Son groin énorme découvrait ses dents, sa langue pendante n'était plus qu'un grumeau de sang.

— C'est horrible mais ça m'excite, murmura Angela en se serrant contre Soneri. La vulgarité rallume toujours un truc dans le cortex cérébral profond.

Dès qu'ils entrèrent *Chez Egisto*, des commensaux se retournèrent pour regarder les nouveaux venus, et l'on baissa la voix. Le commissaire passa la tablée en revue en jetant un rapide coup d'œil entre mines prospères et barbes grasses. Il s'attarda quelques secondes sur celui qui avait parlé deux heures avant dans son talkie. Lui aussi le lorgnait d'un regard soupçonneux.

Tandis qu'ils montaient à l'étage, Angela se colla davantage à lui.

— Tu as vu comment ils m'ont déshabillée du regard ? Si j'avais été seule…

— Toujours cette histoire de cortex ? plaisanta Soneri.

Elle ne répondit rien et le dévora de baisers. Les chasseurs s'étaient remis à brailler. De temps à autre, des jurons et des plaisanteries triviales remontaient de la salle. Dans la chambre, tous deux se jetèrent sur le lit. Angela semblait électrisée par la situation. Leur désir érotique se mêlait aux propos obscènes. Ce qu'ils n'osaient se dire, un brouhaha de voix grossières le leur soufflait comme une musique d'accompagnement. Enroulés sous les couvertures, ils se sentaient dangereusement en équilibre au-dessus du vacarme, excités comme des clandestins à l'intérieur de leur tanière.

— Voilà comment maintenir un couple en vie, décréta Angela, frissonnante et fiévreuse dans la chambre glaciale. Mais toi, tu ne saisis jamais l'occasion.

— Tu me devances à chaque fois. Je voulais justement t'emmener dans un endroit qui t'aurait plu, se défendit le commissaire.

— Imbroglio, comme d'habitude.

— Non, je t'assure, insista Soneri. Je voulais aller au cimetière.

— C'est d'un banal ! le tacla-t-elle. Je ne serais jamais allée là-bas !

— Maintenant, je dois y aller pour autre chose.

— Tu es sérieux ?

— Je dois mettre un os sous séquestre.

Angela le fixa d'un air incrédule.

— Tu n'as pas entendu ce que j'ai dit à Zammarano ? On doit vérifier si les restes du torrent viennent de Monteripa. Si j'en ai la confirmation…

— Je viens avec toi.

— Non, je ne préfère pas.

— Je t'attendrai dans la voiture avec le téléphone à portée de main.

— Pour quoi faire ? Prévenir les carabiniers ? Ils sont à vingt kilomètres. On aurait le temps de me tuer et de me jeter dans une tombe. On est complètement isolés, ici.

— Je viens quand même, s'imposa-t-elle.

Le commissaire savait qu'il serait inutile de s'y opposer. Ils redescendirent et furent encore une fois dévisagés par la tablée. Tout en rejoignant le cimetière, ils imaginèrent les propos des chasseurs.

— Tu penses qu'ils t'ont envié ? dit Angela.

— Ils ont sûrement pensé qu'ils auraient fait mieux que moi, répondit Soneri, déjà distrait à l'idée de déambuler au beau milieu des tombes. Cela dit, si j'étais eux, je ne sous-évaluerais pas le soussigné, se flatta-t-il.

— Tu veux dire que je ne trouverai jamais mieux ? minauda-t-elle.

— Non, je veux dire que tôt ou tard le hasard finira par m'offrir un tête-à-tête avec un des types assis à cette table, clarifia le commissaire.

Angela, un peu déçue, n'ajouta rien. Puis Soneri la pria de se garer et de l'attendre, en se postant derrière l'église pour éviter qu'on ne la voie depuis la départementale. Il ouvrit la portière et poursuivit à pied sur la route du cimetière mouchetée par le froid.

— Sois prudent ! lui recommanda Angela par la vitre.

— Tu crois qu'à cette heure-là je vais rencontrer quelqu'un dans un petit cimetière de montagne ?

Devant la grille, il s'arrêta et leva les yeux : à l'arrière-plan, on ne voyait pas la montagne, mais on en devinait la masse à une sorte de respiration profonde qui faisait ondoyer le grésil. Il entra dans le cimetière et se trouva devant un alignement bien ordonné de lumignons. Il songea à celui qui avait dérangé le rigoureux ordonnancement funéraire et s'approcha des cases qui se trouvaient sous les arcades. Il prit l'échelle et grimpa dessus. Muni d'une lampe de poche, il éclaira les petites plaques, qui, désormais, ne protégeaient plus rien. Des visages d'autrefois et oubliés de tous défilèrent sous ses yeux, évoquant des modes anciennes et des traits familiers tout droit sortis de souvenirs d'enfance. Enfin, il aperçut la mine sévère d'Evelina Magnani, épouse Missiroli. C'était derrière sa plaque que le maçon avait trouvé le premier lot de cocaïne. Quant au fémur, il se trouvait trois loculus plus loin, dans le columbarium d'Ermenegildo Fogolla, ancien instituteur, mort en 1953. Soneri retira le marbre en le soulevant par le porte-bouquet, et la plaque céda en glissant comme un tiroir. Puis il projeta sa lampe et regarda à l'intérieur.

Ce qu'il vit tout au fond de la case lui fit immédiatement détourner le regard. Les orbites vides d'un crâne semblaient l'interroger avec concupiscence tandis que sa mâchoire démantibulée où brillait une dent en or avait l'air de se moquer de lui. Il eut soudainement froid et il se surprit à trembler. Il s'empara du fémur resté sur le bord de la case, le fourra dans une pochette de nylon et replaça la plaque derrière laquelle il avait vu au-delà du monde des vivants. Il voulait quitter ce cimetière, rejoindre au plus vite Angela pour la serrer fort dans ses bras : le geste qui le rassurait le plus. Il remit l'échelle à sa place et entendit un bruit en revenant sur ses pas.

Comme si quelqu'un s'était cogné dans quelque chose de métallique, un seau, probablement. Il jugea bon d'aller jeter un œil tout en décrochant son étui, prêt à sortir son arme. Il perçut de petits bruits sourds sur le pavement, semblables à ceux que font les gens quand ils marchent pieds nus. Il accéléra au bout des arcades en passant à côté des photos des morts qu'effleuraient de faibles lumières jusqu'à ce qu'il aperçoive un seau renversé contre une colonne : il y avait donc quelqu'un. Plus loin, il entrevit une ouverture qui menait au nouveau cimetière. Dans le noir, l'éclat opaque d'une ombre en fuite s'échappa par une petite porte qui donnait sur un chemin charretier à la lisière du bois. Il se mit à courir, mais il était trop tard. Il suivit les empreintes que l'autre avait laissées sur la fine couche de neige, mais en s'enfonçant sous les arbres, les traces s'étaient évaporées.

Il avait avancé au pas de course un assez long moment. Il s'était senti élastique et sa foulée lui avait procuré un sentiment de plénitude. Vivant, malgré tout.

— J'ai encore la forme, annonça-t-il peu de temps après à Angela en remontant dans la voiture.

— C'est plutôt moi qui devrais dire ça, répliqua-t-elle avec ironie.

— Je ne l'entendais pas dans ce sens-là, précisa le commissaire. J'ai suivi un type en courant et je me suis étonné de ma résistance.

— Il y avait quelqu'un ? s'alarma Angela.

— Oui. Il s'est enfui par le bois. Je n'avais pas remarqué la sortie par-derrière.

Angela éternua de nouveau.

— Allez, décida le commissaire, je t'emmène chez les Breviglieri.

Après l'avoir déposée chez Elena, Soneri retourna à l'auberge. Les pick-up étaient toujours là. Garés n'importe comment, ils donnaient l'impression d'occuper outrageusement les lieux. Il se remémora les récits de son père partisan : les rafles, les colonnes motorisées d'Allemands et de fascistes qui s'acharnaient sur des villages peuplés de femmes et de vieillards. Tout à ses souvenirs, il remarqua quelqu'un aller et venir dans la semi-obscurité, le portable à l'oreille. On ne comprenait pas ce qu'il disait, seulement des bribes de phrases. Quand l'homme passa près d'un lampadaire, Soneri se rendit compte qu'il ne s'agissait pas d'un portable, mais d'un talkie-walkie.

Le commissaire avança vers l'auberge. L'autre surgit peu après d'entre les jeeps, et quand il fut en face de lui, Soneri reconnut le type grand et gros qu'il avait déjà vu sur la place, et puis à table, deux heures avant.

— Quelqu'un s'est perdu ? demanda Soneri en faisant allusion aux chasseurs.

Cueilli par surprise, l'autre se contracta.

— Un sanglier blessé a pris la fuite du côté de Corchia. Ces bêtes peuvent être très agressives si elles perdent du sang, répondit-il.

Comme l'homme ne se présentait pas, le commissaire risqua :

— Vous êtes Ablondi ?

Il se l'était tenté, en suivant son instinct.

— Lui-même, confirma l'autre en plastronnant.

— Je ne crois pas qu'il y ait grand risque, cette nuit, poursuivit Soneri. Il n'y a pas âme qui vive sur la route.

— Vous ne connaissez pas les vieux du pays, le contredit Ablondi. Ils se lèvent avec la nuit et vont faire leur tour dans les bois. Ils peuvent se faire massacrer en un rien.

— Et vous, comment vous faites dans le noir ?

— Les chiens flairent l'odeur du gibier, l'odeur du sang. Tôt ou tard, ils le débusquent.

Le talkie grésilla dans la poche de sa veste, mais Ablondi n'y prêta aucune attention. Il l'éteignit machinalement.

— Les bois sont remplis d'animaux, mais aussi d'êtres humains, reprit le commissaire en repensant à la rencontre qu'il venait de faire au cimetière.

L'homme haussa les épaules.

— Les chiens ne se gourent jamais : s'ils ont un sanglier dans le nez, ils ne sentent plus rien d'autre.

— On en a déjà vu se faire tuer par accident.

— Encore ces vieilles rengaines ? s'insurgea Ablondi. Ça fait dix ans que vous nous cassez les couilles, les flics et les carabiniers.

— C'est arrivé malgré les chiens…

— C'est arrivé à ceux qui ne tirent pas en battue. Des gens qui chassent à l'approche, comme pour le lièvre ou la perdrix. Avec les sangliers, c'est différent : il faut rester en ligne, ne jamais se retrouver dans la direction du tir. Sinon, c'est un champ de mines.

— J'ai en tête une affaire récente : elle a eu lieu de nuit, comme ce soir, insista le commissaire.

— Parce qu'ils suivaient une bête blessée qui venait de la réserve, répliqua l'autre, légèrement agacé. Le règlement l'autorise, en cas de danger.

— La camionnette de Breviglieri aussi se trouvait dans la direction du tir ? jeta Soneri sans prévenir.

— Qu'est-ce que vous attendez de moi, commissaire ? réagit Ablondi d'une voix menaçante.

Cet homme était le chef de la bande, on le comprenait à l'assurance insolente dont il faisait preuve.

— Des explications, répondit tranquillement Soneri. Mettez-vous à ma place : on découvre une camionnette qui s'est pris cinq cartouches de chasse. Et cette camionnette vient de Monteripa… Vous comprenez que mes pistes soient limitées…

— Vous faites confiance à ce que racontent ces détraqués ? dit l'homme en haussant légèrement le ton. Vous ne voyez pas qu'ils sont fauchés ? Plus personne ne leur fait crédit ! Ils croyaient tout savoir en débarquant ici, ils voulaient même changer les coutumes du village.

— Quelles coutumes ? Ça fait longtemps que vous les avez oubliées, pour commencer, fit noter le commissaire. Un des vôtres est revenu se faire enterrer ici, et personne ne sait plus qui c'est.

— Mais si, mais si… marmonna Ablondi. Détrompez-vous, on vient de retrouver des membres de sa famille. Si vous voulez mon avis, c'est un de ses créanciers qui a tiré sur son vieux clou. Je vous dis qu'ils sont fauchés, ils ont des ardoises un peu partout.

— Ailleurs, peut-être, ici, ça m'étonnerait, raisonna Soneri. À moins qu'il y ait en jeu des intérêts plus importants. Beaucoup d'argent, j'entends : immobilier, équipements…

L'autre le fixa froidement, comme s'il lui en voulait.

— Qu'est-ce que vous voulez qu'il en ait à foutre, Malpeli, de Breviglieri ? Il peut bien dire ce qu'il veut, de toute façon son avis vaut moins qu'une mouche qui vole. Pénibles, ça oui, lui et sa femme fouineuse, toujours à faire prêchi-prêcha. Ça vient de la ville, et ça pense que ça va tout nous apprendre et nous commander. Ils ont toujours la prétention de tout diriger, ceux qui viennent là. Même les étrangers. Ils voudraient que ce soient nous qui se mettent de côté. Mais je vous en prie, faites comme chez vous…

L'homme apparut soudainement nerveux. Il avait perdu le calme qu'il exhibait encore quelques instants plus tôt. Soneri le scruta en cherchant à comprendre ce qui l'avait troublé. C'est alors qu'un coup de vent leur souffla au visage le nuage de poussière glacée qui n'en finissait plus de tomber. L'atmosphère annonçait un nouveau changement de temps. Ils gardèrent le silence, comme s'ils en prenaient acte. Puis le talkie grésilla de nouveau dans la poche d'Ablondi.

— Répondez, je vous en prie, l'invita Soneri.

Nouveau haussement d'épaules.

— S'ils l'ont pris, ils me le diront plus tard, marmonna l'homme en retournant chez Egisto.

Soneri lui emboîta le pas, puis il s'arrêta sur le seuil et observa le halo lumineux du lampadaire strié par les flocons épars qui tombaient dans l'obscurité. Curieusement, il n'était plus très sûr d'avoir envie d'entrer. La nuit et ses mystères réclamaient sa présence, et s'il les trahissait, il lui semblait qu'il se priverait de toutes les possibilités qu'ils avaient à offrir. La tentation d'aller se fondre au secret du silence était grande, d'autant plus que le boucan du restaurant le démoralisait.

Ce fut le froid qui le poussa à l'intérieur. Il ouvrit finalement la porte et traversa la salle en regardant droit devant lui. Les chasseurs avaient tellement bu qu'ils ne le remarquèrent même pas. Seul Egisto, à moitié endormi derrière son comptoir, le salua d'un signe. En refermant la porte de sa chambre, le commissaire vit surgir dans l'encadrement d'en face un homme grand et blond.

— Vous êtes le commissaire ?

— Lui-même.

— Je crois que nous n'allons pas beaucoup dormir, cette nuit, présuma l'autre avec un léger accent anglo-saxon. Je suis maître Farrell. Joe Farrell, ajouta-t-il.

Soneri le dévisagea avec surprise. Ensuite, il se souvint de Garulli et il devina tout.

— Vous êtes ici pour l'héritage ?

L'autre acquiesça.

— Nous sommes près de conclure, confirma-t-il. L'une des charges les plus difficiles que j'aie jamais eues à affronter.

— Venez dans ma chambre, l'invita le commissaire. Elle doit être plus chaude que la vôtre.

— La mienne est glaciale, confessa l'autre.

— Vous êtes américain ?

— Non, je suis anglais. Mais je vis en Italie depuis plusieurs années.

— Vous parlez bien notre langue.

— J'y suis obligé, sourit l'homme. L'italien possède une chose que les Anglais ont du mal à comprendre : la nuance. Il faut toujours essayer de comprendre ce qui se cache derrière les mots.

— Ils sont souvent trompeurs, admit le commissaire. Ils disent apparemment une chose, mais en signifient une autre.

— C'est ce que je pense de certains documents qui m'ont été remis par la commune, concéda l'avocat.

— Vous pensez qu'ils sont faux ?

— Je ne sais pas. J'ai parfois l'impression qu'on les a rédigés exprès. Sans parler de la manière dont cette histoire a démarré…

— Le vieux a laissé beaucoup d'argent ? s'enquit le commissaire.

— Une belle somme : deux millions et demi d'euros.

Soneri se fit plus attentif.

— Et vous avez fini par le trouver, le bénéficiaire ?

— Au départ, on ne savait rien. Quand mon confrère américain, James Ries, m'a chargé du dossier, personne ne connaissait ce Garulli, reprit l'avocat. Impossible de fouiller les archives municipales et de comprendre quelque chose. La plupart des documents ont été perdus dans un incendie, et puis ici, les vieux... Beaucoup ont perdu la tête, d'autres vous regardent en fouillant sans succès dans leur mémoire, avec leurs yeux délavés et leurs bouches édentées. Mais au milieu de tout ce vide, on voit pointer des documents. Quelqu'un entame des recherches aux archives paroissiales de la vallée, et un certain Alfredo Magnaschi entre en scène, conclut-il avec un certain scepticisme.

— Vous n'avez pas l'air d'y croire beaucoup, nota Soneri.

— Que j'y croie ou non n'a pas d'importance. Le fait est que ce sont des documents officiels. Comment pourrais-je m'y opposer ?

— Vous ne le pourriez pas, en convint Soneri. À votre place, j'aurais aussi des doutes. Il arrive de tout, ici : c'est un village fuyant, mystérieux...

— Face au caractère officiel des documents, que peut faire un avocat ? se lamenta Farrell. Le notaire les a validés. Si encore j'étais policier...

— Moi non plus, je n'y pourrais pas grand-chose, estima Soneri, également sceptique. Tout marche comme ça en Italie, par apparence. L'image est parfaite, la forme est garantie, mais la substance est pourrie.

— Ne soyez pas trop sévère avec votre pays, l'exhorta Farrell. Le monde tourne partout pareil : ne sont-elles pas de braves personnes qui respectent leur prochain, toutes celles qui envoient des milliers de jeunes crever dans des guerres ? N'ont-ils pas l'air irréprochables, ces bons pères de famille compréhensifs qui affament et saccagent ?

— En Italie, nous avons des circonstances aggravantes, souligna le commissaire en dodelinant de la tête, des quantités de bigots élevés par le clergé depuis des siècles. Dévots pendant la messe, mais prêts à massacrer leur voisin dès qu'ils se retrouvent sur le parvis.

— Il y a un autre élément que je trouve bizarre, ajouta l'avocat.

— Lequel ?

— Le bénéficiaire de l'héritage.

— Magnaschi ?

Farrell acquiesça.

— C'est un type assez rustre, gêné aux entournures. Il me donne l'impression que n'importe qui peut l'entuber. C'est peut-être pour ça qu'ils l'ont choisi ?

— Pour que d'autres que lui profitent de l'argent de Garulli ?

— Probable, approuva Farrell. Après tout, quelle importance ? Cet homme est mort, alors, ajouta-t-il en écartant les bras, que ce soient des étrangers ou des parents…

— Ça ne change rien si vous voulez parler des sentiments… observa Soneri.

— Mon confrère américain m'a rapporté que Garulli voulait revenir ici parce qu'aux États-Unis il était seul, raconta Farrell. Quelques jours avant de mourir, il a confié qu'il n'y avait qu'un endroit où il se sentait chez lui, c'était dans ces montagnes.

Le commissaire hocha la tête, entre colère et amertume.

— Et il ne savait pas qu'ici il n'avait plus personne ? s'informa-t-il ensuite.

— De toute évidence, non. Il a juste dit à Ries qu'il avait une cousine, une certaine Loretta, dont on a retrouvé des lettres non datées. Et en effet, le testament l'indiquait en tant que bénéficiaire. Mais en cherchant cette femme, j'ai découvert qu'elle était morte depuis dix ans. Et elle aussi sans descendance.

— Mais alors qui lui écrivait ?

— Allez savoir ! soupira l'avocat. Les lettres ne mentionnent pas l'expéditeur, et les timbres postaux sont illisibles. Elles sont écrites comme si c'était la cousine qui les avait rédigées. C'est toujours signé Loretta.

— Encore un mystère, constata Soneri.

— Peut-être qu'il ne s'agissait pas d'une cousine, mais d'une amie, supputa Farrell. Une femme connue dans sa jeunesse, qui savait, qui a tenté le coup. Vous savez ce que c'est quand un vieux a beaucoup d'argent… Pour être franc, nous n'avons même pas réussi à remonter la parenté avec cette Loretta, alors…

— C'est possible, acquiesça le commissaire. On ne peut compter sur rien, ajouta-t-il à mi-voix. On est tous bourrés d'illusions, et la seule chose de bien qui puisse nous arriver est d'y croire jusqu'au bout.

L'Anglais eut un sourire embarrassé.

— En ce qui me concerne, je dois me fier à ces documents, dit-il. Dois-je y croire jusqu'au bout ?

CHAPITRE 11

Le boucan avait duré jusque tard dans la nuit. Ensuite, à moitié somnolent, il avait entendu des portières se claquer et des voix circuler graduellement sur la place. Les uns après les autres, les 4 x 4 s'étaient éloignés jusqu'à ce que le silence retombe, et Soneri avait enfin retrouvé le sommeil.

Ce fut encore le grondement insistant d'un moteur qui le tira du lit. Exaspéré, il se leva d'un bond et ouvrit les volets : la place était complètement recouverte d'un empan de neige, et un homme au volant d'un tracteur, occupé à la déblayer. Légèrement étourdi par la blancheur, il resta stupéfait devant ces montagnes immobiles et mouvantes. Des sons de cors descendaient des hauteurs, et puis des hurlements de bandes de chiens perdues sur les versants. La neige dessous les arbres devait être moins abondante, la vie se déplaçait où le contact avec la terre était encore possible.

Il s'habilla et descendit. Farrell dormait toujours, malgré l'heure avancée.

— Il y a toujours des bringues de ce genre, le samedi soir ? demanda Soneri à Egisto tandis que ce dernier lui apportait son café au lait.

— Presque tous les samedis, oui, répondit l'hôte. Vous n'avez pas dormi ?

— Seulement au petit matin.

— Si je renonce à ces tablées, je ne m'en sors plus, s'excusa l'autre. Y a que ces soirs-là que je gagne un peu. Vous voyez comment c'est, l'hiver ? Ajoutez-y les éboulements, les chutes de neige…

Le commissaire signifia qu'il avait compris.

— On a même une épidémie qui touche les sangliers…

— Une épidémie ?

— Ce matin, on a retrouvé une bête raide morte devant l'Office des forêts, rapporta l'hôte.

— Ce n'est pas la première fois, observa le commissaire, allusif. C'est aussi arrivé chez les Breviglieri.

— Ne croyez pas à ces bêtises ! l'exhorta Egisto. Je vous parle d'une affaire sérieuse.

— Sûrement la bête blessée qu'ils ont cherchée cette nuit, supposa Soneri en relevant une épaule.

Le patron le fixa sans comprendre.

— Elle n'était pas blessée, rétorqua-t-il tout de suite après. Ceux qui l'ont vue disent qu'elle était normale. Ensuite, la bête a titubé et elle s'est écroulée en plein milieu de la route.

— Bizarre… commenta Soneri.

— Jamais arrivé, confirma l'autre. Les sangliers s'en vont toujours mourir dans des endroits inaccessibles aux chiens.

— Vous en pensez quoi ?

— Peut-être une nouvelle maladie. Le fait est que dans ces zones d'élevage…

— On a peur qu'une épidémie se déclare, acheva Soneri.

— Eh oui, acquiesça Egisto. La peste porcine ou la fièvre aphteuse.

— Il fallait y penser avant d'importer des bêtes de Hongrie, releva le commissaire. Ce sont les mêmes qui se plaignent aujourd'hui.

L'hôte fit volte-face.

— Et si on n'avait pas la chasse, qu'est-ce qu'on deviendrait, ici ? Je fermerais boutique ! Vous savez combien je gagne avec ceux qui viennent voir les montagnes sans même m'acheter une bouteille d'eau ? Ou ceux qui se garent ici, suréquipés avec des pique-niques dans leur sac ? Je pourrais crever que ça leur serait complètement égal.

— Où est la bête morte ? dit soudain le commissaire pour éviter les sujets qui fâchent.

— Ils l'ont brûlée. On doit les brûler, dans ces cas-là.

— J'ai encore entendu des chiens en vadrouille, ce matin, affirma Soneri.

— On dirait qu'ils sont devenus fous, eux aussi, marmonna Egisto. Ils ne répondent plus à leurs maîtres. Ça doit être dans l'air. Un truc qui tourne dans le coin…

— Ils sont plus haut, dans la forêt, dit le commissaire.

— Ils les ont perdus. Ils vont courir à s'en arracher le cœur, présagea l'hôte. À un certain point, la fatigue leur monte au cerveau, et ils ne trouvent plus leur chemin.

Soneri éprouva un besoin urgent de sortir. Il devinait dans l'air et dans cette blancheur des faits nouveaux qu'il ne parvenait pas à déchiffrer. Après quelques pas sur la place, il entendit une fois encore sonner les cors et résonner les hurlements. Il se hâta de retourner à sa voiture avant de se rendre compte qu'elle lui serait inutile. Il poursuivit à pied, assailli par l'angoisse de mener une enquête dont les modalités se confondaient avec autre chose. Avec les souvenirs de son père, avec cette solitude d'automne, à travers bois, à la recherche de champignons.

Une fois dans la hêtraie, il appela Angela. C'est Elena qui décrocha.

— Elle dort encore, répondit-elle.

Le commissaire s'étonna de la familiarité de la femme à l'égard de sa compagne.

— À cette heure ?

— Angela n'était pas bien, cette nuit. Elle a eu de la fièvre, l'avisa la femme.

— Je lui avais dit qu'il faisait trop froid… marmonna le commissaire.

— Vous devriez être content qu'elle soit chez nous, riposta Elena avec une complicité toute féminine. Vous avez su pour le sanglier mort ? demanda-t-elle ensuite en changeant de sujet.

— Oui, Egisto m'en a parlé.

— Cette fois, ce n'est pas comme d'habitude.

— En effet, confirma Soneri. C'est assez curieux.

— Ils ont brûlé la bête à Malora, l'informa-t-elle. J'ai aperçu les flammes, ça puait jusque chez moi.

— Ils redoutent la peste porcine.

— Et tous ces chiens qui traînent ? s'inquiéta-t-elle.

— Je ne sais pas, s'irrita Soneri.

Il s'était déjà posé ces questions sans trouver de réponse, et le fait qu'elle les lui répète le mettait mal à l'aise.

— Ils sont passés par là. Ils étaient une dizaine, ils couraient vers le col. Ils faisaient peur.

— Peur ? Des chiens de chasse ?

— Ils avaient l'air possédés. Avec la langue qui pend et de la bave jusqu'au cou. Ils ont dû courir toute la nuit.

— Vous comprenez ce qui se passe ?

— Non, soupira Elena. Mais je sens une certaine agitation. Ces chiens… souligna-t-elle.

— Vous les avez reconnus ?

— Pas tous… Un, peut-être, un pointer. Un jour, il s'était approché de chez moi, et je l'avais caressé.

— Vous connaissez son maître ?

— Quelqu'un de l'équipe. Je ne sais pas qui. Rasmi, ou Ablondi.

Soneri fut attiré par un bruit en amont. Il mit alors un terme à la conversation et continua de grimper. Des chevreuils étaient occupés à brouter les feuillages persistants du sous-bois à présent que la neige couvrait les pâturages d'hiver. Ils paraissaient tranquilles et l'observaient du coin de l'œil au cas où il s'approcherait d'eux. Soudain, un de leurs congénères brama dans un vallon pour leur donner l'alarme, et les bêtes s'élancèrent en chœur en fuyant en demi-cercle. S'ensuivit un moment de silence avant que Soneri ne voie surgir Afro d'une crête humide et moussue.

— Vous êtes partout, le salua le commissaire.

— Je suis chez moi, ici, se justifia le garde forestier en désignant les arbres.

— Il y a du remue-ménage, aujourd'hui.

— Les bêtes ont l'air folles, confirma l'homme. Allez savoir pourquoi…

— Vous avez eu de la visite, ce matin, reprit le commissaire en faisant allusion au sanglier mort.

L'homme acquiesça gravement.

— J'y ai vu un signe. Comme si cette bête avait appelé au secours.

— Vous pensez qu'elle est morte de quoi ?

— Je ne sais pas : son groin était couvert de bave. Le corps plein de boue jusqu'à la queue. Elle a sûrement couru longtemps avant de semer les chiens.

— C'est curieux, non ?

— Oui. Je n'y comprends rien.

Spontanément, ils reprirent leur grimpette. Le garde forestier devant, et Soneri derrière. Il n'y avait pas beaucoup de neige sous les hêtres, et l'herbe rare était aussi rigide que du cristal. De temps à autre, Afro s'arrêtait pour observer d'un œil expert une écorce de bois. À cette hauteur, les cimes paraissaient familières tandis que le fond de la vallée n'était plus qu'un bruissement lointain. À l'inverse, les cors des Faunes se rapprochaient de plus en plus, même si l'on ne comprenait pas d'où ils venaient exactement, d'un ailleurs indéterminé.

— Les bois ne sont pas tous pareils, l'instruisit Afro. Et même s'ils sont différents, ils se soutiennent. Personne ne se soutient autant que les arbres.

— Vous pensez qu'ils ont des choses à nous apprendre ? sourit Soneri.

— Le hêtre, poursuivit Afro, est un arbre qui ne pousse qu'au milieu des autres. S'il est tout seul, il meurt.

— Il partage la terre où il vit, sourit encore le commissaire.

— Essayez de planter un hêtre dans un pré, vous verrez s'il prend racine, développa le garde forestier. Si vous saviez le nombre de gens qui essayent d'en planter un dans leur jardin : ils peuvent toujours courir ! Le hêtre est un arbre social, il ne vit qu'avec une histoire. Il ne colonise que sa propre terre, il n'est pas adapté pour garder des villas.

— Ça aussi, c'est une belle leçon, murmura Soneri.

— Naître et grandir avec les autres, et seulement s'il y a de l'espace. C'est l'homme qui le lui donne, mais c'est l'arbre qui fait sa vie.

Ils avaient rejoint une petite clairière près de la ruine d'un vieux cabanon de charbonniers. La neige était plus haute, et le silence, tellement profond qu'on pouvait presque entendre les battements de leur cœur.

— Nous sommes ici sur les sentiers des partisans, expliqua Afro. Qui permettaient de garder le contact avec la Ligurie et la Toscane. Et bien avant, ces sentiers servaient de voie commerciale en reliant la mer et la plaine. L'huile et le sel venaient de la mer, le beurre, le fromage et la viande, de la plaine.

Le commissaire balaya le versant du regard : les teintes claires des hêtres et le blanc de la neige se mariaient aussi harmonieusement que les plumes d'un oiseau.

— Ils veulent la construire où, la piste de ski ? questionna-t-il.

Afro s'approcha d'un pas et indiqua le versant d'en face.

— Ils déblaieraient un axe jusqu'à la crête. Ensuite, à droite, ils construiraient la route, et au sommet, l'arrivée des télésièges. La montagne serait coupée en deux.

— Quel âge ont ces arbres ?

— Au moins deux cents ans, répondit le garde forestier. Personne ne les a jamais menacés, ajouta-t-il.

— Les magouilleurs de la finance et les spéculateurs n'étaient pas encore nés, gronda le commissaire avec amertume.

— Il y en avait aussi, à l'époque, le corrigea Afro. Mais aujourd'hui, on ne pense plus à long terme. On se massacre par intérêt. Comme les poules qui se disputent un ver. Si on pensait au-delà de nos vies, on trouverait des solutions.

— Ce qui veut dire : avoir des idéaux.

— Oui, aussi, approuva le garde forestier. Mais moi, je ne suis pas un intellectuel. Plutôt un genre de moine qui se consacre à prendre soin des arbres. Ce n'est pas un hasard si les plus belles forêts ont attiré des communautés religieuses. Je travaille ici depuis trente ans, et le résultat de mon labeur se verra quand je serai mort. Pareil pour mes prédécesseurs : les arbres restent, nous passons comme les hirondelles.

— Malheureusement, je ne suis pas dans le même cas : j'ai besoin de résultats tout de suite. Si tant est que j'y parvienne, bougonna Soneri.

— Vous n'êtes pas le seul, admit Afro. Le « tout, tout de suite » est devenu une lutte permanente des uns contre les autres : vous croyez que ça en vaut la peine ?

Ils continuèrent de grimper le sentier, sans but précis, en suivant le marquage. On entendait dans le lointain les aboiements des chiens, et en aval, les sifflements des maîtres.

— Ils n'obéissent pas, constata le commissaire.

— Ils n'ont qu'à les laisser courir, estima le garde forestier en haussant les épaules. Ils les enferment dans des chenils pendant des mois, ils n'ont pas envie d'y retourner.

— Ils les rappellent depuis hier soir.

— S'il n'y avait que ça de bizarre, au village, minimisa Afro.

Ils entendirent un grognement sombre, une sorte de sanglot guttural, sourdre d'une dépression à côté du sentier. Une corneille crailla, comme pour attirer l'attention.

— Il y a un sanglier, prévint le garde forestier.

Soneri le chercha du regard et entrevit dans l'herbe une masse sombre et immobile, en attente.

— Faites attention, lui recommanda Afro, quand ils vous observent sans bouger, c'est qu'ils ont l'intention de charger.

Le commissaire ne remua pas d'un pouce. Entre les arbres, on ne voyait pas la bête dans son entier. Plus qu'agressive, elle semblait étourdie. Au sol, la neige était marquée de coups de groin confus et de piétinements rapprochés. Ils s'observèrent un petit moment. Un nouvel aboiement arriva du versant, cette fois, un peu plus proche. Le sanglier fit une ruade et se mit à courir à travers les branchages avec indifférence, tel un rocher qui dévalerait la pente. Soneri s'avança pour explorer cette petite clairière où le troupeau était passé. Afro suivait machinalement et observait les rangées d'arbres. Toutefois, ce fut lui qui trouva un morceau de bouteille en plastique sous la neige retournée. Le commissaire l'examina attentivement.

— On est loin du sentier, remarqua-t-il.

— Plus rien ne m'étonne : je trouve des déchets partout. Cette sente est très peu fréquentée. Vous avez vu ? Le tracé ne se voit presque pas.

Soneri ne répondit pas et se remit à inspecter les lieux. Soudain, juste à côté d'une souche, il remarqua que des sangliers avaient fouillé jusqu'au noir de la terre. Il s'approcha et découvrit l'autre moitié de la bouteille partiellement ensevelie, quasiment enfoncée. Sur les parois et dans le fond de la bouteille, une poudre blanche.

— Il y a de la neige là-dedans, déclara-t-il en se penchant.

— De la neige autant que vous voulez, dit Afro sans comprendre.

— Je parle de cocaïne, précisa Soneri.

— Là-dedans ?

— Il y en a partout.

Le commissaire se releva.

— Au cimetière, dans les bois... Un patelin tranquille enseveli sous la neige...

Afro plissa les yeux et inspecta le trou.

— Ceux qui l'ont enterrée ici ont commis une erreur, conclut-il peu après. Ils n'ont pas vu qu'ils étaient sur un coin à truffes. Les sangliers les ont senties, voilà pourquoi ils ont creusé. Les prés sont enneigés, comme ils ont faim, ils doivent se débrouiller.

— Et sans le vouloir, ils ont sniffé la drogue... en conclut Soneri. À en juger les traces, ça devait être un sacré troupeau.

Les empreintes de sabots pointus recouvraient la terre et la neige, et parmi elles, des traces plus larges de pattes de chiens.

— Les sangliers l'ont sniffée les premiers, ensuite, les chiens qui les suivaient, nota le commissaire.

— Vous croyez que c'est pour ça qu'ils ont tourné fous ? s'interrogea Afro.

— Est-ce que la coke fait le même effet aux animaux ? Sûrement, ça expliquerait pourquoi ils courent comme s'ils dansaient la tarentelle.

— Commissaire, reprit timidement Afro, qu'est-ce que vous en pensez ? Qu'est-ce qu'on peut faire avec de la drogue là où personne ne passe ?

On le sentait préoccupé, comme s'il était en face d'une profanation.

— Je ne comprends pas, confessa Soneri. Pas encore, tout du moins.

Le commissaire, désorienté, regarda tout autour de lui. Il devinait chez tous ces arbres une présence vivante, une foule qui l'observait dans toute son impuissance. Même le sentier ne trouvait plus sa voie, perdu entre un tapis neigeux et des couches moelleuses de feuillages accumulées depuis Dieu sait combien d'automnes. Il sortit son portable et appela Nunziata :

— Adjudant-chef, on a encore de la neige.

— Putain ! S'ils ne dégagent pas plus vite la départementale, on ne pourra pas rejoindre Monteripa depuis le col, s'énerva l'autre sans saisir.

— Non, reprit le commissaire, je ne parle pas de cette neige-là.

— De la poudre ? Où ça ?

— Dans la forêt, là où personne ne passe.

— Je ne comprends plus rien à ce monde ! s'exclama le carabinier.

— Nunziata, ces chemins étaient des voies commerciales, non ? répliqua le commissaire.

Il avait prononcé cette phrase en suivant une association d'idées, ce n'est qu'ensuite qu'il s'aperçut que cette affirmation pouvait avoir un sens.

— Commerciales ? s'étonna l'autre.

— La via Francigena... Les cols qui relient la mer Tyrrhénienne à la plaine, tu vois ?

— Commissaire, je ne suis pas d'ici, moi ! lui rappela l'adjudant-chef.

— Il faut occuper les lieux où on l'a trouvée, ordonna Soneri en changeant brusquement de sujet. Au moins jusqu'à l'arrivée de la Scientifique, trancha-t-il en passant son portable à Afro pour qu'il explique comment arriver jusque-là.

Il appela ensuite Nanetti, et son collègue lui rentra dedans avant même qu'il n'ouvre la bouche :

— La prochaine fois, tu m'envoies un foie dans le formol ?

— Console-toi : les os n'ont pas d'odeur, riposta le commissaire.

— Toujours en forme, hein ? ironisa l'autre.

— Tu as trouvé quelque chose, au moins ?

— Plusieurs des restes du torrent sont compatibles avec le beau fémur dont tu m'as fait cadeau, expliqua Nanetti.

— C'est exactement ce que je voulais entendre ! se réjouit Soneri. Maintenant, il faut que tu m'envoies un de tes hommes pour mettre de la coke sous séquestre. J'en ai trouvé enterrée dans un bois.

— Ne cherche pas à m'avoir, c'est moi qui vais venir, répliqua promptement Nanetti. Tu me dois la moitié d'un repas, et je sais que là-bas on peut bouffer du sanglier et du chevreuil.

— Je suis désolé de te décevoir, mais pour arriver jusqu'ici, tu devras te faire parachuter.

— Connard ! Rappelle-toi que tu dois solder une dette. Et moi, j'ai envie de gibier.

— Tu crois que je suis dans un endroit tranquille où il fait bon passer la soirée ? Ici, on déloge les morts pour les remplacer par de la coke, et dans les bois, on trouve de la poudre à la place des truffes.

— Rassure-moi : les montagnes sont toujours là ?

— Celles qui ne s'éboulent pas ou qu'on n'a pas rasées…

— Trouve-moi une bonne auberge : tu ne vas pas t'en tirer comme ça, coupa court Nanetti.

— Avant de raser ces montagnes, intervint Afro qui avait écouté la conversation, ils devront voir ça avec moi.

— Et vous ferez quoi ? Vous, don Pino et les Breviglieri… Vous croyez que vous pourrez les en empêcher ? Les autres ont le pouvoir politique, et en plus ils se déplacent avec des fusils, rétorqua Soneri.

— Ils trouveront toujours plus fort qu'eux, reprit le garde forestier. Vous n'avez pas vu la montagne qui s'est effondrée sur la route ? Ils ont fait des coupes rases partout pour vendre le bois, et maintenant, plus rien n'arrête la terre. Mais les affaires de Malpeli s'effondrent aussi, et son usine d'embouteillage est à l'arrêt. Pour gagner leurs trois sous, ils ont causé un dommage cent fois plus gros, conclut Afro.

Même quand il s'indignait, l'homme conservait une expression étonnamment sereine. Et c'est ainsi qu'il écouta le commissaire lui affirmer avec autant de sérénité :

— Vous connaissez les gens qui tournent dans ces bois.

Afro planta son regard clair et désarmant dans celui de Soneri.

— Je sais ce que vous pensez : que je me tais parce que j'ai peur. Mais qu'est-ce que je devrais craindre ? Un coup de fusil quand je ne m'y attends pas ? Toujours mieux que de mourir à l'hôpital. Un coup de fusil inattendu, t'as pas le temps d'y penser, tu meurs, et puis basta. Comme de plonger dans le sommeil. On n'est pas mort, quand on dort ?

— Pourquoi se priver d'une partie de votre vie ? voulut comprendre le commissaire.

— J'ai plus de soixante-dix ans : de quoi je me prive ? C'est quoi un petit bout de vie comparé à cette forêt éternelle ? Nous manquons du sens des limites, à notre époque. Si vous l'avez, vous pensez à plus grand que vous. Si vous ne l'avez pas, vous restez un enfant qui veut tout.

— Vous ne m'avez pas répondu, insista Soneri.

— Je ne sais pas quoi répondre, c'est juste une impression.

— Laquelle ?

— Qu'ils ne sont pas d'ici.

— Qu'est-ce qui vous fait dire ça ?

— Leur pas est différent. Le pas des gens habitués depuis toujours à avaler des kilomètres sans avoir peur de la fatigue, de la faim et du froid…

— Des étrangers ?

— Je pense, oui. Tout pousse lentement dans la forêt, alors, la différence, on la remarque facilement.

Soneri était sur le point de répondre lorsque le son d'un cor se rapprocha.

— Venez, je vais vous présenter quelqu'un qui appartient à cet endroit, l'invita le garde forestier.

Ils grimpèrent encore un peu jusqu'à un pic à découvert d'où l'on pouvait surveiller les deux versants. La beauté de ce paysage, le sentiment d'espace et de liberté étaient à couper le souffle. Devant le commissaire, un homme à l'imposante barbe rousse se profila, assez trapu, mais descendant toutefois avec agilité à travers les fourrés afin de se présenter.

— Je m'appelle Ribot, dit-il en serrant la main de Soneri.

Il tenait son cor dans l'autre main et, de temps à autre, lançait des coups d'œil inquiets sur le versant opposé.

— Vous allez vous époumoner à force de souffler dans votre engin, observa le commissaire.

— C'est vrai que j'en ai sonné souvent, ces derniers temps, reconnut l'homme en fixant son instrument à vent, sans doute le rebut d'un orchestre tant il était rouillé et cabossé.

Après que l'homme se fut approché de quelques mètres, le commissaire trouva qu'il dégageait un charme indéfinissable, typique des créatures sauvages.

— C'est à cause des chiens ?

— Aussi, confirma Ribot, énigmatique. Ils terrifient nos bêtes. Parfois, ils les poursuivent jusqu'à ce qu'elles se perdent, et elles ne rentrent plus chez nous. Ce n'est pas la première fois que ça arrive, mais là, on est face à une maladie.

— Ils ont sniffé de la drogue dans le bois : je pense que c'est à cause de ça, l'informa le commissaire.

— Pour moi, ils ont attrapé la rage, dit l'autre. Ils avaient de la bave plein la gueule.

— Et les maîtres, vous les avez vus ?

— Bien sûr que non, dit Ribot d'un air méprisant. Ils les sifflent en restant à mi-côte. S'ils n'ont pas le cul dans leur 4 x 4, ils ne vont pas plus haut que les toits des maisons.

— Tant mieux pour vous, reprit Soneri. Tant qu'ils n'envoient pas les bulldozers.

L'autre lui jeta un regard menaçant.

— Qu'ils viennent, siffla-t-il, plus menaçant encore.

— Vous voulez dire que vous ferez de la résistance ?

— Ces montagnes sont grandes, et nous, on est capables de s'adapter, expliqua l'homme. On s'est pris une tranche de monde dont personne ne veut plus parce qu'il n'y a pas de confort. Tous les habitants de la vallée se foutent de nous, mais nous, on attend le jour où ils nous donneront raison. Et ce jour-là, c'est nous qui recommencerons là où ils ont échoué.

Les chiens hurlèrent encore en plein milieu du bois. Ribot saisit son instrument, le pointa vers le haut et en tira une note puissante qui glissa sur les cimes des arbres en se frayant un passage dans l'air immobile.

— Vous communiquez toujours comme ça ? l'interrogea Soneri.

— Comme ça, ou en personne. On marche beaucoup, c'est le meilleur moyen de connaître les lieux. Il n'y a qu'en marchant qu'on les habite vraiment.

— Alors vous devez savoir qui enterre de la drogue… ? le pressa le commissaire.

— Non, on ne s'occupe pas de ce genre de camelote. Ici, on vit en harmonie, et le monde nous plaît comme il est. On n'a pas besoin de s'en construire un autre. Si on ne se sent pas bien, on peut toujours retourner vivre dans les villages, ou en ville. Ça n'arrive pas souvent, en général, les gens restent chez nous, acheva Ribot avec un ton de mise en garde.

— Vous n'entretenez de relations avec personne, au village ?

— Avec ceux qui partagent nos choix sans avoir le courage d'affronter les hivers jusqu'ici, expliqua l'homme. Ou avec ceux qui grimpent les vieux sentiers pour faire du porte-à-porte. Ceux-là, ils savent marcher, c'est bien les seuls, et ils acceptent le troc. Nous, on n'a pas d'argent : de la merde qui brûle les mains et qui apporte la haine entre les gens.

— Ils viennent aussi l'hiver ?

— Jusqu'à un certain point, précisa Ribot. Au plus haut de la route goudronnée. C'est nous qui descendons.

— Vous voulez dire jusqu'au col ?

— Plus ou moins, confirma l'homme. Avec la neige, on ne voit pas grand monde, même entre nous, on ne se voit pas beaucoup : l'hiver, on vit sur nos provisions et on bouge le moins possible. On descend quand ça sonne, dit Ribot en montrant son cor, dans ces cas-là, ça signifie qu'il y a urgence.

— Comme maintenant ?

— Comme maintenant, acquiesça l'homme en portant l'instrument à sa bouche et en faisant vibrer l'air raréfié.

CHAPITRE 12

Il s'était mis à neiger dru au moment où l'on avait su que la route était rétablie. Alors qu'on avait déblayé la terre, c'était maintenant la neige qui isolait le village.

— On va encore être bloqués ? bougonna Angela au téléphone d'une voix nasillarde.

— Même si on ne l'était pas… Avec la crève que tu te traînes… répondit Soneri.

— J'ai une audience, demain, protesta-t-elle.

Plusieurs camions passèrent, dont un qui remorquait une énorme pelleteuse, suivis, plus timidement, de fourgonnettes chargées de denrées. Les chiens continuaient de hurler depuis les massifs boisés des versants. En fin de matinée, on avait appris la découverte du cadavre d'un limier juste au-dessus de Malora. À en croire les rumeurs, le chien avait continué de courir avec le ventre ouvert jusqu'à ce que ses entrailles en sortent.

— Reste au lit, recommanda Soneri à Angela, toujours persuadé que quelque chose lui échappait. Il vaut mieux attendre que tu n'aies plus de fièvre.

— Hier soir, j'ai entendu Elena discuter avec son mari, révéla-t-elle à mi-voix.

— Ils se sont disputés ?

— Oui, je crois. Même entre eux, ils ne sont pas d'accord.

— Tu as compris pourquoi ?

— À cause d'un voyage, apparemment. Elena ne voulait pas qu'il le fasse, expliqua Angela. J'ai l'impression que Breviglieri ne m'aime pas beaucoup, ajouta-t-elle.

— Il te regarde de travers ?

— Comme une intruse.

— En même temps…

— Je paye, se défendit Angela. Et puis c'est Elena qui m'a proposé de venir.

— Tu as compris de quel voyage ils parlaient ?

— Non. Mais ça avait l'air d'être loin d'ici. Peut-être un des concerts auxquels il participe ? Ils ont aussi parlé d'argent.

— Je passe te voir après déjeuner, promit Soneri avant de raccrocher.

Il appela ensuite Juvara qui répondit en reprenant son souffle.

— *Dottore*, j'allais justement vous appeler, démarra-t-il, j'ai du nouveau.

— D'accord, mais avant, écoute-moi, le coupa le commissaire avec autorité. Appelle la Compagnie des autoroutes et vérifie si Breviglieri a emprunté des péages ces derniers mois. Je ne pense pas qu'il ait de télépéage ni de carte d'abonnement, il faudra visionner les vidéos. Avec un peu de chance, ajouta-t-il, il a pu se faire contrôler et s'être mangé une amende.

— OK, dit l'inspecteur un peu moins enthousiaste. *Dottore*, vous êtes au courant de l'opération qu'on a menée avec Draghi et Musumeci ?

— Comment tu veux que je sois au courant ? Je suis complètement isolé, s'énerva Soneri.

— On a coffré Combi, le fabricant de céramiques industrielles.

— Juvara, qu'est-ce que tu manigances ? Tu fourres ton nez dans les hautes sphères ?

— Il ne fait plus partie des cercles qui comptent, et je pense que c'est à cause de ça qu'on a pu lui mettre la main dessus, expliqua l'inspecteur. On a aussi coincé deux conseillers municipaux, mais les dépôts de plainte n'ont rien donné. Combi, lui, est tombé, parce qu'il achetait de la dope par centaines de grammes et la refilait à ses amis dans les soirées. Où officiaient des putes à deux mille balles la passe.

— Tu es devenu grossier ? le moqua Soneri. Dès que je lâche un peu de bride…

— Commissaire, reprit Juvara, le truc, c'est qu'on ne comprend pas d'où vient la poudre.

— Et les Stups ? Ils disent quoi ?

— Rien, malheureusement. Ils répètent qu'en ce moment les circuits habituels sont à sec. Ils ont aussi cuisiné les indics, mais ils ne savent rien non plus. Bien sûr, ils parlent d'extracommunautaires qui en commandent un peu en plus de vendre du shit, mais pas au point de justifier les quantités trouvées chez Combi.

— Le maire n'a pas envoyé la brigade anti-dégradation au conseil municipal et à la Confédération des industriels ? ironisa le commissaire.

— Ça ne risque pas, rétorqua l'inspecteur, tous les soirs, les vigiles font des rafles parmi les clochards, et le lendemain matin, on a droit à un bel article dans le journal. L'autre jour, ils ont passé un étudiant africain à tabac en pensant que c'était un dealer, ils ne se sont même pas excusés.

— Tu n'as plus de nouvelles de la Bocchialini ?

— Disparue. Mais les call-girls enrôlées par Combi la connaissent bien.

— Peut-être qu'elles bossaient avec elle.

— Probable, opina l'inspecteur, mais davantage que les femmes ou les litres d'alcool éclusés, c'est la coke qui m'inquiète, dans ces soirées.

— La came a peut-être suivi le courant de la Parme, balança Soneri. Comme Malpeli.

Il entendit quelqu'un crier le long de la départementale sans prendre le temps d'analyser ce qu'il venait de dire à Juvara. Il raccrocha et se dirigea vers la route, et deux secondes plus tard vit arriver Malacrì au pas de course.

— Venez tout de suite ! le héla le carabinier.

— Qu'est-ce qui se passe ?

— On vient d'arrêter Ablondi.

— Sur ordre de qui ?

— Du substitut, ce matin. L'ordre est arrivé il y a une heure.

Soneri laissa échapper un juron contre ce blanc-bec, et l'agent s'excusa en haussant les épaules :

— On ne pouvait pas faire autrement.

— Sur quelle accusation ?

— Trafic de stupéfiants en bande organisée.

— Organisée avec qui ?

— Qu'est-ce que j'en sais ! C'est pas nous qui menons l'enquête !

Soneri, hors de lui, rejoignit le fourgon. Ablondi le toisait pendant qu'une femme entre deux âges invectivait le commissaire en agitant les mains.

Nunziata s'interposa.

— Montez, dit-il avant d'en faire autant.

Malacrì alluma le moteur, et ils se mirent en route.

Le commissaire ne décolérait pas. Non seulement Zammarano avait fait preuve de grossièreté à son endroit en ordonnant cette arrestation, mais il avait aussi rompu le délicat dialogue patiemment instauré avec les villageois. Dorénavant, Monteripa dresserait de nouveaux remparts. Sans parler de l'hostilité farouche qu'Ablondi affichait, manifestement résolu à garder le silence. L'homme ne daignait même pas répondre aux questions les plus élémentaires que lui posait l'adjudant-chef, envers lequel il paraissait nourrir le plus profond mépris.

— Si tu nous dis pourquoi le cimetière est rempli de cocaïne, je t'assigne immédiatement aux arrêts domiciliaires, le prévint le carabinier tandis qu'ils parcouraient la départementale.

Silence.

— Tu ferais mieux de passer à table, insista Nunziata. Deux heures de bavardage, et ce soir tu es chez toi avec ta femme, ajouta-t-il.

Il lui parlait comme s'il lui infligeait une amende pour excès de vitesse.

Mais Ablondi ne lâchait pas son visage dur de criminel et continuait de fixer le militaire avec mépris.

Le commissaire finit par en avoir assez.

— Coffrez-le, trancha-t-il. Je n'ai pas de temps à perdre.

Malacrì stoppa le fourgon, et Soneri en descendit. Avant de claquer la portière, il ajouta :

— Zammarano n'a qu'à l'interroger, comme ça, demain, il fera les beaux titres, et Capuozzo et lui pourront se targuer d'avoir rétabli la légalité.

Les deux carabiniers le regardèrent sans comprendre, et Malacrì redémarra. Soneri resta seul, finalement soulagé de ne pas jouer un rôle qu'il n'avait pas choisi.

Il avait faim et se rendit chez Egisto. Chemin faisant, son portable sonna.

— *Dottore*, on a un de ces culs ! s'exclama Juvara. Mon copain de la Compagnie des autoroutes s'est tapé les entrées des quinze derniers jours au péage de Parme, et je peux vous dire qu'il a l'œil… Il a d'abord visé tous les passages de nuit, et là, coup de bol, il l'a chopé !

— Et alors ? expédia Soneri.

— La camionnette de Breviglieri a pris trois fois le péage avant qu'on ne découvre le cadavre de Malpeli.

— À quelle heure ?

— La semaine qui a précédé le crime, répondit l'inspecteur. Le lundi à 23 h 42, le mercredi à 22 h 54, et le samedi, 23 h 13.

— Tu te souviens de la carte qu'on a trouvée dans la boîte à gants ? lui rappela le commissaire. Regarde si les péages auxquels il est sorti correspondent aux bleds entourés au crayon.

— J'ai aussi les horaires du retour : 3 h 51, 4 h 40 et 4 h 03.

— Appelle les collègues de la Police de la route : on ne sait jamais, ils l'ont peut-être contrôlé… suggéra le commissaire.

— Vu l'état de son vieux clou, ça m'étonnerait qu'on l'ait chopé pour excès de vitesse, estima Juvara. Je vous rappelle dès que j'en sais un peu plus.

Soneri avait à peine raccroché que son portable se remit à sonner : Nanetti.

— Tu m'évinces en faisant analyser la drogue par le Ris ? l'apostropha son collègue.

— Ça doit venir de Zammarano, supposa-t-il, parce que moi, je l'ai confiée aux carabiniers.

— Jusqu'où tu vas pour ne pas payer ton restau !

— Un restau, ça se mérite, je n'ai pas eu besoin de toi pour voir que c'était de la cocaïne, répliqua Soneri.

— Si tu t'en tiens à ce que tu vois, tu vas ternir ta réputation d'enquêteur, professa Nanetti dans l'intention de le piquer. Et si tu ne te donnes pas du mal, tu vas être dans tous tes états.

— T'as décidé de casser les couilles ? s'agaça le commissaire sur un ton débonnaire.

— La coke a des spécificités, énonça Nanetti en haussant légèrement la voix. La colombienne, la coco d'Amérique centrale, la birmane…

— Je te fais confiance, tu les as toutes testées, plaisanta Soneri.

— Collègue, reprit sérieusement Nanetti, cette coke ne vient pas du même endroit, tu piges ?

Le commissaire observa quelques secondes les rares flocons de neige chuter négligemment. Au moins, celle-ci, tout le monde savait d'où elle venait.

— Tu veux dire qu'on a affaire à une nouvelle plaque tournante ?

— Et comment ! Puisque je te dis que la qualité est différente… Et vu les quantités, on est devant un gros trafic.

— En voilà une nouvelle qui mérite une invitation !

— T'es un petit malin, hein ! le chambra son collègue avant de raccrocher.

À force de parler de restaurant, l'appétit de Soneri se creusa. Il entendit sonner la demie en arrivant chez Egisto. Dès qu'il entra, un groupe d'ouvriers attablés se tourna pour le dévisager en continuant de ricaner ; Rasmi se trouvait au comptoir avec d'autres clients. L'homme le zieuta vite fait et reprit sa conversation, puis il chuchota quelque chose, et les autres observèrent le commissaire avant de se saluer et de quitter le bar.

— Je fais fuir votre clientèle ? demanda Soneri tandis qu'Egisto préparait son couvert.

L'hôte ne répondit pas tout de suite.

— Vous pensez que ça leur fait plaisir de voir Ablondi en prison ? confessa-t-il enfin.

Le commissaire aurait aimé lui répondre qu'il n'y était pour rien, mais il devait tenir son rôle.

— Et vous, qu'est-ce que vous en pensez ? préféra-t-il demander.

— Moi non plus, ça ne me fait pas plaisir de voir quelqu'un finir au trou, bien qu'on ne puisse jurer de rien pour personne, jeta Egisto de manière inattendue. Ici, chacun s'occupe de ses affaires, ajouta-t-il, énigmatique.

— Je croyais que vous étiez solidaires… osa le commissaire.

L'autre le scruta quelques instants pour voir s'il plaisantait ou s'il parlait sérieusement.

— S'il y a des intérêts, reprit-il ensuite. Mais aujourd'hui, ceux qui travaillent pour Ablondi sont dans la merde.

— À vous aussi il va manquer, en tant que client.

— J'espère que vous n'allez pas foutre tout le village en prison, bougonna l'hôte. Pour moi, en attendant, c'est foutu. Avec la mort de Malpeli et tout le bordel que vous nous mijotez, je n'ai plus qu'à fermer boutique. Mieux vaut faire un musée, à Monteripa, comme dans certains hameaux où il n'y a plus que des couleuvres. Le nombre de crétins qui tombent amoureux d'une vieille pierre et qui dépensent tout un tas de fric ! Au lieu de faire de l'industrie et du commerce, ça préfère restaurer des bicoques et des étables pour les montrer à des types en lunettes qui s'extasient à la vue d'un four à pain ou d'un poulailler… Le nombre de pique-assiettes qui font leur thèse sur la misère des autres ! Je te foutrais ça en l'air, tous ces taudis où les gens crevaient de la pellagre ! Qu'on les laisse à ces singes qui vivent là-haut en s'échangeant leurs enfants et leurs femmes.

— Vous le prenez en mauvaise part, le calma Soneri, pile au moment où ils ont rétabli la route qui vous relie au monde.

— Vous ne voyez pas que tout se casse la gueule ? Vous n'avez pas vu le glissement de terrain au-dessus du village, un peu après le cimetière ? Ça s'est déjà éboulé du côté des nouvelles tombes, y a même des jours où l'odeur passe par les fissures, maugréa Egisto. Cette terre veut plus rester tranquille, elle veut nous enterrer parce qu'on ne sait plus s'occuper d'elle.

— Elle essaye de tout ensevelir, ironisa le commissaire, comme beaucoup d'autres.

Le patron le regarda à la dérobée et resta sans rien dire. Puis il changea de sujet :

— Qu'est-ce que je vous sers ? J'ai des gnocchis aux pommes de terre de la dernière récolte.

— Parfait, accepta Soneri.

Pendant qu'il patientait, il entendit un insistant va-et-vient de voitures, et eut, encore une fois, cette sensation désagréable et angoissante de ne pas saisir grand-chose. Il n'avait aucune certitude sur laquelle s'appuyer, à part le cimetière bourré de drogue où la terre s'écroulait sur des sépultures vides. Pour le reste, rien que des fantômes. Des gens fuyants, des montagnards hostiles habitués à se taire, comme Ablondi. Une fois ses gnocchis engloutis, il bondit sur ses pieds histoire de trouver un peu de calme dans un cigare et dans l'action.

Il appela d'abord Angela.

— Ça te dérange si je passe ce soir ?

— Viens quand tu veux, bougonna-t-elle. De toute façon, j'ai déjà reçu la visite des carabiniers.

— Ne me dis pas que tu t'es fait draguer par Nunziata et Malacrì ? plaisanta Soneri.

— Ils ne sont pas venus pour moi, ils sont venus pour Breviglieri, précisa-t-elle.

— Qu'est-ce qu'ils voulaient ?

— L'arrêter. Ils l'ont emmené il y a un quart d'heure.

Soneri se sentit brusquement accablé. Il voulut avancer d'un pas, c'était comme s'il était cloué au sol.

— À part ça, il vaut mieux que tu gardes tes distances. Elena n'arrête pas de pleurer, et moi, j'essaye de distraire les enfants.

Le commissaire raccrocha sans la saluer et chercha à reprendre son souffle. Il avait l'impression d'être encerclé d'ennemis. Les plus dangereux de son côté. Il fut attiré par un bruit de voitures sur la route du col et par les cris des meutes de chiens courant à travers bois, livrés à leur instinct sauvage.

Il monta en voiture et prit la direction de l'Office des forêts. En chemin, il appela Nunziata.

— Vous n'étiez pas censés servir de renfort à l'enquête ? fulmina-t-il.

— T'énerve pas, répondit le carabinier, on n'y est pour rien. Zammarano m'a donné l'ordre de bloquer ce Breviglieri sans avertir personne. Il m'a dit qu'il s'en chargerait. Qu'est-ce que je pouvais faire d'autre ? Tu connais la devise de l'Arma, non ? Obéir et se taire.

— Nunziata, s'emporta le commissaire, à notre âge, on sait très bien comment gérer ce genre de truc et ne pas prendre trop au sérieux un substitut dont l'obsession est de passer à la télé.

— Je n'ai pas eu le temps, se justifia l'adjudant-chef, il m'appelait sans arrêt. Je ne sais pas ce qu'il lui a pris…

— Pourquoi vous l'avez arrêté ?

— Complicité d'homicide. Sans doute à cause des cheveux trouvés dans son camion.

— On est entourés d'imbéciles, acheva Soneri en raccrochant.

Afro sortait justement de l'Office.

— Ça vous dit de m'accompagner sur les sentiers ? lui proposa le commissaire.

— On n'a pas beaucoup de temps, affirma l'autre. Il faudrait que les journées rallongent un peu.

— Vous ne voulez pas monter un bout après le col ? insista Soneri. Ou c'est le noir qui vous fait peur ?

— Je suis mieux dans les bois qu'à la maison, répliqua Afro.

La voiture commença de monter le long de la route couverte d'un fin manteau blanc. De petits flocons réticents continuaient de tomber. On voyait à des traces de gros pneus que d'autres véhicules étaient passés.

— Vous êtes au courant pour l'assemblée de ce soir ? demanda Afro.

— Non.

— Rasmi a convoqué tout le monde pour discuter de l'arrestation d'Ablondi.

— Où ça ?

— Au seul endroit au chaud : chez Egisto. Plus personne ne va à la salle paroissiale depuis que don Pino est là.

Soneri songea qu'il lui faudrait se préparer à une nouvelle soirée gênante où il serait encore obligé d'affronter des visages hostiles…

— Ce curé, ils n'ont pas l'air de le digérer, constata-t-il ensuite.

— Il est assez radical, expliqua Afro. Il n'aime pas les compromis, vous comprenez ?

— Ce n'est pas ce qui manque, dans ce village, reconnut Soneri.

— Vous savez qu'on l'a muté ici pour le punir ?

— Don Pino ?

— La curie a voulu s'en débarrasser, poursuivit Afro. À Parme, son église accueillait les plus pauvres. Au plus fort de l'hiver, il accueillait même les clochards et les immigrés.

— Ici aussi…

— Mais personne ne le voit. Alors qu'à Parme sa paroisse était en plein centre. La curie ne lui a jamais pardonné d'avoir des idées communistes et d'aligner les tracts des rouges juste à côté des images pieuses. Pour don Pino, ce n'est pas contradictoire d'être chrétien et communiste. Il soutenait même les prêtres d'Amérique latine qui aidaient les guérilleros.

— Il n'est pas mieux tombé, ici, constata Soneri.

— Mais les autres ne l'ont plus sous le nez à deux pas de la mairie. À l'époque, toute la bonne société de Parme et les partis de droite ont fait pression sur l'évêché. Ils ont décidé de le muter dans la paroisse la plus éloignée, la plus reculée. Tous n'ont voulu qu'une chose : oublier don Pino.

— C'est le destin de ceux qui s'obstinent à être cohérents, bougonna le commissaire.

— Arrêtez-vous ici, lui ordonna Afro. Ce sera plus pratique pour prendre les sentiers.

Soneri se gara sur un petit terrain, et les deux sortirent de l'Alfa. L'air et ce paysage glacé possédaient une pureté émouvante. Afro balaya les montagnes du regard et indiqua chacun des monts :

— Le Bragalata, le Sillara, le Matto et le Marmagna. Et tout au fond, le Tomarlo.

Le commissaire remplit ses yeux de cette profondeur transparente, d'une beauté tellement intense que toute histoire humaine paraissait dérisoire.

— Ces sentiers en ont vu des âmes en fuite en quête de liberté, reprit le garde forestier, ils sont plus vieux que les rues de nos villes.

Soneri se taisait toujours. Tout en suivant Afro, il se disait qu'il n'y avait qu'ici, dans ce décor limpide, que l'on pouvait retrouver quelque chose d'authentique. Ici, les compromis étaient inconcevables et tout apparaissait magnifiquement impitoyable.

Afro attaqua la montée d'un pas régulier. De la neige s'égouttait des branches et teintait légèrement de blanc le tapis de feuilles mortes. De temps à autre, le vent portait les cris des chiens qui se perdaient en une plainte diffuse.

— Vous voulez aller jusqu'où ? voulut savoir le garde forestier.

— Je voudrais parler à un membre des Faunes.

— Si c'est pour qu'ils vous disent qui passe par là, vous perdez votre temps : ils ne vous le diront pas.

— Vous m'avez l'air bien sûr de vous.

— Ils se sentent vulnérables, ils n'ont pas l'intention de s'exposer. Plus que tout, ils tiennent à leur autonomie.

— Ce sont des idéalistes.

— Oh, les idéalistes ! s'exclama Afro en faisant un geste comme pour dire de laisser tomber. Tellement rigides qu'ils ont toujours fini par faire fausse route. La vie exige plutôt de s'adapter en permanence pour se faire le moins de mal possible. Les Faunes le savent, poursuivit le garde forestier qui s'arrêta sous la pénombre de la hêtraie. Vous avez vu tout ça ? dit-il en balayant les arbres. C'est le résultat du travail de mon prédécesseur, soixante ans avant moi. Aujourd'hui, il regarde le monde depuis les racines, mais ce qu'il a fait, c'est là, on ne peut pas lui enlever.

Soneri observa les hauts fûts qui l'entouraient de tous côtés. Comme si une foule muette et sévère s'apprêtait à l'interroger.

— Nous sommes ici dans une futaie, poursuivit Afro. Pour l'obtenir, il faut travailler des années, et tous les jours, jusqu'à l'ennui : les grandes choses veulent de la patience. On peut traiter des bois de différentes façons, vous savez ? Chaque bois reflète ce que nous sommes.

Ils entendirent des cris provenir des hauteurs et se répandre entre les arbres. Dans cet environnement, l'ouïe était primordiale.

— Regardez par là-bas, dit Afro en montrant le versant en aval où l'on voyait une éclaircie et une coupe récente de hêtres. Là-bas, c'est un taillis fureté, expliqua-t-il. Avec des cépées en pagaille. Un ensemble de clans au lieu d'une collectivité d'individus. N'est-ce pas emblématique ?

Soneri acquiesça, ravi, absolument, par l'atmosphère du bois.

— Emblématique, confirma-t-il.

Afro caressa le tronc lisse et clair d'un hêtre.

— Quand on surexploite le bois, qu'on en retire tout ce qu'on peut sans en prendre soin, les souches sont obligées de produire beaucoup pour se défendre, parce qu'elles devinent que d'autres coupes vont avoir lieu. Les cépées ne pensent qu'à elles et font tout pour rester vivantes. Vous voyez ce chaos ? Toutes à se disputer le soleil. Alors qu'une futaie est ordonnée. Il y a du respect, chaque arbre a droit à son espace vital.

— Le monde ressemble beaucoup plus à un taillis fureté, constata le commissaire, frappé par les explications du garde forestier.

— Forcément, lança Afro, tout le monde se sert sans rien donner. Exploiter, spéculer… Alors qu'il faudrait aussi prendre soin des choses, construire sur du long terme. Avancer en faisant marcher sa tête.

— Monteripa est un bel exemple de clan : aussi fermé qu'un coffre-fort, déplora Soneri. Sauf que maintenant son chef est mort, et que son bras droit est en prison.

— Ne croyez pas que ce soit mieux ailleurs. La ville, ou le reste. La fidélité et l'appartenance ont de la valeur partout, la loi au-dessus des autres n'en a nulle part. C'est la règle mafieuse du groupe, remise au goût du jour. Ce n'est même plus la peine de montrer les crocs comme les loups, il suffit de domestiquer avec l'argent, d'abrutir avec la télé et de faire semblant d'être démocrate. Voilà comment on se fait élire sans contraindre personne. Simple, non ?

Bien qu'à un moindre niveau, Malpeli et ce coin perdu des Apennins en étaient la synthèse parfaite.

Ils passèrent le long d'une dorsale qui regardait au nord, et la lumière tomba d'un coup. Plus loin, on apercevait les hauts sommets déserts et froids, où seule une herbe rase et fine osait rivaliser avec la roche gréseuse. Ils devinèrent encore des bruits de courses, de feuilles que l'on déplace et de ramilles qui craquent. Le commissaire dressa l'oreille.

— Chaque bruit est un signal, ici, le prévint Afro.

— Vous les comprenez tous ?

— La plupart. Il faut de l'oreille, comme les musiciens.
— Celui-là, vous l'avez compris ?
Le garde forestier se tourna sur le côté et le regarda droit dans les yeux.
— Non. Pas assez fort pour un sanglier ou un chevreuil, et trop pour un blaireau ou un renard. Ça ne sert à rien d'essayer de tout déchiffrer. Les lynx aussi se trompent, et les loups ont autant de mal que nous à se gagner leur pain.
Ils furent interrompus par le souffle du cor qui se répandit en vibrant et ils virent peu après apparaître Ribot.
— Ils viennent de ce côté ? s'enquit Afro en parlant des chiens.
— Je ne sais pas, marmonna l'homme, pas très à l'aise. Je ne comprends plus. Il y a une grande confusion. Je n'avais jamais entendu…
— Quoi ? le pressa Soneri.
L'autre baissa son cor et se plaça en position d'observation. Debout sur un éperon rocheux, il ressemblait à une marmotte sur le qui-vive. On ne voyait que l'étendue de hêtres et leurs branches dépouillées telles des milliers de mains noueuses ouvertes vers le ciel.
— Il y a un mouvement étrange, poursuivit Ribot. Comme une battue de chasse, mais sans les chiens. Ceux-là sont perdus, désormais.
— Depuis quand ?
— Elle avance depuis midi.
Le commissaire fixa Afro et crut saisir sur son visage une espèce d'assentiment.
— Qui passe sur ces sentiers ? l'interrogea-t-il.

— Je ne les connais pas, répondit Ribot en détournant son regard.

— Je ne vous demande pas leur nom et leur prénom… Je veux dire, des randonneurs, des ramasseurs de truffes… ?

— Ils ont des sacs à dos, comme les estivants. Mais ils voyagent avec le froid, se limita à répondre l'autre.

Qui ensuite ajouta :

— Ils ne nous ont jamais dérangés, ils se tiennent à distance. Et nous, on fait pareil.

— Il vaudrait mieux redescendre, intervint Afro. On n'a plus qu'une demi-heure de lumière pour affronter la partie la plus raide, on aura besoin de voir où mettre les pieds.

Soneri s'agaça de son intrusion interrompant le lien fragile qu'il venait d'établir avec Ribot. Il pensa un instant s'y opposer, mais la menace du ciel couchant, précoce en haute montagne, le convainquit de n'en rien faire.

CHAPITRE 13

Afro descendait rapidement les rochers en gradin, parallèle à la pente, bravant le jour qui déclinait de minute en minute. Ce n'est que lorsque le sentier redevint plat qu'ils purent reprendre leur souffle. Ils s'aperçurent alors que Ribot les avait suivis en silence à une certaine distance ainsi qu'un animal qui se serait mis en chasse.

— Vu que je dois remonter après la fontaine de l'Évêque, se justifia-t-il dès qu'ils s'arrêtèrent. D'ici ou de Badignana, ça revient au même.

— Pour nous, d'ici, c'est plus pratique, intervint Afro.

— Vous aimez provoquer le destin quand la nuit tombe ? demanda Soneri.

Ribot tira de sa poche une petite torche et l'alluma en éclairant les feuilles pourries du chemin.

— La nuit n'est pas totalement noire, dit-il.

— Vous ne renoncez pas au confort, le taquina le commissaire.

— On prend ce qui est utile, et on écarte le reste : du superflu, à 90 %. Les gens ne se rendent pas compte du tas de conneries qui les entoure. Chez nous, on ne s'encombre pas, ça nous permet d'avoir l'esprit plus libre, expliqua l'homme en ajustant son cor en bandoulière. Mais on n'est pas des arriérés, vous savez : on a deux tracteurs, des outils. Des choses utiles.

— Comment vous faites pour le gasoil et les réparations s'ils tombent en panne ?

— Nos femmes vendent des fromages et du miel au bord de la route pour ramener un peu de sous. Sinon, on fait du troc. On connaît un garagiste que les champignons rendent fou.

— Donc, vous manipulez de l'argent…

— Seulement l'argent qui sert à nous prendre ce qui nous manque. Le reste, on vous le laisse. L'argent éloigne de la valeur des choses, c'est le début de la ruine, déclara Ribot.

La pénombre, où l'on distinguait plus nettement les trois silhouettes sur le bois sombre à l'arrière-plan, la voix de l'homme aux accents d'oracle, les petits nuages de vapeur qui s'échappaient de leurs bouches en de brèves explosions, tout paraissait enveloppé par une atmosphère prophétique.

— Celui qui construit sa maison, poursuivit Ribot, connaît la valeur de ce qu'il fait. Il sait la peine, le temps, les joies et les revers qui l'accompagnent. Tandis que celui qui l'achète ne connaîtra jamais tout ça, il n'est même pas capable d'en évaluer le prix. Dans votre monde, la valeur change du tout au rien en fonction des époques. Si la valeur en soi n'existe pas, alors les hommes n'ont pas de valeur non plus : ils s'achètent, ils se vendent. Voilà pourquoi nous sommes ici. Pour nous construire un monde où les choses sont au service de la vie et nous aident à nous sentir mieux. Chez vous, tout tourne autour du fric, chez nous, tout tourne autour des gens.

Dans l'obscurité, Ribot fit plusieurs gestes que le commissaire ne comprit pas. Afro n'était plus qu'une ombre immobile, un tronc d'arbre coupé.

— Cette terre ne vaut rien parce que personne ne veut y habiter. C'est pour ça qu'on vous laisse vivre ici, constata Soneri.

— C'est eux qui disent que ça ne vaut rien, décréta Ribot, parce qu'ils ne peuvent pas construire d'immeubles ou développer d'agriculture. Mais c'est ici, depuis toujours, que la vie a trouvé refuge, d'ici que tout a redémarré. Les partisans, les hérétiques, les gens persécutés par les tyrans sont montés jusqu'ici... Nous foulons les sentiers qui accueillent depuis des siècles les fugitifs et les esprits libres.

Un coup de vent porta sur leurs visages des pétales de flocons de neige.

— Le temps fait encore des siennes, signala Ribot.

— Il n'y a pas que des esprits libres sur ces sentiers, observa Soneri d'un ton allusif.

— Tout le monde ne va pas dans les bois pour les truffes ou les champignons, soupira l'homme sans s'étaler.

L'obscurité rendait la vallée illimitée, et l'on y distingua un hurlement lointain.

— Il est temps que j'y aille, annonça Ribot. J'ai encore une demi-heure de route en passant par le col du Bec-Rouge.

Afro se mit en mouvement et esquissa un signe. Il devait avoir compris son trajet. Ensuite, la nuit noire engloutit le Faune.

Peu après, le garde forestier commenta :

— C'est étrange qu'il nous ait suivis et qu'il se soit arrêté. Il doit vous avoir pris en sympathie.

— On s'est reconnus au flair, comme les chiens, riposta Soneri qui s'était retrouvé dans les mots de Ribot.

— Peut-être… murmura Afro, peu convaincu. Je me demande s'il n'a pas cherché à vous dire quelque chose. Indirectement, du moins.

Quelque part dans le bois, une chouette s'était mise à chuinter. Ils entendirent ensuite craquer des feuilles sèches, puis entrevirent une silhouette bossue s'échapper maladroitement, comme ployant sous un poids. Soneri s'élança vers une petite clairière en se cognant aux branches et en trébuchant sur des pierres. Arrivé près du fugitif, il s'aperçut que ce dernier boitait de la jambe droite. Il arriva sur lui en quelques mètres, mais l'autre se tourna, un couteau à la main. Le commissaire fit un pas en arrière.

— Jette ça, ça ne sert à rien, lui enjoignit-il.

L'homme avait du mal à respirer, il cherchait dans le noir une improbable issue et n'arrivait qu'à tituber sur une seule jambe. Soneri attendit patiemment que son orgueil se tasse. Ce ne fut pas très long. L'homme lâcha son couteau en signe de capitulation, et le commissaire s'approcha. Il s'empressa de lui ôter son sac à dos, se l'enfila sur les épaules et demanda à Afro de l'aider. Le garde forestier prit l'inconnu par le bras pour soutenir sa marche. Au moment de se remettre en route, Soneri entendit un léger tintement de l'autre côté du sentier, quasi certain qu'il s'agissait du cor de Ribot.

La dernière partie du sentier n'était pas difficile, mais elle coupait en deux l'énorme flanc abrupt du Bragalata sur lequel on avait tatoué à coups de pioche une série de tournants. Ce fut dans l'un de ces tournants que le boiteux tenta de se jeter en voulant entraîner Afro. Ce dernier, qui se trouvait près du ravin, eut à peine le temps de s'écarter de la bousculade et de trouver appui sur le bord du sentier. L'autre, emporté dans son élan, pivota sur lui-même et se retrouva par terre, le buste de travers, les jambes pendant dans le vide. Afro l'empoigna et le releva en un tour de main.

— J'ai bien envie de te foutre une trempe ! hurla-t-il.

Pour la première fois, l'homme ouvrit la bouche en égrenant un chapelet de jurons. Ce n'est qu'à ce moment-là que l'on comprit qu'il était étranger. Après l'avoir chargé dans la voiture, ils purent l'observer de plus près : à peine sorti de l'adolescence, brun, des cheveux bouclés, les yeux noirs. Il n'arrivait quasiment plus à bouger sa jambe droite, et la toile de son pantalon comprimait son genou gonflé. Le commissaire prit son couteau et coupa le tissu pour libérer l'articulation. Puis Afro récolta quelques poignées de neige qu'il mit dans une poche en plastique trouvée dans le coffre et l'appliqua sur ce qui ressemblait à un gros bleu.

Ils entendirent peu après des voitures arriver. Deux gros 4 x 4 redescendaient du col. Arrivés jusqu'à eux, les faisceaux criards de leurs phares brisèrent la douceur de la nuit en restituant sa géométrie à l'espace. Les deux jeeps ralentirent au point de presque s'arrêter, et Soneri aperçut Rasmi qui les scrutait derrière sa vitre. Le jeune homme se recroquevilla sur son siège comme s'il ne voulait pas être vu et une grimace de peur traversa son visage.

— J'ai l'impression que c'est toi qu'ils cherchent, dit le commissaire en ouvrant le sac à dos. Comment tu t'appelles ?

— Hamed, répondit le garçon.

— Pourquoi ils te suivent ? Qu'est-ce qu'ils te veulent ?

— À quoi ça sert que je vous explique, vous comprendrez tout seul.

— Ils te font peur ?

Hamed haussa les épaules.

— Si j'avais mes jambes…

Soneri ouvrit le sac en grand et le tourna vers la lumière. Il y découvrit deux sweat-shirts et un imperméable, puis il sentit un objet métallique et vit qu'il s'agissait d'une petite truelle. Il continua de fouiller et tomba sur la forme arrondie de deux petites bouteilles d'eau. En les sortant du sac, il constata qu'elles étaient pleines de terre et, brusquement, tout s'éclaira. Il se rappela les sangliers et la petite bouteille ouverte à cause d'un sniff de quadrupèdes.

— On t'a envoyé prélever dans la réserve, constata le commissaire.

Nouveau haussement d'épaules, cette fois pour signifier que c'était évident.

— Qui est ton chef? le pressa Soneri.

Hamed se figea en une expression dure et résolue. Il ne confirmerait rien d'autre que ce que son sac voulait bien révéler.

— Il y a plus d'un kilo, jaugea Afro en soupesant les petites bouteilles remplies de poudre blanche.

— Ils ont aussi rempli le bois, résuma le commissaire. Ensuite, il y a eu l'incident avec les sangliers, et pour ne pas risquer de voir fouiller leur patrimoine, ils ont décidé de le planquer ailleurs.

Le garçon continuait de le regarder sans rien dire.

— Tu connais Nourredini ?

— Non, répondit Hamed en trahissant un petit sursaut.

— Quel âge tu as ? intervint Afro d'un ton paternel.

— Dix-sept.

— D'où tu viens ?

— Maroc.

— Tu ne veux pas me dire pourquoi ils te cherchent ? insista Soneri en faisant allusion à Rasmi et à son équipe.

— Ils en ont après nous, les étrangers. C'est toujours notre faute.

— Depuis quand ils en ont après vous ?

— Toujours. Plus depuis que le riche est mort.

— Et avant ?

— Au moins, ils nous laissaient tranquilles.

Soneri tenta de remettre ses idées en place, mais ne parvint qu'à embrouiller les choses.

— Si j'avais eu mes jambes… répéta le garçon.

— Qu'est-ce qui s'est passé ? reprit posément Afro.

— En courant, j'ai raté un fossé, expliqua Hamed.

— Pourquoi tu courais ?

— Ils étaient derrière moi.

— Ceux de la voiture ? intervint Soneri.

Le garçon acquiesça :

— Ceux qui chassent le sanglier.

— Et comment tu as fait pour fuir avec ta jambe qui boite ? insista le commissaire.

— Je me suis caché. Ensuite, j'ai entendu celui de la trompette passer sur le sentier et je suis resté dans les buissons. Je ne sais pas s'il m'a vu, de toute façon, lui, il s'en fout parce qu'on s'approche jamais de chez eux. Après, il a fait nuit, et j'ai failli m'endormir à cause du froid. J'ai voulu repartir et je vous ai entendus.

Il avait du mal à respirer quand il parlait, il semblait effrayé, et si la conversation revenait sur le trafic de drogue, il se bloquait, piégé par la peur.

Ils descendirent lentement vers la nichée de lampadaires de Monteripa.

Hamed, de plus en plus agité, regardait tout autour de lui avec des yeux de condamné à mort en route pour l'échafaud. Quand le portable de Soneri sonna, le garçon sursauta comme un ressort.

— *Dottore*, je dois vous faire toutes mes excuses, démarra Zammarano.

— Laissez tomber… bredouilla le commissaire, toujours très mal à l'aise en face des révérences.

— Non, cette fois, c'est vous qui aviez raison, mais je devais agir rapidement, et votre téléphone était toujours coupé… Le seul numéro disponible était celui de la caserne de l'Arma…

Il avait une voix dolente de petit curé aussi horripilante que du papier de verre.

— Ça n'a pas d'importance… parvint à dire Soneri avant que l'autre ne se remette à lui égrener ses excuses.

— Le hic, c'est que vous soyez dans ce village, isolé… Vous n'imaginez pas le tollé que nous subissons ici. Nos politiques sont possédés, la radio et la télévision ne parlent que de notre affaire, alors, évidemment, l'opinion est conditionnée. Les gens ont le sentiment de ne plus être en sécurité, ils nous demandent des comptes. Ils m'ont mis en cause, vous comprenez ? C'est moi qui coordonne l'enquête, je suis le magistrat le plus exposé… Au moins, vous, vous êtes hors de portée ! Si je vous disais que cinq questions parlementaires ont déjà été présentées ? Le préfet et le questeur ne savent plus où donner de la tête, harcelés, eux aussi, par le ministère de l'Intérieur.

— Vous avez pu interroger ceux qu'on vient d'arrêter ? s'informa Soneri en changeant brutalement de sujet tandis qu'il descendait de voiture pour ne pas se faire entendre.

— Oui, j'ai fait une première salve, répondit le magistrat, mais Ablondi se prévaut du droit au silence, et Breviglieri se déclare innocent. Il soutient n'avoir jamais transporté de cadavre dans sa camionnette, que tout a eu lieu après le vol.

— Rien, donc, coupa le commissaire.

— Peu de choses, admit Zammarano.

— J'ai un nouveau suspect avec moi, reprit Soneri.

— Ah oui ?

— Un jeune Marocain qui dit s'appeler Hamed. Je l'ai coincé en possession de deux petites bouteilles d'eau remplies de cocaïne qu'il était en train d'enterrer, sans doute pour les récupérer le moment venu. D'après moi, ça dure depuis un bon moment. J'ai des témoins qui suspectent de drôles de choses sur les sentiers.

— Il parle ?

— Peu. C'est sans doute un mineur, ce qui complique les choses. Et puis il s'est blessé, son genou droit est enflé.

— Confiez-le aux carabiniers, suggéra le magistrat. Ils l'escorteront jusqu'à l'infirmerie de la prison.

— Je remettrais du même coup les bouteilles à l'Arma, annonça Soneri.

Zammarano émit un grognement d'assentiment et demanda ensuite :

— *Dottore*, vous avez une petite idée à propos de cette affaire ?

On sentait dans sa voix comme un voile de défiance et un certain découragement.

— Si je n'en avais pas, il faudrait que je la fasse venir, tergiversa Soneri.

— Vous n'en avez pas ?

— Vague, dit-il en toute sincérité.

De fait, il n'avait pas encore fait front à tout ce qui s'était présenté, sinon par de fugaces associations d'idées. En somme, toute la différence entre une évaluation et sa mesure exacte.

— Bien sûr, Monteripa est devenu le carrefour d'un gros trafic de coke, poursuivit-il en essayant de mettre de l'ordre dans son esprit. Il y en a partout… On trouve presque autant de neige ensevelie qu'à découvert, acheva-t-il par un trait d'esprit.

Puis d'ajouter avant que l'autre n'intervienne :

— Le problème est de comprendre d'où elle vient et où elle atterrit. Pour l'instant, j'ai surpris ce jeune en flagrant délit, mais il me reste des soupçons sur un autre Marocain. D'ailleurs, j'aurais souhaité que vous le mettiez sur écoutes.

— Je m'en occupe immédiatement, s'engagea le magistrat dorénavant pendu aux lèvres du commissaire. Je tiens Juvara au courant.

— D'après moi, ils ont de fortes complicités dans le village, reprit Soneri qui n'avait pas l'air d'avoir fait attention à ce que Zammarano venait de dire. Du reste, vous avez coffré Ablondi pour ça, non ?

— Nous devions donner un signal… se justifia le magistrat.

— Au moins, mes relations avec les habitants de Monteripa seront plus claires, concéda Soneri, à défaut d'être facilitées.

— Je comprends… Vous représentez celui qui vient fourrer son nez dans les affaires d'une communauté.

— Et elles sont plus nombreuses qu'on pourrait le croire. N'oubliez pas la manière dont Malpeli a atterri sous le ponte di Mezzo, le mit en garde le commissaire. En ville, certaines choses sont plus difficiles, mais ici, la caserne la plus proche est à vingt kilomètres de tournants.

Zammarano marmonna quelque chose.

— Qui voulez-vous mettre sur écoutes ?

— Un certain Nourredini, répondit Soneri. J'ai trouvé son numéro chez Malpeli. Je ne sais pas s'il est mêlé à tout ça, mais le fait qu'il ne réponde qu'à des numéros connus m'intrigue.

— Tentons le coup... soupira le substitut avec un certain scepticisme. C'est une enquête très embêtante... Qui aurait pu se douter que dans des montagnes aussi reculées...

— La pègre aussi cherche à se renouveler, ou bien nous sommes en face d'une pègre d'un nouveau genre, balança Soneri.

— Communiquez à Juvara le numéro que vous souhaitez mettre sur écoutes, décida enfin Zammarano. De mon côté, je m'occupe de prévenir les carabiniers pour le jeune homme. Je veux l'interroger demain. Au moins, les gens verront qu'on est sur le coup.

Il paraissait ne se soucier que de cela, mais Soneri le comprenait. Le vrai patron n'était pas Capuozzo ni le préfet, mais l'opinion publique et son besoin démesuré d'être rassurée.

Il retourna à sa voiture et annonça à Afro :

— Je préviens les carabiniers pour qu'ils viennent le chercher.

— Vous pouvez les attendre chez moi, proposa l'homme.

— Il faut que je dise à Nunziata d'appeler un médecin, ajouta le commissaire par précaution à la vue de l'enflure de Hamed.

Dès le départ, il avait éprouvé de la sympathie pour ce garçon, et, les minutes passant, ce visage enfantin faisait renaître ce sentiment de perte pour le fils attendu qu'il n'avait jamais eu. Au moment d'appeler Juvara pour l'histoire des écoutes, il s'avisa que Hamed possédait sûrement un portable. Il monta dans l'Alfa et se saisit du sac à dos en le retournant sur le siège. Il en tomba un paquet de kleenex, les restes d'un sandwich, un sachet entamé de chips et une bande dessinée. Rien d'autre. Le sac vidé en main, Soneri demanda :

— Où est ton portable ?

— Je n'en ai pas, affirma le garçon.

— Je ne te crois pas, riposta-t-il avec une certaine dureté. Où tu habites ?

— Corchia.

— Et comment tu as terminé dans la forêt du Marmagna ?

Silence.

Le commissaire lui tâta les poches et en sortit quatre-vingts euros, deux billets de car de la régie publique de La Spezia ainsi qu'une photo de famille : les parents, six personnes âgées ainsi qu'une ribambelle d'enfants.

— Touchez pas ça ! grogna Hamed.

Le commissaire la lui rendit immédiatement : sa curiosité personnelle n'avait rien à faire dans l'enquête.

— Impossible que tu n'aies pas de portable, s'irrita-t-il.

Nouveau silence. Il l'aurait bien giflé, mais comme un fils, pas comme un délinquant. Enfin, il démarra et se dirigea vers l'Office des forêts. Pendant le trajet, il prévint Nunziata.

— Et quoi ? On fait taxi, maintenant ? se plaignit le militaire.

— Souviens-toi de la devise de l'Arma, plaisanta le commissaire.

Arrivés à l'Office, ils allongèrent Hamed sur le divan, car il avait de plus en plus mal. L'enflure s'était quasiment étendue jusqu'à la cheville.

— Dis-moi où je peux joindre tes parents à Corchia, lui enjoignit Soneri en se rendant compte qu'il posait une question idiote.

Afro le lui fit remarquer :

— Ce n'est pas difficile, Corchia n'a que quatre maisons.

Le commissaire s'énerva et sortit se calmer dans l'air froid de la nuit. La départementale était déserte, les gens de Monteripa, rentrés chez eux, volets fermés. L'odeur du bois qui brûlait dans les poêles stagnait dans le village. De rares flocons traversaient la faible lumière des lampadaires. Tout était suspendu, comme si la neige elle-même ne se décidait pas à tomber. Il appela Juvara et, en disant « Allô », s'aperçut que l'écho de sa voix résonnait dans le profond silence. Plus que tout, c'était cela qui le rendait inquiet : le silence et cette vie en mouvement, fuyante, indétectable.

— Note ce numéro, annonça-t-il tout en dictant.

— *Dottore*, on est en train de faire des relevés dans les localités signalées sur les cartes de Breviglieri. J'ai mobilisé les questures de trois régions.

— Aucune trace de la Bocchialini ?

— On la cherche, le rassura Juvara. Les collègues de Milan m'ont promis de contrôler les bars où elle traînait avant de disparaître.

— Vous avez les fadettes de son portable ?

— Oui, commissaire, mais ça fait plusieurs jours qu'elle ne passe pas d'appels.

— Elle a peut-être changé de carte SIM.

— C'est possible. Dès qu'elle nous a sentis sur ses talons.

— Demande aux Stups s'ils peuvent organiser un déplacement dans les Apennins avec les chiens. Ensuite, je leur explique.

— Normalement, ils pourront…

— On ne sait jamais. Vu la situation, on peut aussi s'attendre à des coupes budgétaires sur les chiens.

— Des collègues m'ont raconté qu'ils étaient obligés de payer eux-mêmes les frais de vétérinaire.

— Tu vois ? Demande-leur, et tiens-moi au jus.

Afro était sorti sans que le commissaire ne le remarque et, quand ce dernier se tourna, il se retrouva nez à nez avec lui.

— Je crois savoir où est son portable, affirma le garde forestier.

Soneri fit un signe du menton et l'invita à poursuivre.

— Tout à l'heure, quand il a voulu se jeter dans le vide et qu'il m'a poussé… je crois qu'il n'en avait pas vraiment l'intention…

Le commissaire se remémora la scène où Hamed avait bousculé Afro en s'agrippant maladroitement à lui. À cause de l'obscurité, il n'avait pas tout vu, mais il imagina.

— Il l'a balancé dans les arbres ?

— Je crois, oui, répondit Afro. S'il avait vraiment voulu se jeter, il n'aurait eu aucun problème pour m'entraîner avec lui. Mais il n'était pas convaincu. Quand je l'ai retenu par le bras gauche, j'ai senti qu'il fouillait dans sa poche avec son autre main.

— Il aurait balancé son téléphone en faisant semblant de vouloir se jeter ?

— J'ai l'impression, confirma le garde forestier. Le bruit de nos pieds sur les cailloux a couvert le bruit du portable. Et puis là-bas, les ramilles sont serrées.

— Il faut retourner au Bragalata demain matin, décida Soneri.

— On va avoir du mal à le retrouver, dit l'homme. Et s'il neige…

— On ouvrira nos oreilles, ricana le commissaire. Il finira bien par sonner.

CHAPITRE 14

— Tu ne devais pas venir me voir ? attaqua Angela, vaguement menaçante.

— La journée n'est pas terminée, rétorqua Soneri en baissant la voix.

— Eh ben, grouille-toi, parce que j'ai beaucoup de choses à te raconter.

— Tu vas mieux ? Tu veux revenir à l'auberge ?

— Non, je ne vais pas bien du tout. Je me sens faible et j'ai des courbatures, mais mon cerveau fonctionne encore.

— Le mien est complètement confus, bougonna le commissaire.

— Tant mieux, tu vas devoir te servir de ton flair. Tu sais ce que c'est, ton défaut ?

— J'en ai tellement…

— C'est vrai, mais il y en a un qui te fait perdre un paquet d'occasions : tu négliges les femmes.

— Tu devrais me remercier. Presque tous mes collègues courent derrière les jupons.

— T'aurais pas intérêt, le menaça Angela sur un ton débonnaire. Je te répète que tu négliges le point de vue féminin. Je me trompe ou, dans ce bled de montagne, tu ne fréquentes que des hommes ?

C'était vrai. La seule femme à s'être imposée dans l'enquête était celle de Breviglieri.

— Tu as parlé avec Elena ? Elle t'a dit des choses ? s'agita le commissaire.

— Tu n'as toujours pas compris que les femmes étaient plus courageuses ? Les femmes mettent l'orgueil de côté et n'ont pas peur des sentiments, voilà pourquoi elles sont plus enclines à prendre des risques.

— Et moi, je suis enclin à te donner raison sur tout pourvu que tu me dises ce qu'elle t'a dit, l'implora Soneri.

— Connard ! Viens me voir, et tu le sauras, raccrocha-t-elle.

Il arriva chez Breviglieri quelques minutes plus tard. Elena l'accueillit le visage défait par les larmes. Toute la souffrance qu'elle avait jusqu'alors gardée pour elle avait éclaté d'un seul coup.

— Si Parme n'était pas au courant pour nous deux, je me chargerais immédiatement de la défense de son mari, annonça Angela.

— C'est moi son meilleur avocat, répliqua le commissaire. Votre mari n'a pas écouté mes conseils, et maintenant, il est en prison.

— Ne l'accablez pas, le supplia la femme.

— C'est seulement une victime, intervint sèchement Angela. Ici, personne ne parle.

— Vous l'avez arrêté... poursuivit Elena.

— Pas moi, le magistrat, précisa Soneri. Mais je dois avouer qu'à sa place j'aurais eu du mal à l'éviter. On trouve des cheveux dans un camion, et c'est celui de votre mari.

— On nous l'a volé...

— Il n'a pas porté plainte, lui rappela le commissaire,

avant d'ajouter : Vous ne voyez pas que tous les faits sont contre vous ?

— Elle en est parfaitement consciente, intervint Angela. Elle va tout t'expliquer.

— Je ne vois pas d'autre solution, approuva Soneri.

Elena tenta de recomposer son visage dévasté par les larmes.

— Si on est ici, démarra-t-elle, c'est parce qu'au départ on faisait, nous aussi, partie des Faunes. Comme je l'ai déjà expliqué, on a toujours vécu en ville, mais Giancarlo a voulu retrouver ses racines, et moi, de mon côté, j'en avais ras le bol de la banque, je ne trouvais plus de sens à ma vie. On a décidé de sauter le pas. Les Faunes nous ont bien accueillis, mais là-haut, en altitude, la vie, c'est vraiment dur. J'avais sûrement trop d'illusions, toujours est-il que le froid, le travail manuel, l'environnement où tout est atrocement pénible ont commencé à me peser. Ensuite, un de mes petits est tombé malade, et je n'en venais pas à bout. Je n'y arrivais plus, alors on est redescendus dans la vallée. On s'est dit que Monteripa serait un bon compromis : un village, une maison près de la route, un médecin de campagne… Mais au lieu de ça, soupira Elena, le crédit de la maison nous étrangle, le travail n'est pas venu comme on aurait voulu, et la réalité, c'est qu'on a contracté des dettes. Tonino, l'oncle de Giancarlo, nous a plusieurs fois sauvé la mise, et moi, j'ai fait tout ce que j'ai pu, mais l'argent ne suffisait jamais. Avec deux enfants en bas âge, tu serais prête à mourir pourvu qu'ils ne manquent de rien. Giancarlo ne s'est pas senti à la hauteur en tant que père, il n'avait plus confiance. C'est pour ça…

Elena sanglota et ne put terminer sa phrase.

— Qu'il a accepté de jouer les passeurs ? compléta le commissaire.

— Il fréquente le milieu de la musique, les milieux alternatifs, vous voyez ? Là-bas, tout le monde se drogue un peu… Il a fini par accepter à cause de l'argent, pour ne pas qu'on se noie.

— C'est toujours comme ça, constata Soneri.

La femme le fixa sévèrement.

— On n'est pas des délinquants, on n'avait pas le choix.

— C'est aussi très fréquent, renchérit-il.

Elena garda le silence, comme déçue.

— Qui fournissait la drogue ? l'interrogea le commissaire.

— Une bande de Marocains. Ils la planquaient dans les voitures des marchands ambulants qui font la tournée des villages, après l'avoir récupérée entre la Ligurie et la Toscane.

— Pourquoi vous l'avoir proposé, à vous ?

— Ces routes ne sont pas contrôlées, les Maghrébins qui vendent des nappes avec une voiture déglinguée n'attirent pas l'attention. Par contre, ils avaient besoin de quelqu'un de sûr pour la livrer en ville. Comme Giancarlo joue dans les bars et qu'il rentre dans la nuit, c'était parfait. Avec sa camionnette remplie de meubles et d'instruments de musique, il n'éveillait aucun soupçon, expliqua la femme.

— Qui vous livrait la drogue ?

— Les marchands : ils faisaient semblant de nous proposer leurs articles, et ils nous donnaient les paquets. Sinon, ils empruntaient directement la camionnette, et nous, on la récupérait plus tard.

— Donc, on ne vous l'a jamais volée... intervint Soneri.

— On a menti pour s'en tirer. Si on se faisait coincer, on pouvait toujours dire qu'on n'avait rien à voir. C'est pour ça qu'on a quand même porté plainte deux fois.

— Vous étiez bien payés pour transporter la cocaïne ?

Elena sursauta sous l'effet de la surprise.

— On n'a jamais transporté de cocaïne ! Seulement du shit !

Soneri la fixa avec étonnement, elle avait l'air vraiment sincère.

— Vous étiez bien payés ? insista-t-il.

— Il fallait beaucoup négocier, mais ça nous permettait de payer nos dettes et de tenir le coup.

— Et vous, vous étiez d'accord ?

— Non, affirma la femme. J'ai insisté pour qu'il arrête. Bien sûr, au début, ça nous a permis de souffler, mais je savais qu'un jour ou l'autre il finirait par se faire coincer. Giancarlo n'est pas un dealer, il est seulement naïf.

— C'est pour ça que vous vous disputiez ? Vous croyiez pouvoir en sortir ?

— J'avais décidé d'aller voir Malpeli pour sortir de ce trafic, poursuivit-elle. C'est lui qui donnait du travail.

— Ça ne vous dérangeait pas ?

— Je n'avais pas le choix... Giancarlo n'était pas d'accord, il trouvait ça dégradant, il préférait ses tournées nocturnes. Les hommes ont toujours honte de montrer leurs faiblesses, acheva Elena en lançant une œillade complice à Angela.

— Encore faut-il savoir ce qu'on entend par faiblesses, insinua Soneri en jetant, lui aussi, un œil à sa compagne.

— Vous pensez qu'on est des ratés ? reprit la femme, épuisée.

— Qui ne l'est pas ? répliqua le commissaire en tentant d'être conciliant. Il y a toujours une marge entre nos désirs et la réalité.

— On est restés très en dessous de l'image qu'on avait de nous-mêmes, murmura Elena en souriant amèrement. On ne connaissait rien de la vie, on s'est laissé déborder par notre enthousiasme et par nos illusions. On ne pensait pas que ce serait si dur, ça nous a rendus faibles. Avec le froid, les difficultés, obligés de supporter toutes ces journées sans soleil, on s'est fanés de l'intérieur.

Le moral avait cédé, voilà tout. Durant un quart de seconde, Soneri se rappela ses parents, des paysans qui, toute leur vie, avaient serré les dents. Il fixa le visage affligé de la femme et l'estima bien incapable d'autant de résistance. Lui, au contraire, devrait en opposer pour ne pas dérailler devant cette enquête chaotique qui se traînait entre silences, inimitiés stupides et vies réduites en bouillie. Dans une autre pièce, un enfant se mit à pleurer. Elena se leva et disparut dans le couloir.

— Qu'est-ce que tu en penses ? l'interrogea Angela.

— Que ce ne sont pas de mauvais bougres. Le genre à se fourrer dans les pires des emmerdes, répondit-il.

— Je ne pense pas que ce soit le cas.

— Je n'ai pas tes certitudes, j'ai tellement vu de délinquants bien sous tous rapports que plus rien ne m'étonne, répliqua Soneri. Pour moi, ils n'ont pas de couilles. Gentils, bien éduqués, pleins de belles idées, mais incapables de renoncer au confort de la ville.

— Et alors ?

— Conditions idéales pour faire des conneries.

Angela l'observa d'un air songeur.

— Tu restes avec moi, ce soir ? demanda-t-elle soudainement.

— Il y a des jours où tu m'étonnes, dit le commissaire. Tu penses que je vais passer la nuit chez un type qui vient de se faire arrêter ? Ça n'est déjà pas très convenable que tu y sois, mais après tout, on n'est pas mariés... Et puis, ce n'est pas le moment que je tombe malade.

— Sois tranquille, je ne suis plus contagieuse, le rassura-t-elle, entre agacement et résignation.

Ils furent interrompus par le portable de Soneri.

— Don Pino est venu chez moi, annonça Afro. Magnaschi l'a appelé pour lui demander de l'aide, et quand il est allé chez lui, il l'a trouvé le visage tuméfié. Il a dû se faire frapper.

— Vous connaissez son adresse ?

— Via Ulivi, à gauche de la départementale, un peu avant l'église. Deuxième maison après le carrefour.

Soneri prit aussitôt la porte et retourna au bourg. Il traversa les rues désertes où le gel donnait l'air d'avoir détruit toute forme de vie et, dans cette immobilité, il se dit qu'à part des ronflements de vieux, rien d'autre ne pouvait arriver derrière les épais murs de pierre.

La découverte de Magnaschi le démentit du tout au tout. L'homme était affalé sur le côté d'une chaise, le bras derrière le dos pour se soutenir, le visage tuméfié, l'œil virant au violet.

— Qu'est-ce qui vous est arrivé ? interrogea Soneri.

— C'est là-haut, fit l'homme en désignant une sorte d'étagère murale. Je suis monté sur ma chaise pour prendre le sucre, une équerre a cédé, expliqua-t-il en s'agaçant.

Le commissaire fixa la chaise trouée et balaya la pièce du regard : il y régnait un ordre manifeste, comme si on avait tout rangé en hâte.

— Et en tombant, vous vous êtes fait un œil au beurre noir ?

— Je me suis cogné contre le bord de la table, marmonna Magnaschi.

— On vous a tabassé ? dégaina Soneri.

— Non ! s'exclama l'homme avec une expression de stupeur et de terreur mêlées.

L'œil tuméfié s'entrouvrit un instant et sa pupille darda entre ses paupières bleues.

— C'est à cause de l'héritage ? Vous n'êtes pas tombés d'accord ?

— Qu'est-ce… qu'est-ce que vous dites ? bredouilla Magnaschi en s'agitant.

— Que vous êtes l'homme le plus riche de Monteripa maintenant que Malpeli est mort, constata Soneri. Quels liens de parenté vous aviez avec Garulli ?

— Nos grands-parents étaient cousins germains.

— Et vous, vous ne saviez pas que vous aviez un parent aussi éloigné…

— Si vous allez par là, je n'ai même pas connu la sœur de mon grand-père, la grand-mère de Garulli. Bien sûr, je savais qu'elle existait, on m'en avait parlé. Mais la mémoire… Les documents sont là. Les documents parlent d'eux-mêmes.

— Brûlés dans l'incendie de la mairie dans les années 60, le contredit le commissaire.

— Il y a ceux des paroisses. Ceux-là ne sont pas perdus, s'obstina l'homme. Au bout du compte, il ne reste que les paroisses. Tout le reste tombe en miettes, au lieu que l'Église est éternelle. C'est ce que disent les curés.

— Pourquoi vous avez prévenu don Pino au lieu d'appeler le médecin ? questionna Soneri.

— À mon âge, un prêtre est plus utile qu'un toubib, grommela l'homme d'un air sombre.

— Vous ne m'avez pas l'air très pratiquant...

— Et alors ? Je suis vieux, et le curé n'oublie jamais de me rendre visite. Y en a qui le chassent, et moi, je lui parle. On n'est pas obligés de parler de saints ou de politique.

— Vous avez besoin d'un médecin, insista Soneri. Don Pino l'a prévenu ?

— Il voulait, mais j'ai refusé : pour deux malheureux bleus... minimisa Magnaschi, réussissant même à sourire.

Le commissaire observa son visage tuméfié aussi dur et impénétrable qu'une coquille de noix.

— Je vous conseille de n'ouvrir à personne, ajouta-t-il en prenant congé. Je suis sûr que vous voyez de qui je veux parler.

Contrarié, le commissaire sortit et se dirigea vers l'église. La couche de neige sur laquelle il marchait était aussi fine qu'une *piadina*, mais il sentait de petits fragments prendre forme sous ses semelles.

Le prêtre était en train de dîner dans sa pièce de vie qui puait les haricots bouillis. Il avait déboutonné sa chemise et retiré son col romain. Sur son visage, cette éternelle expression tourmentée.

— Je reviens de chez Magnaschi, l'informa Soneri.

Don Pino le dévisagea sans dire un mot comme si le sujet ne l'intéressait pas.

— Je pense qu'on l'a frappé, ajouta-t-il. Il ne vous a rien dit ?

Le prêtre fit non de la tête.

— Il dit qu'il est tombé, répondit-il après avoir dégluti. Je l'ai soigné avec ce que j'avais sous la main, il ne veut pas entendre parler du médecin.

— Pourquoi c'est vous qu'il a prévenu ?

— Je passe le voir régulièrement. Mais là, c'est lui qui m'a téléphoné. À part mes quatre vieux qui viennent à la messe, j'avais du mal à croire qu'il ait besoin de parler. J'ai même cru une seconde qu'il voulait me parler de Dieu. Mais ce n'était pas son âme qu'il voulait soigner...

— Vous enseignez à visiter les malades...

— Et je le fais. Mais l'Évangile ne me sert presque jamais.

— Pourquoi ce refus du médecin ?

— Magnaschi est comme ça. Il a peur qu'on l'envoie à l'hôpital. Il ne quitterait sa maison pour rien au monde, même en cas de bombardement. Il s'est mis dans la tête que si elle restait vide, n'importe qui pourrait entrer. Quoi qu'il en soit, ça n'a pas l'air bien grave : quelques coups, rien de plus.

De l'autre côté du mur, on entendait le bruit d'enfants qui se couraient après.

— Vous avez vu pour le cimetière ? demanda don Pino.

— On m'a dit que des fissures s'étaient ouvertes.

— Des fissures ? C'est en passe de s'écrouler, oui ! Le temps est venu de l'abandonner et d'en construire un autre en contrebas, le long de la départementale. C'est déjà en projet. On n'attend plus que les bulldozers, grinça le prêtre. Et s'ils ne font rien, ils prennent aussi des risques avec l'église.

— Ils la reconstruiront aussi ? Il faudra du béton armé.

— Avec un nouveau prêtre, moins intransigeant que votre serviteur, grogna don Pino. Quelqu'un qui leur ressemblera et qui les rassurera avec ses propres défauts. Qui résumera la parole de Dieu à des réprimandes indulgentes, le Christ, à un fou admirable, et l'Évangile, à un livre de citations. Le reste : au ventre et à l'instinct en se foutant des Saintes Écritures ! Après tout, ce ne sont que des livres ! Bien loin du combat obscène de la vie.

— Le monde n'est jamais simple pour les personnes trop cohérentes, reconnut Soneri. Ni pour celles qui ont la passion de la vérité.

Le prêtre ne répondit pas. Il se resservit à manger, et pendant un petit moment, on n'entendit plus que sa cuillère racler son assiette creuse.

— Qui les oblige à rester chrétiens ? reprit tout à coup don Pino. Pourquoi vouloir faire baptiser son fils ou lui faire faire sa communion ? Pour eux, ce ne sont que des réjouissances : d'abord l'église, ensuite le restaurant, les cadeaux et tout ce qui s'ensuit ! Un rite. Une mise en scène. Avec des acteurs ridicules endimanchés pour l'occasion. Vous devriez les voir avec leurs beaux costumes tout droit sortis des grandes enseignes, mais repris par les couturières pour que leur ventre puisse rentrer dedans. Et toutes ces grosses dondons, avec leurs beaux colliers, les doigts calleux pleins de bagues ! Comment je peux supporter tout ça ? Et que ça insiste pour me payer à la fin de la cérémonie. Combien je vous dois, mon révérend ? Comme avec un plombier, ou bien un peintre en bâtiment. Je te paye, tout est en ordre. Tu m'as prêté l'église deux heures, avec l'orgue et tout, non ? Tu auras bien des honoraires ?

Soudain, la porte s'ouvrit en grand, et un enfant fit irruption, heureux comme un martinet noir.

— Pino ! Pino ! s'écria-t-il en exhibant une dent de lait entre ses doigts.

Don Pino lui sourit et, pour la première fois, Soneri vit disparaître la tension de son visage. Quand le bambin les laissa seuls, don Pino regarda de nouveau le commissaire.

— Pourquoi Magnaschi vous tracasse autant ? Je ne sais pas s'il est vraiment tombé ou si on l'a frappé. Ici, il n'y a plus de loi, commissaire. Ni sacrée, ni profane. Juste des échanges de bons procédés pour trouver l'équilibre, comme entre des sphères magnétiques. Je te laisse faire, tu me laisses faire. De temps en temps, quelqu'un veut un plus gros morceau, alors la lutte se déclenche. Mais la lutte ne plaît à personne, on préfère se répartir de plus en plus de viande pour que tout le monde reste tranquille. Dites-moi si ce n'est pas comme ça que ça marche, ici et ailleurs…

— Plus ou moins, confirma Soneri, un chouia agacé. Je pense que la lutte a repris, et que Magnaschi s'est pris une rossée.

Le prêtre poussa son assiette vide du dos de la main.

— Si je devais parier, je parierais aussi là-dessus. Avec tout l'argent qui lui est tombé dessus…

— Vous croyez qu'on l'a menacé ?

— Si c'est le cas, il a l'habitude et il sait comment s'en sortir.

— Vous voulez dire qu'il est sous contrôle depuis longtemps ?

— Commissaire, Magnaschi a dirigé le bureau technique de la commune pendant trente ans. Tous les permis de construire passaient par lui. Faites le compte du nombre d'étables, de hangars, de pavillons qui ont été construits...

Et don Pino s'interrompit d'un geste éloquent de la main.

— Des dessous-de-table ?

— Tout le monde le sait. Il faut plonger ses mains dans la boue pour se rendre compte à quel point la conscience est devenue moribonde, ici. À quel point il ne reste rien au-delà des instincts, de la panse et du cul. Je passe pour un curé gênant et peu affable, mais comment pourrais-je parler du Christ à des gens qui viennent de s'arracher des cuisses d'une putain ou qui viennent de passer la nuit chez Malpeli à se droguer et à danser avec des femmes ?

— Qu'est-ce que vous savez de ces soirées ?

— J'en sais ce qu'on en raconte : qu'il invitait tout le monde, et qu'on y trouvait de tout.

— Tout le monde ?

— Aussi bien ses amis d'enfance que des personnages haut placés qui n'aimaient pas se faire remarquer. Ceux-là venaient dans des grosses voitures sombres qui s'engouffraient à l'intérieur de la villa.

— On n'a jamais su qui c'était ?

— Ça ne m'a jamais intéressé de le savoir, mais ce n'est pas difficile à imaginer : qui voulez-vous que ce soit ? Des industriels, des politiques, des avocats... Des riches, en un mot, acheva don Pino avec un certain mépris.

— Et Magnaschi, jamais ?

— Je ne crois pas. C'est un type qui aime rester dans l'ombre. Il ne s'est jamais marié. Un solitaire.

— Il ne fréquente personne, au village ?

— Tout le monde et personne, répondit don Pino. Avec son travail, il est au courant des moindres secrets, cela dit, je ne l'ai jamais vraiment connu lié à quelqu'un.

— D'après vous, il les tient tous dans sa main ?

— C'est possible. Mais les autres le tiennent aussi. Tout le monde a de sacrés vices, ici ! Je ne devrais pas parler comme ça, je devrais plutôt insuffler de l'espoir, mais c'est de plus en plus dur, commissaire. Ce village est pourri. Il a rejoint son terminus, il nous faut un nouveau départ.

— Je ne connais pas d'endroit où ça n'est pas pourri, murmura Soneri.

— C'est quand tout est perdu et que la putréfaction nous donne envie de vomir que l'espérance renaît, professa don Pino le regard dramatique. La pourriture travaille à une nouvelle naissance. Des petites choses, mais exemplaires, capables de faire germer des idées dans la tête de ceux qui touchent le fond de l'horreur et qui ne savent pas à quoi se raccrocher pour ne pas se noyer. Ensuite, quelqu'un ouvre la voie, et c'est comme s'il jetait une corde aux naufragés, parce qu'à la longue un monde sans l'espérance d'une utopie devient insupportable.

— J'espère que vous avez raison. Mais où est l'espérance ?

— Vous ne voyez pas ces gens qui grimpent sur la montagne ? Ils vivent en Jésus-Christ, même s'ils sont nombreux à ne pas y croire. La révolution se prépare. Appelez-la Providence, si vous voulez. Malpeli et les autres le savent, que Jésus est le plus grand des révolutionnaires. Ils savent que son exemple est scandale, subversion, menace. Tout ça les terrifie rien que d'y penser, voilà pourquoi ils ne supportent pas cette communauté qui vit dans la fraternité en partageant tout ce qu'ils ont.

— Je suis content que vous ayez de l'espérance, se plut à dire le commissaire. Je voudrais la partager, mais je suis tellement sceptique sur les individus… sûrement parce que je ne vois que des délinquants.

— La vraie délinquance, c'est l'indifférence, la vulgarité… reprit le prêtre avec un regard fébrile. Les Faunes sont les nouveaux partisans. C'est en montagne que tout va redémarrer, aujourd'hui comme hier.

— Malheureusement, comme à l'époque, j'ai peur qu'ils ne soient pas assez nombreux, déplora le commissaire. Quant à la délinquance… Il existe mille moyens de tuer, et moi, je ne m'intéresse qu'à ceux qui tuent les autres en leur tirant dessus ou en leur brisant le crâne, balança-t-il en alludant à Malpeli.

— Je comprends, dit don Pino en hochant la tête, mais on tue davantage en ne pensant qu'à soi et aux magouilles pour le pouvoir.

— Je n'ai pas de compétences pour ce qui concerne les âmes, je vous l'ai déjà dit. Et si le monde va comme il va, c'est davantage votre faute que celle des flics. Les curés nous ont laissés nous vautrer dans la boue et dans la puanteur, et ils ont même prêché qu'on y était heureux.

— Pas moi ! s'écria le prêtre en bondissant sur ses pieds. Pourquoi, d'après vous, je me suis retrouvé dans ce cul-de-sac ? À Parme, je faisais scandale, et les pusillanimes de la curie m'ont éloigné du regard des bigots. Ils font le bien, paraît-il. Des saloperies toute l'année, et hop ! une bonne dose de javel sur la conscience en donnant pour les pauvres ou pour restaurer une chapelle…

Voilà comment on se purifie, vierges de tout péché ! Par pitié, dit don Pino en bombant le torse, ils en prononcent, de belles paroles, du haut de leur autel, tous mes collègues ! Ils ne sont pas non plus les derniers à laver leur conscience à bon marché. Nous prêchons toujours le bien, disent-ils. Vous croyez que ça suffit ? C'est autre chose, le prêche ! Tous ces bigots souriants et pieux, ils devraient les maudire ! Mais non ! Nous préférons le masque hideux d'une vie tranquille. Ne pas trop gêner les puissants, les caresser dans le sens du poil, et piailler nos prières devant une nef qui nous méprise. C'est celui-là, l'athéisme le plus obscène : fermer les yeux en niant Christ.

Don Pino tremblait de colère, de la bave au coin de la bouche. D'un seul coup, son corps maigre céda comme une corde qui se rompt, et il s'affaissa sur sa chaise. Une veine gonflée lui traversait le front. Il resta quelques secondes sans bouger en donnant l'impression de vouloir dominer un entremêlement de passions, le regard perdu dans le vide comme si sa pensée avait des convulsions.

— Je… Excusez-moi, bredouilla-t-il peu après avec un filet de voix, je n'arrive pas toujours à me contrôler.

CHAPITRE 15

L'indignation de don Pino avait frappé le commissaire et, quand il se remit en route, il se dit que la plupart des gens cachaient en eux un volcan en sommeil. Il s'en fallait de peu pour faire sauter le bouchon, pour transformer la vie à l'improviste. Très rarement en mieux.

Tandis qu'il ruminait, il se rappela qu'il devait joindre Juvara.

— Je voudrais que tu vérifies un téléphone... annonça-t-il.

— Nourredini ?

— Oui.

— Les écoutes ont été activées, commissaire. Ordre de Zammarano.

— Ça dit quoi ?

— C'est un peu tôt, expliqua l'inspecteur. Mais d'après ce que je sais, le téléphone ne parle pas.

— C'est-à-dire ?

— Pas de trafic.

— Éteint ?

— Non, mais personne ne l'appelle et lui non plus ne passe aucun coup de fil.

— Bizarre... marmonna Soneri.

— *Dottore*, reprit Juvara, pour les Stups, tout est prêt. Ils pourraient arriver dès demain matin si vous...

— D'où te vient cette soudaine sollicitude ? s'étonna le commissaire.

— Zammarano est passé à la vitesse supérieure, il saute comme une puce d'un bureau à l'autre...

— S'ils viennent en fourgon avec les chiens, dis-leur de me prévenir pour que je leur donne mes instructions : je n'ai pas envie qu'on les remarque.

Après qu'il eut raccroché, il se dirigea vers l'auberge. La faim le torturait depuis une heure. À l'approche de la place, il aperçut une femme avec un gros sac en bandoulière et une écharpe qui lui couvrait une bonne partie du visage. Intrigué, il accéléra en pensant à Elena, mais reconnut rapidement Angela.

— Tu as opté pour une pneumonie ?

— Je n'en pouvais plus d'être coincée entre les sanglots de la mère et les cris des enfants.

— Sortir dans l'état où tu es...

— Je suis robuste. Et puis j'avais envie de dîner avec toi, susurra Angela.

Un appel les interrompit.

— Commissaire, s'excusa Juvara, demain, Zammarano doit encore interroger Ablondi et Breviglieri. En soirée, ce devrait être au tour de Hamed. Le magistrat m'a demandé qu'un d'entre nous y soit. Si vous n'avez rien contre...

— Je t'aurais dit d'y aller, le rassura Soneri. C'est bien toi qui t'occupes d'une partie de l'enquête ?

— Oui, oui... répéta timidement l'inspecteur.

— Comment ça se passe ?

— Les collègues lombards sont toujours à la recherche de la Bocchialini, mais ils restent confiants, s'empressa de répondre Juvara. En attendant, j'en ai appris pas mal sur elle.

— Qu'est-ce que tu as découvert ?

— Qu'elle est *escort* de luxe et qu'elle travaille dans des clubs privés ou des établissements ultra sélects. Malpeli se la ramenait souvent, et depuis quelque temps ils formaient presque un couple stable.

— Il avait de quoi payer...

— *Dottore*, ça va peut-être vous sembler bizarre, mais il y avait entre eux quelque chose de plus qu'une simple transaction commerciale.

— Ne me dis pas qu'ils étaient amoureux !

— Je ne sais pas... bredouilla l'inspecteur. En tout cas, quelque chose de différent. Ce qui n'empêchait pas Malpeli de se taper d'autres femmes, ni la Bocchialini de continuer de louer ses services. Mais...

— Mais quoi ?

— Je me demande comment ils ne se sont pas lassés après toutes ces années.

— Voilà, tu l'as dit ! s'exclama Soneri. Enfin un argument plausible : si ce genre de couple ne se lasse pas, c'est qu'il y a autre chose.

— J'ai quand même du mal à y croire... raisonna Juvara. C'est une pute !

— Si tu veux faire ce métier, tu devras t'affranchir des lieux communs, le sermonna le commissaire. La réalité dépasse toujours notre imagination.

L'inspecteur garda le silence comme s'il réfléchissait à la question.

— Je vous tiens au jus demain, conclut-il en guise de congé.

— Toi, par exemple, tu n'aurais jamais imaginé me voir ici, dit Angela qui avait suivi la conversation.

— Parce que tu fais autorité ? sourit Soneri. Tu n'aimes que l'imprévu, ce qui te plaît, c'est de brouiller les cartes et d'être impertinente et surtout, de renverser la logique. Alors que moi, je suis obligé de la chercher en permanence. Toi, tu casses, et moi, je répare. C'est peut-être pour ça qu'on est bien ensemble.

— Je vais te faire travailler comme un dingue pour que tu recolles les morceaux, dit-elle en riant et en s'appuyant contre lui.

— Viens, proposa Soneri, les *anolini* au bouillon et le gutturnio vont te faire passer tout ça.

— J'espérais mieux… grognassa Angela au moment où Farrell venait vers eux.

— Vous avez su pour Magnaschi ? se renseigna Soneri.

L'avocat acquiesça :

— Maintenant, l'affaire ne me concerne plus, déclara-t-il. Je pars demain matin, ici, rien ne me réussit.

— C'est-à-dire ?

— Personne ne parle et tout le monde me regarde de travers. J'ai même reçu deux lettres de menaces, expliqua Farrell. Je n'ai pas peur, mais je n'ai plus rien à faire ici. Les documents sont en ordre, la forme est garantie, et je n'ai aucun pouvoir d'enquête. Vous, oui, c'est pourquoi je vous passe volontiers le relais.

— Quelque chose n'est pas clair dans cet héritage, avança Soneri.

— C'est aussi ce que je pense, commissaire, confirma Farrell. Mais vous aviez raison, en Italie, il suffit de sauver la forme pour que tout soit possible. Vous avez la bureaucratie la plus désordonnée et les contrôles les plus superficiels que je connaisse. Vous ne voulez pas aller au fond des choses, vous ne voulez pas déranger les puissants.

— Par « fond des choses », vous entendez les flux d'argent ? insinua le commissaire.

— Quoi d'autre, sinon ? Mon confrère américain m'a transmis son dossier sur Garulli : impossible de comprendre d'où vient tout cet argent. Garulli possédait un laboratoire de glaces artisanales, aucune facturation ne justifie une telle richesse.

Soneri médita quelques instants.

— On peut frauder le fisc aux États-Unis ?

Farrell fit la grimace.

— Les Anglo-Saxons ont beaucoup de défauts, mais ils sont pragmatiques. Notre fisc contrôle le revenu réel, pas le revenu déclaré. Ils regardent la voiture que vous avez, quel est votre train de vie et ils fourrent même leur nez dans vos comptes bancaires. Si vous vous faites pincer, ça vous fait passer l'envie…

— Et Garulli n'a pas été passé au crible ?

— Bien sûr que si ! Mais lui déclarait tout, voilà le hic.

Soneri fit un signe interrogateur, et Farrell continua :

— La dernière année, quand son état s'est dégradé et que son sort en était jeté, une compagnie financière a versé sur son compte plus de deux millions et demi d'euros, en trois fois.

— On sait qui est derrière ?

— Non, on ne le sait pas.

— Vous n'êtes donc pas non plus totalement transparents, observa le commissaire.

— Personne ne l'est quand il y a de l'argent derrière. Et ce sont ceux qui le possèdent qui font les lois :

comment s'y opposer ? Au moins, nous exigeons que tout soit clair et que les gens payent leurs impôts.

— Donc, n'importe qui aurait pu agir derrière cette compagnie financière, en déduisit Soneri.

— Bien sûr. Mais les Américains ne vous empêcheront pas d'être curieux. Pourquoi voulez-vous qu'ils s'intéressent à un vieil Italien qui exprime le désir d'être enterré dans son pays ?

— Dit comme ça... reconnut le commissaire. Sauf si c'est de l'argent sale...

Farrell le fixa de ses yeux clairs.

— Vous voyez ? C'est une affaire pour la police. Je ne suis qu'un avocat.

Sur ce, il prit congé et monta dans sa chambre tandis que le commissaire et Angela s'installèrent à une table.

La silhouette massive d'Egisto déboucha de la cuisine. C'était un homme trapu et rondouillard qui semblait avoir été inventé pour n'offrir aucune prise au froid.

— Vous dînez ici ? demanda-t-il comme s'il y avait d'autres possibilités.

Mais à peine Soneri acquiesça, l'hôte fronça les sourcils.

— Ça vous embête si je vous installe dans la petite salle à côté de la cuisine ?

Le commissaire le fixa, surpris et intrigué, mais assura que ça leur convenait.

— La grande salle va être occupée par l'assemblée publique à cause de l'arrestation d'Ablondi.

Soneri l'avait oublié.

— D'accord, ironisa-t-il, on n'est pas invités et on n'est pas les bienvenus.

L'hôte détourna le regard et fit semblant de s'affairer avec le pain.

— Je suis à vous tout de suite, dit-il pour changer de sujet.

— On sera mieux, approuva Angela, il fera plus chaud.

Ils s'assirent à une table d'où l'on voyait l'épouse du patron s'activer aux fourneaux, aidée par une vieille femme.

— Ils sont arrivés ? s'enquit Soneri.

— Non, mais ils ne vont pas tarder, dit l'hôte.

— Ils font toujours leurs réunions chez vous ?

— Depuis que le curé ne chauffe plus la salle du presbytère, il n'y a qu'ici qu'ils peuvent les faire, précisa Egisto.

— Ça ne vous arrange pas ?

L'homme haussa les épaules.

— Pour ce qu'ils consomment... Et moi, je dépense de la lumière... Ils sont bons pour rester jusqu'à 1 heure du matin alors que je pourrais fermer à 22 heures.

— Vous n'êtes pas d'accord avec la protestation ?

— Et qu'est-ce que vous voulez qu'on en retire ? C'est la commune qui devrait se bouger. Ça compte pour quoi, quatre villageois qui se gavent de bavardages ? Je suis désolé pour Ablondi, mais il s'est fait prendre, non ? Si on vous coffre, c'est qu'y a un truc pourri, ou que vous êtes un couillon.

Egisto énuméra les plats. Soneri, qui succombait déjà aux odeurs de cuisine, commanda des *anolini* au bouillon et du chevreuil aux champignons. Angela préféra les *pappardelle* au ragoût de sanglier.

— Tu t'es enfin convertie à de la vraie nourriture, la félicita le commissaire.

— Le menu est le seul truc supportable, dans ce bled, répliqua-t-elle.

On entendait la voix des premiers arrivés provenir de la salle, dont une qui semblait en colère.

— Ils sont en train de se chauffer ? demanda Soneri à l'hôte.

Ce dernier haussa encore les épaules.

— Vous, la police, vous devriez plutôt vous en prendre à tous ces étrangers qui traînent dans la montagne au lieu de mettre les nôtres en prison. Le seul qui le mérite, c'est ce Breviglieri qui joue au petit prof avec sa femme… Lui et ces étrangers, renchérit-il. Mais tant qu'y en a qui les protègent… Don Pino, par exemple, qui les accueille chez lui. Un jour, on le retrouvera la tête cassée comme Malpeli, et on lui volera même son froc. Voilà comment on met les choses en ordre !

Angela lança un coup d'œil éloquent au patron, et le commissaire craignit qu'elle ne le rembarre.

— En ce moment, c'est l'éboulement qui lui met la pression. Si ça continue, les tombes vont se retrouver chez lui, au curé, reprit Egisto.

— Vous devriez organiser une assemblée pour le curé au lieu de la faire pour Ablondi, persifla Soneri.

Énième haussement d'épaules.

— Plutôt que de s'écrouler sur les vivants, il vaudrait mieux que ça s'écroule sur les morts, glosa-t-il. Si tout s'écroule, on pourra transférer les tombes. On se décidera surtout à construire un nouveau cimetière plus pratique avec un parking.

— Ça détruirait l'église et son clocher du XVIIIe… fit remarquer le commissaire.

— Si vous saviez ce que je m'en tamponne du clocher du XVIIIe ! On n'a même plus de sonneur de cloche ! Dans la nouvelle église, on pourrait installer un haut-parleur, et on n'en parle plus. De toute façon, ajouta-t-il avec indifférence, pour ce que nous racontent les curés, tout est permis.

On entendit appeler depuis la cuisine, et l'hôte s'y dirigea en agitant les bras. Soneri et Angela se regardèrent, un peu surpris, puis éclatèrent de rire pour échapper à l'amertume. Ils se versèrent un verre de gutturnio et trinquèrent en levant leur verre.

— Noyons tout dans le vin, proclama le commissaire.

— On s'amuse bien, dit Angela, j'ai même l'impression que ma grippe est passée.

— Si ça t'amuse d'entendre ce genre de trucs !

— Hey, commissaire ! Tu vis ailleurs ou ton incorrigible moralisme t'a encrassé l'esprit ? Les gens sont comme ça ! Que ça te plaise ou non, tu seras bien obligé de les supporter comme ils sont, mon cher…

— Les gens… Ils ne sont pas tous pareils…

— Voyez-vous ça ! Tu deviendrais optimiste ? Qu'est-ce qui t'arrive ? Une mutation génétique ? ricana Angela.

— Ça doit être le gutturnio, sourit-il en retour.

— Tu ne t'es pas rendu compte que le monde était devenu barbare ? Le temps des idées est passé, nous en sommes aujourd'hui à celui du tube digestif.

— Tu as raison, et ça pète de partout, commenta Soneri.

— Et lui, reprit Angela en parlant d'Egisto, il est comme beaucoup d'autres. Juste un peu plus rustique, c'est tout. Mais c'est la même mentalité que tous ces petits ou grands patrons qui se lancent en politique et qui sauvent les apparences en masquant leur brutalité et en se faisant passer pour des serviteurs de la démocratie. Ils racontent des conneries, mais ils soignent l'emballage pour que les crétins les avalent.

— Je préfère Egisto, répliqua le commissaire. Au moins, je sais à qui j'ai affaire.

Dans le même temps, l'hôte arriva avec deux assiettes fumantes.

— Et puis, il a quand même un bon côté, susurra Angela en goûtant ses *pappardelle* et en suivant du regard l'homme qui retournait en cuisine.

— En effet. Le reste est écœurant.

Des voix surexcitées en train de se disputer leur parvinrent de la salle, sans doute était-ce l'effet du vin.

— Tu en es où ? l'interrogea Angela au sujet de l'enquête.

— Brouillard. Je n'ai aucune idée de la direction à prendre, marmonna le commissaire. La seule chose dont je sois sûr, c'est du trafic de drogue : de la coke, du shit, qui sait quoi d'autre. Breviglieri transportait le haschich, les Marocains, la cocaïne. Et Malpeli organisait ses petites sauteries avec de la drogue et des putes…

Les propos du commissaire s'échouèrent dans son esprit confus.

— La veille de l'arrestation, Elena et son mari ont discuté à bâtons rompus. À un moment donné, c'est monté dans les tours, et Elena lui a demandé de se taire en lui rappelant que j'étais présente et que je pouvais entendre. À mon avis, ils étaient à couteaux tirés vu les regards qu'ils se jetaient pendant le repas, raconta Angela.

— Ils me font de la peine : deux gamins inconscients qui se prennent pour des ermites, commenta Soneri.

— C'est lui le maillon faible, reprit-elle. S'il avait eu des couilles, rien de tout ça ne serait arrivé. Ils seraient encore avec les Faunes. Malheureusement, tout lui est tombé dessus, tu voulais qu'elle fasse quoi ?

— Allez, l'exhorta le commissaire, tu ne vas pas me refaire le coup des femmes victimes de couilles molles !

— Et pourquoi pas ? Ça arrive tous les jours, le provoqua Angela. Je ne parle pas en général, je parle de leur situation.

— Tu ne les connais pas.

— Il m'a suffi de les observer. Je te le dis, tu négliges trop l'intuition féminine. C'est une erreur. Moi, j'ai tout de suite capté quel genre de gars c'était. Nous, les hommes, on les flaire, susurra-t-elle avec malice en s'approchant de lui.

— Là, ça vire à l'occulte, ironisa le commissaire en cherchant à la provoquer et à la mettre en doute. Tu veux qu'on interroge les astres et les tarots ?

— Écoute, *Homo sapiens*, tu devrais réviser Darwin. Les femmes sont habituées depuis la nuit des temps à choisir le bon mâle : sain, robuste, fidèle, et attaché à sa progéniture. Tu penses que l'évolution ne nous a rien appris ?

— Je vais éviter de te demander quelle odeur tu sens quand tu me renifles, rit le commissaire en se régalant à l'avance du chevreuil aux champignons qu'Egisto apportait.

— Celle du cholestérol et d'une bouffe grasse et avariée, répliqua Angela en riant à son tour.

L'hôte entendit les derniers mots et s'indigna :

— De la bouffe avariée ? Chez moi ?

— Mais non, ce n'était pas contre vous, le rassura Soneri. Comment ça se passe dans la salle ? s'informa-t-il.

— Ça cause, répondit l'autre avec une pointe de mépris. Les réunions, ça sert à perdre du temps, décréta-t-il en laissant deviner qu'il admirait les décisions rapides et silencieuses.

Soneri aurait payé pour assister à l'assemblée, mais il savait que c'était impossible. Le village et ses habitants s'obstinaient à rester distants. La communauté ne laissait échapper que des murmures, des phrases hachées, des cris, des signaux incompréhensibles, comme s'ils parlaient une autre langue.

— Fais-moi confiance, répéta Angela, le maillon faible, c'est Breviglieri. Tu dis que tout le village est mutique et hostile, mais lui, il a la coquille fine, et si tu tapes dessus…

Le commissaire fit un sourire, le regard absent et les oreilles en direction de la salle dans l'espoir de saisir des bribes. Complètement inutile : Monteripa le repoussait sans trêve. Pourtant, il aurait pu leur parler en dialecte, retrouver un passé commun…

Il reprit à manger. Angela lui vola un morceau de chevreuil pour le goûter.

— Tu as raison, dit Soneri, il n'y a que le menu de bon, ici.

— Tu sais, on pourrait se régaler autrement… proposa-t-elle, allusive.

— Tu ne retournes pas chez les Breviglieri ?

— Non. Je ne veux plus y aller. J'ai soldé mes comptes avec Elena. Je lui ai même donné un peu d'argent pour ses enfants, mais je ne peux plus supporter toutes ces pleurnicheries.

— Qui va s'occuper de toi ?

— Toi ? Tu ne veux pas me soigner ? le taquina Angela avec un petit sourire.

— Demain, j'ai un emploi du temps chargé : je passe la journée en montagne. Les Stups débarquent pour une battue, la prévint le commissaire.

— Je peux me soigner toute seule, le rassura-t-elle. Je suis venue ici parce que je me sens mieux.

— Le décor est ce qu'il est, constata Soneri.

— Celui d'un vieil hôtel de passe, décréta-t-elle. Rien de plus excitant.

— Parle pour toi.

— Si tu te servais de ton cerveau pour autre chose que ton boulot, insista Angela, tu comprendrais que nous pourrions, dans cette situation, jouer au couple adultère pas du tout raffiné, genre trois coups et ciao.

— Et pourquoi « pas du tout raffiné » ?

— D'abord à cause du lieu. Ensuite, pour les détails : le patron un peu vulgaire, la bouffe grasse, les regards abrutis des avinés…

Angela avait un tel talent pour inventer des jeux de rôle que le commissaire commençait à entrer dans son personnage.

— En résumé, conclut-elle, dans ce décor, je pourrais passer pour une putain et toi, pour un représentant qui laisse sa femme et ses enfants à la maison. Je trouve ça électrisant.

Ils cessèrent de parler. Angela se leva et se dirigea vers les escaliers. Et Soneri lui emboîta le pas comme s'il allait à un rendez-vous tarifé.

CHAPITRE 16

Il fut réveillé par son téléphone.

— C'est Rifranti, annonça la voix stridente du patron des Stups.

— T'es déjà là ?

— Non, à Pastorello. On sera là dans une heure.

— Retrouve-moi à la sortie du village, proposa Soneri. Juste après l'éboulement, tu vas tomber sur une usine d'embouteillage. Gare-toi là-bas, et attends-moi.

Angela dormait encore. Il s'habilla en hâte et descendit prendre son petit déjeuner. Puis il prit sa voiture pour aller chez Afro. Le ciel, d'où continuaient de tomber de petits flocons nonchalants, avait du mal à s'éclaircir.

— Vous avez vraiment décidé de retourner sur le Bragalata ? demanda l'homme en s'installant dans la voiture.

— Il faut qu'on trouve ce téléphone, déclara Soneri. On ne sera pas tout seuls, deux de mes collègues de la brigade des Stups vont nous rejoindre avec les chiens.

— Encore des chiens ? Avec tous ceux qui sont dehors... À l'heure qu'il est, ils doivent être épuisés. Vous faites pas d'illusions, ajouta-t-il quelques instants plus tard, c'est quasi impossible de retrouver quelque chose au milieu des arbres, à moins de savoir où on l'a mis. Le téléphone a été lancé au hasard... et dans le noir.

— On peut toujours essayer, renvoya le commissaire cependant qu'un taxi passait à côté d'eux.

Il reconnut Farrell sur la banquette arrière. C'est à regret qu'il vit l'avocat s'en aller. Dorénavant, il serait encore plus seul. Garulli lui revint à l'esprit, ainsi que son soudain enrichissement. Il appela Juvara.

— J'ai une nouvelle mission à te confier, annonça-t-il. Je voudrais que tu vérifies les entreprises de Malpeli à la Chambre de commerce. Et en particulier son entreprise de Monteripa. Essaye de voir s'il a des associés, et qui ils sont.

L'inspecteur promit une réponse rapide.

Rifranti arriva sur ces entrefaites. Le commissaire reconnut le fourgon des Stups, dans lequel les chiens devaient déjà trottiner, et lui fit des appels de phare. Le collègue s'arrêta à leur hauteur et baissa sa vitre.

— Va devant, je te suivrais de loin pour ne pas me faire remarquer.

Soneri reprit la direction du village, le traversa en suivant la départementale et attaqua le col du Brattello, en s'assurant que le fourgon réussisse à tenir la route sur la mince couche de neige aussi fine qu'une poussière de carrière.

Une fois rejoint le petit terrain où débutait le sentier pour le Bragalata, Rifranti observa la forêt immense et s'alarma :

— On doit fouiller tout ça ?

— Les chiens n'ont qu'à flairer aux abords des sentiers, minimisa Soneri. Dans les bois, on risquerait de se perdre.

— Ce sont ceux qui ont peur qui se perdent, intervint Afro. Ceux que les grandes choses affolent, et qui n'aiment pas être seuls.

Rifranti se présenta et scruta le garde forestier avec curiosité tandis qu'un bruit de cor descendait des sommets : Ribot avait dû les repérer.

— Si vous vous perdez, suivez l'eau, reprit Afro. Elle vous ramènera en aval, et tôt ou tard, à un village.

Le policier garda le silence et se limita à sourire. L'autre agent ouvrit la portière et libéra les chiens. Deux labradors n'y tenant plus descendirent du fourgon à l'instant où l'on entendit un hurlement tout proche. Les bêtes aboyèrent aussitôt avec fureur en se bousculant.

— Il y a d'autres chiens, dans le coin ? s'informa Rifranti en saisissant le collier d'un des deux labradors.

— Oui, des chiens de chasse. Perdus, répondit Soneri. Ils ont sniffé de la coke, ils sont complètement défoncés.

— C'est quoi ce patelin ? Tu te fous de ma gueule ?

Le commissaire éclata de rire.

— Ici, pas de normalité, et la loi est inexistante. On ne peut donc écarter aucune possibilité.

Rifranti le regarda un rien perplexe tandis qu'ils s'engageaient sur le sentier de la hêtraie qui recouvrait le dos de la montagne tel un épais duvet. Puis il s'approcha de Soneri et, en baissant la voix, le pria de s'expliquer :

— Écoute, j'ai pas compris. Tu pourrais développer ?

— Je ne comprends pas grand-chose non plus, avoua le commissaire. Je pense qu'on se trouve à un carrefour où la drogue est stockée avant distribution. Et qu'avant d'arriver ici elle transite par les ports, en Ligurie et en Toscane. On l'a retrouvée dans des endroits auxquels personne n'aurait pensé : dans des cases de columbarium ou bien enterrée sous des arbres, dans des petites bouteilles en plastique... Mais hier, en fouissant la terre, un sanglier en a déterré une, et tout le bois en a sniffé.

Le collègue et l'agent éclatèrent de rire.

— Si quelqu'un d'autre m'avait raconté ça, je ne l'aurais jamais cru ! s'exclama Rifranti.

Les chiens se mirent à renifler de tous côtés. Les effluves du bois avaient dû réveiller leur instinct assoupi à force de fréquenter aéroports, valises et porte-bagages.

— Tu penses qu'il y a d'autres bouteilles dans le coin ? s'enquit Rifranti.

— Ça se pourrait.

Un nouveau hurlement résonna comme un cri d'alarme, mais cette fois-ci, encore plus proche. Les policiers avaient du mal à contenir leurs chiens.

— Il vaut mieux aller voir, estima le patron des Stups.

Ils grimpèrent une cinquantaine de mètres en passant entre les arbustes à peine effleurés par la neige. Arrivés près d'un creux que l'on voyait à peine, les labradors reprirent à tirer sur la laisse en entraînant leurs maîtres. Un grognement désespéré surgit d'un enchevêtrement de branches. Camouflé derrière les feuillages, un pointer gisait au milieu du lit sec d'un fossé. Il portait les marques d'une lutte avec des sangliers, et l'on voyait ses côtes ressortir d'une blessure. Ses pattes arrière ne bougeaient plus.

— Dans ces cas-là, il vaut mieux les achever, commenta Rifranti en retenant difficilement son labrador.

Tout le bois résonna des cris des animaux excités par la peur et la rivalité. Afro s'approcha du pointer blessé en descendant de quelques pas. La bête le regarda avec méfiance et le flaira de loin. Tout comme ses pattes, sa queue demeurait immobile.

— Il a le ventre ouvert, déclara le garde forestier.

— Vous le connaissez ?

— Je crois que c'est un des chiens de Rasmi.

Rifranti et l'agent avaient éloigné leurs deux bêtes pour étouffer le clabaudage. Afro et le commissaire les rejoignirent, et ce fut à ce moment-là qu'ils se rendirent compte de l'odeur.

— Ça sent le cadavre, décréta le garde forestier.

Les labradors tirèrent à nouveau sur la laisse, attirés par la puanteur. Tous s'engagèrent alors dans une dépression et entendirent des animaux s'échapper d'un buisson. Un énorme sanglier gisait sur un lit de feuilles, la chair à moitié arrachée par de nombreuses morsures.

— Je préfère ça, soupira le commissaire, j'avais peur que ce soit un humain.

— On marche depuis une demi-heure et on a déjà découvert les preuves de la bagarre, considéra Rifranti. Sauf que ce n'est pas ce que tu cherchais, je me trompe ?

Ils reprirent leur montée sous un tunnel de branches, puis la futaie remplaça le taillis. Parfois, on devinait la main d'Afro dans les coupes et les éclaircies. Quand ils s'arrêtèrent pour reprendre leur souffle, ils contemplèrent l'immense étendue d'arbres ainsi que la frontière le long de laquelle le garde forestier travaillait, tel un sillon à perte de vue dans la vallée.

— J'aurais peur de rester ici, murmura le commissaire.

— Ça m'arrive aussi, qu'est-ce que vous croyez ? Mais si vous affrontez la peur, vous n'êtes plus le même homme. Accepte tes limites et ta mission, apprends à regarder au-delà. Ici, sur ces monts, les jours de beau temps, on voit la mer d'un côté et, de l'autre, la plaine : des villes comme des îles sur terre, et des terres qui sortent de l'eau, sourit Afro. Ce n'est qu'en regardant au-delà que tu ne considères plus le travail comme une malédiction nécessaire. Vivre cesse d'être une répétition, tu te confrontes au temps, à tout ce qui te consume au point de ne plus avoir de goût pour rien, et tu intègres au bout du compte la seule affaire définitive que tu n'as pas prévue : la mort, poursuivit le garde forestier en scrutant l'horizon abrupt et l'espace immense de la vallée. Moi, ça me plaît de travailler à quelque chose de grand, ajouta-t-il peu après. Je pense même que c'est la seule manière de trouver son salut si on ne croit pas au reste, à tout ce que t'enseignent les curés.

— Pas si simple, observa Soneri tandis que Rifranti écoutait les sourcils froncés.

— Ici, tout le monde marche seul, reprit Afro en montrant la vallée d'un geste. Pas les pèlerins d'autrefois, ni les partisans qui cheminaient sur ces sentiers. Non. Eux supportaient les difficultés sur ces terrains pierreux parce qu'ils marchaient les uns avec les autres. C'étaient même ces difficultés qui donnaient de la valeur à ce qu'ils faisaient. Mais si tu marches seul, tu mènes juste une vie de merde.

On commençait à entrevoir les sommets rocheux désertiques et le grès qui s'effrite, attendri par le gel. En altitude, il y avait davantage de neige et quelques nuages bas. Les labradors s'étaient calmés et parcouraient le sous-bois la truffe collée au sol. Chemin faisant, le versant devenait davantage escarpé, et la vallée, étroite. Tout à coup, sur la partie opposée, le cor résonna de nouveau en remplissant le vide entre les deux rives de montagne.

— Encore ? Mais qu'est-ce que c'est ? s'écria Rifranti.

— La vigie des Faunes, expliqua le commissaire. Des gens qui habitent dans les bergeries, vers les sommets.

— Ils sont à ce point sur le qui-vive ?

— À leur place, je le serais aussi, intervint Afro. On ne peut rien attendre de bon de la part des habitants de la vallée, ajouta-t-il avec une pointe d'amertume qui étonna Soneri.

Les hêtres s'éclaircissaient, et l'espace d'un éboulis s'ouvrit à côté d'eux.

— C'est là qu'il a jeté son téléphone, se souvint le commissaire.

Le garde forestier confirma en acquiesçant.

Ils observèrent les débris rocheux : d'infinies nuances de blanc et de gris et des milliers d'anfractuosités où l'appareil aurait pu se faufiler.

— Qu'est-ce qu'on fait ? demanda Afro.

— On tente, riposta Soneri.

Ils évaluèrent la position où ils s'étaient trouvés la veille ainsi que les trajectoires possibles : le téléphone aurait pu rebondir sur des branches et retomber sur des feuilles mortes ou bien dans des tas de cailloux. Toutefois, ils n'avaient pas souvenir d'un bruit d'impact, ils décidèrent alors d'explorer le sous-bois. Rifranti et l'agent entraînèrent leurs deux chiens dans les parages ; Afro et Soneri fouillèrent en déplaçant les branches. Ils mirent au point une méthode en se divisant les zones et cherchèrent une bonne demi-heure. Le garde forestier avait l'air à son aise, comme s'il furetait dans ses tiroirs tandis que le commissaire manipulait gauchement les couches de feuilles humides.

Ils procédèrent en silence jusqu'à ce qu'ils entendent Rifranti les héler. Ils se précipitèrent, glissèrent sur leurs talons en dessinant dans les cailloux de sombres cicatrices. Enfin, ils se retrouvèrent devant une petite fosse autour de laquelle les chiens s'agitaient comme des fous. Le commissaire se pencha légèrement et constata qu'elle était vide.

— Elle a été creusée récemment, estima Rifranti. Il y avait quelque chose dedans.

— Qui sait si ce garçon a réussi à tout récupérer ou s'il en a laissé ailleurs ? s'interrogea Afro en parlant de Hamed.

— S'il n'a pas eu le temps, quelqu'un a dû le faire à sa place, argua le commissaire.

— Tu veux qu'on cherche autour ? proposa Rifranti.

— Essaye. Nous, on va essayer de trouver cet engin, dit Soneri en s'adressant à Afro.

Ils reprirent leur exploration avec moins d'enthousiasme et les autres disparurent dans le bois pénombreux. Des miettes de glace leur tombaient sur le dos, puis il se mit à neiger dru. Tous les deux s'arrêtèrent, et le commissaire regarda Afro, en attente d'une indication.

— Ça ne va pas durer, affirma ce dernier. Mais nous non plus, ajouta-t-il un peu frustré en regardant par terre.

Les flocons recouvrirent rapidement les pierres, et quand celles-ci furent entièrement ensevelies, la neige cessa de tomber et le ciel s'éclaircit un peu. Il devait être midi passé. Le commissaire s'assit sur un rocher et sortit un cornet en invitant Afro. Il lui tendit une miche de pain et déposa entre eux une belle réserve de morceaux de *grana*.

— Le meilleur repas qui soit ! proclama le garde forestier.

Soneri eut un petit rire.

— N'exagérons rien…

Puis ils s'arrêtèrent de parler, unis par la nourriture.

— En général, on se massacre pour un morceau de pain, parfois, c'est grâce à lui qu'on fraternise, considéra Afro.

— On pourrait peut-être se tutoyer? Ce serait le moment, non? proposa le commissaire.

Le garde forestier sourit et lui tapota légèrement l'épaule. C'était la première fois qu'ils échangeaient un geste de ce genre, si fugace et intense qu'il n'avait pas été utile d'ajouter quoi que ce soit.

Ils écoutèrent le silence de la vallée d'où provenaient de loin en loin les gémissements du pointer, puis Afro demanda :

— On y retourne?

Le commissaire secoua la tête.

— Ça ne sert à rien, on ne le trouve pas, soupira-t-il d'un air déçu.

L'autre le regarda sans rien dire, et tous les deux se turent pendant un petit moment.

— OK, allons chercher Rifranti, ici, la musique est la même, décida finalement Soneri.

C'est alors qu'une mélodie se fit entendre, faible d'abord, puis de plus en plus fort, comme dans un crescendo. La *Carmen* de Bizet résonnait presque grossièrement, s'élevant de la terre comme si un orchestre de marmottes l'exécutait dans sa tanière. Le commissaire tenta de repérer d'où elle venait et vit Afro se pencher et glisser la main sous un rocher à deux pas de l'endroit où ils s'étaient assis.

Il se releva et arbora le téléphone portable pile au moment où *Carmen* s'arrêta.

— On était assis juste au-dessus! jubila-t-il.

— C'est lui qui nous a trouvés, ajouta Soneri en regardant l'écran pour voir quel numéro s'affichait.

— C'est ce qu'on appelle avoir du cul, dit Afro en riant.

Un autre téléphone sonna, cette fois celui du commissaire.

— On a trouvé un deuxième trou plus en amont, l'avertit Rifranti. Vide, lui aussi.

— Et nous, on vient juste d'en trouver un plein.

— On a zappé une zone avec les chiens ? s'inquiéta son collègue qui redoutait d'avoir négligé son travail.

— Non, le tranquillisa Soneri, ce n'est pas de la coke, mais c'est peut-être mieux.

Ils remontèrent pour rejoindre Rifranti. Ils le trouvèrent devant une bergerie sur le plateau de Monte Matto, occupé à parler avec un homme qui avait tout l'air d'un berger.

— Ce sont les Faunes de la fontaine de l'Evêque, lui expliqua Afro. Ici, tout autour, il n'y a que des cabanes de bergers, on trouve aussi l'abri des bêtes et des réserves de foin.

Soneri s'approcha tandis qu'une femme et deux enfants s'étaient avancés sur le seuil. La famille, devant sa maison de pierre, rappelait les photos d'autrefois. Ils s'appelaient Cornali, expliquèrent qu'ils venaient de Milan, que leurs aïeux vivaient ici. Ils avaient récupéré ce que leur famille avait abandonné. D'autres, au contraire, avaient acheté ces ruines pour une bouchée de pain avant de les restaurer, d'autres encore les avaient occupées.

— Comment vous faites avec la neige ? questionna Soneri.

— Elle n'est pas éternelle, répondit Cornali avec naturel. Et on est équipés, on a ce qu'il faut pour plusieurs mois. Puis avec nos raquettes, on peut aller partout. L'hiver n'est plus aussi méchant.

— Les enfants ne vont pas à l'école ? s'émut Rifranti.

— On a une institutrice sur place, en cas de mauvais temps. Avec les beaux jours, ils descendent tous les matins. En montagne, ce n'est pas la neige qui nous fait peur, plutôt le brouillard. On a vite fait de se tordre le pied…

— Vous croisez du monde sur les sentiers ? questionna encore Soneri.

— L'été, oui, énormément. Beaucoup s'arrêtent ici pour pique-niquer et acheter nos produits. L'argent nous sert quand le troc est impossible, par exemple pour l'essence ou les médicaments.

— Je ne parle pas des randonneurs, insista le commissaire, plutôt de gens qui passent par la forêt, y compris hors saison.

— Y en a, confirma Cornali, laconique. De là à savoir si c'est des gens qui viennent caver la truffe…

— On ne vous a jamais menacés ?

— Ceux qui viennent hors saison ? Mais non ! Ils s'enfuient dès qu'ils nous voient. Le danger est ailleurs, conclut l'homme.

— Le danger ?

— Les projets qu'ils ont pour ces montagnes.

— La piste de ski ?

— Ils supprimeraient tout un pan de la forêt, quitte à nous liquider. Ici, à la fontaine, ils veulent installer le remonte-pente.

— Ils ne peuvent pas vous chasser de chez vous, estima Soneri.

— On n'existe pas pour la commune, et la plupart de ces maisons, personne ne sait à qui elles sont. Bien sûr, on les a remises sur pied pour les habiter, mais s'ils veulent, ils peuvent nous foutre dehors. Nous, on n'est pas intéressés par la propriété, on veut seulement vivre ici, vous comprenez ?

Il y avait de la sérénité dans le regard de Cornali, comme s'il parlait de quelque chose qui ne l'effleurait même pas. Les courants qui descendaient du Bragalata apportèrent une nouvelle rafale de neige, et don Pino surgit au milieu des flocons.

— Vous aussi, vous avez décidé de monter en altitude ? s'étonna Soneri.

— Ici, c'est la nouvelle Jérusalem, et vous savez que mon devoir est d'évangéliser, répondit le prêtre.

— Vous revenez parmi les païens ?

— Je viens de baptiser le fils des Furlotti, expliqua don Pino. Il était temps, il est né cet automne. La communauté s'agrandit, ça donne de l'espoir, ajouta-t-il en flattant de la main les deux enfants de Cornali.

Il avait l'air moins tendu que d'habitude.

— Dans quelques jours, je reviendrai pour le catéchisme, annonça-t-il en prenant congé.

— Don Pino s'est beaucoup battu pour nous, mais je ne sais pas jusqu'à quel point il pourra résister. Ils veulent encore le faire muter, regretta Cornali. Ce serait un désastre.

— Ils ne feront pas cette piste, affirma Soneri pour essayer de le rassurer. Après ce qui s'est passé, le projet va être enterré.

— Je n'en suis pas si sûr, objecta l'autre avec méfiance. Quand il s'agit d'affaires lucratives, les projets ne meurent jamais. L'avidité fait marcher le monde.

— Malpeli mort, qui va investir ?

— Oh, si c'est pour ça... Je me suis toujours demandé où il trouvait l'argent. N'oubliez pas que nous sommes nombreux à avoir travaillé dans la finance. Moi, par exemple, j'étais directeur d'une agence bancaire.

Soneri écarta les bras.

— Il avait tout un tas d'activités : ici, par exemple, l'usine d'embouteillage.

— Jetez un œil à ses bilans, l'engagea Cornali. Ils sont tous maquillés pour maintenir ses entreprises à flot. Pour qui sait lire, toute cette richesse n'apparaît pas. Juste un jeu de poupées russes entre sociétés.

— Et alors, qu'est-ce qui vous inquiète ?

— L'argent, c'est comme la flotte : il peut jaillir de n'importe où pour qui sait le trouver. Ou bien se présenter à l'improviste, comme dans le cas de Magnaschi, s'expliqua Cornali.

Cette allusion à l'héritage n'échappa pas au commissaire, surpris que dans un lieu si reculé les nouvelles se répandent si vite. Comme si l'homme en avait parlé délibérément.

— Il vaudrait mieux rentrer, intervint Afro.

Soneri se rendit compte que Cornali avait dû se laisser aller grâce à la présence rassurante du garde forestier.

Quand ils se remirent en route, tout s'était brusquement assombri sans que l'on sache s'il s'agissait du déclin de l'après-midi ou de l'épaississement du ciel. Afro prit la tête de la marche et se mit à descendre rapidement le sentier en vérifiant régulièrement que les autres suivaient. Il ralentit seulement à l'approche de l'éboulis, ce qui permit aux autres de reprendre leur souffle. Puis il montra dans les hauteurs l'endroit d'où ils venaient : déjà tapissé de neige fraîche, la fontaine de l'Evêque maintenant dans la tourmente.

Rifranti semblait impressionné.

— On l'a échappé belle, souffla-t-il.

— Le temps change vite là-haut, dit Afro. La montagne est capricieuse.

Ils descendirent encore, mais à plus faible allure, au cœur de la sombre forêt. Soudain, un coup de feu se fit entendre. Le tir transperça l'air qui ondoya longuement entre les monts. Les labradors recommencèrent à s'agiter, obéissant à leur instinct de chasse. Il était difficile de comprendre d'où venait la détonation, alors on s'en remit aux chiens. Tout s'éclaira lorsque l'air exhala la puanteur du cadavre de sanglier. Un peu plus loin, le pointer avait disparu. À sa place, une tache de sang et l'empreinte de sa dernière couche.

— Ils sont venus le chercher, et ils l'ont achevé, constata Rifranti.

— Qui sait s'ils sont venus seulement pour ça? se demanda Soneri.

Personne ne répondit, et tous reprirent leur marche. De brèves rafales de neige les suivirent par intermittence jusqu'à ce qu'ils arrivent à l'emplacement où ils avaient garé leurs véhicules. Rifranti et l'agent firent monter les deux chiens qui semblaient épuisés.

— Quelle impression tu as? questionna Soneri.

— Peut-être la nouvelle voie d'approvisionnement de la plaine en cocaïne. Arrivée par containers, où il est pratiquement impossible de la trouver, triée ensuite dans des sociétés de logistique, enfin livrée à des groupes de dealers qui passent par les Apennins et les chemins de pèlerinage, comme notre saint Hilaire, résuma Rifranti.

Le nom du saint réveilla dans l'esprit du commissaire de sombres pensées sur son âge et les années qui passent, et lui rappela le jour où l'enquête avait commencé avec le cadavre du ponte di Mezzo.

— Qu'est-ce que tu as ? Tu n'es pas convaincu par mon analyse ? devina Rifranti en fixant le visage perplexe de son collègue.

Le commissaire fit signe que non.

— Cette came est différente de celle qu'on met d'habitude sous séquestre, elle ne vient pas du même endroit, poursuivit le patron des Stups. Son marché est tellement protégé qu'on n'a pas réussi à en choper un gramme chez ses consommateurs. Je pense qu'il s'agit d'un trafic ultra confidentiel.

— Déboule à la mairie ou bien chez quelques grands patrons. À mon avis, tu viseras juste, ricana Soneri.

Ils se saluèrent sous les flocons. Le commissaire monta ensuite dans sa voiture et, en s'asseyant sur son siège, sentit le téléphone de Hamed dans sa poche. Sans trop savoir pourquoi, il pensa que celui qui cherchait le pointer pour l'achever cherchait aussi cet appareil. Mais cette fois, Soneri était arrivé le premier.

CHAPITRE 17

La fatigue de la marche, la vallée rapidement envahie par la nuit, et ce pays sournoisement hostile provoquèrent chez le commissaire un vague sentiment de découragement. Il tira de sa poche le portable de Hamed et cocha tous les numéros du répertoire. Il les nota sans en reconnaître un seul et décida d'en appeler quelques-uns de son portable à lui. Mais celui-ci sonna avant même qu'il ne compose un premier numéro.

— Commissaire, l'autopsie de Malpeli vient de se terminer, annonça Juvara. Le légiste confirme que c'est un corps contondant qui lui a défoncé la partie postérieure du crâne. Juste à l'endroit où naissent les calvities, vous voyez ?

— Ben oui, j'ai tous les jours la tienne sous le nez, le moqua Soneri.

— Très bon exemple, reconnut l'inspecteur en riant jaune. La blessure a été provoquée par un objet plat, mais pas très large : quelques centimètres, précisa-t-il.

— Genre barre de fer ?

— Peut-être, même si la surface d'impact est circonscrite et la rapidité du choc, élevée. Le crâne est défoncé sur plusieurs centimètres.

— L'examen a révélé autre chose ?

— Un truc vraiment curieux, répondit Juvara. Un

des bouts d'os enfoncés dans le cerveau n'appartient pas au mort.

— À qui, alors ?

— On penche pour un fragment d'ivoire. Il est possible que Malpeli se soit fait tuer avec un objet en ivoire, développa l'inspecteur. J'ai apporté le fragment à Nanetti pour une analyse.

Le commissaire garda le silence en essayant d'imaginer quel objet de ce genre pourrait assommer d'un seul coup, mais rien ne lui vint à l'esprit.

— Je voudrais que tu vérifies des numéros de téléphone, dit-il en changeant de sujet. Ils viennent du portable de Hamed, le jeune qu'on a chopé hier.

— Rashimi, souligna Juvara.

— C'est ça, confirma le commissaire qui se mit à dicter. Je voudrais savoir à qui ils appartiennent.

— À propos, relança l'inspecteur, les écoutes de Nourredini n'ont rien donné : il a téléphoné chez lui, à la capitainerie du port de Livourne, et plusieurs fois dans un garage, à Aulla… On a aussi une série d'appels au bureau des étrangers de la Questure.

— Du nouveau sur la Bocchialini ? demanda Soneri en passant une nouvelle fois du coq à l'âne.

— Je suis sur ses traces : en ce moment, elle se balade avec un industriel lombard.

— Si c'est du boulot… ricana le commissaire. N'oublie pas de vérifier les entreprises de Malpeli, lui recommanda-t-il enfin.

Il raccrocha et médita quelques instants face aux maisons sur lesquelles il neigeait de plus en plus. Mais la poignée de flocons blancs n'arrivait pas à effacer le halo de noirceur pesant sur Monteripa.

Dans le silence, à l'intérieur de son Alfa où il faisait un peu plus chaud, Soneri faillit s'assoupir. C'était dans ce genre de situation qu'il avait envie de disparaître, de s'enfermer dans son cocon. Il aurait volontiers ouvert la porte d'une de ces maisons mortes pour la fermer sur le vacarme de la vie.

Mais au lieu de quiétude, son téléphone sonna encore.

— Je viens de finir mes interrogatoires, lui annonça Zammarano. Ablondi et le jeune Marocain se sont prévalus du droit au silence. Par contre, Breviglieri s'est mis à table.

— Il a tout balancé ?

— Je crois, reprit le magistrat. Le tableau est plutôt convaincant.

— Mais il s'agit de haschich... dit Soneri.

— Comment le savez-vous ?

— J'ai mes sources, assura évasivement le commissaire. Ça complique les choses : on dirait deux trafics différents. Ou alors, ils ne mélangent pas les genres.

— C'est probable, lui accorda Zammarano.

— Il vous a dit qu'il l'avait fait pour de l'argent parce qu'il n'arrivait plus à s'en sortir ?

Le magistrat répondit avec un grognement d'assentiment.

— J'ai demandé à Juvara et à mes hommes de la PJ de vérifier les déplacements de Breviglieri. Ils y travaillent.

— Je ferai moi aussi des contrôles, renchérit Zammarano avec une pointe de déception.

— S'il vous plaît, ne parlez pas tout de suite de l'arrestation de Rashimi. Au moins pour aujourd'hui, le pria le commissaire.

— Je tâcherai, se résigna le magistrat, cette fois tout à

fait contrarié. Mais vous savez, les journalistes ont rencontré les avocats…

— On ne l'a pas transféré à la brigade des mineurs ?

— Bien sûr que non ! Il a dix-neuf ans ! s'exclama Zammarano.

Soneri jura intérieurement, davantage pour le risque que la nouvelle ne se propage que pour son manque de flair au sujet du jeune homme.

— Mais pourquoi donc tient-il autant à ne rien dire ? insista le magistrat. À l'heure qu'il est, ses complices doivent être informés, ils auront pris leurs précautions. Dans ces cas-là, ils vous jettent comme une peau de banane.

— Il y a toujours des types qui ne sont pas au fait, rétorqua Soneri. Et si la presse raconte qu'il ne dit rien, on perd l'occasion d'un faux pas.

Tout en parlant, l'appel qui avait révélé le portable sous les rochers lui revint à l'esprit. Peut-être le faux pas.

— Je vais tout faire pour qu'on ne sache rien de l'arrestation, capitula Zammarano. Mais je ne garantis rien.

Soneri salua le magistrat et sortit subitement de voiture à la vue d'Angela sur le seuil de l'auberge.

— Tu ne devrais pas sortir dans le froid, lui reprocha-t-il.

— Ça va, le rassura-t-elle. Et puis, j'aime bien regarder la neige tomber.

Ils s'engagèrent bras dessus bras dessous le long des rues désertes et tapissées de blanc. Ils traversèrent la départementale et s'engouffrèrent dans des ruelles humides puant la moisissure. Des boutiques aux vitres cassées, vides et fantomatiques, succédaient aux portes cochères au-dessus desquelles frissonnait une lumière de cave. Chaque porte était comme une invitation à se soustraire au monde.

— Vivre ici dans trois pièces avec pour unique préoccupation d'allumer la cheminée en début de soirée. Ensuite, tout oublier, et se faire oublier, murmura Soneri en inclinant sa tête vers Angela.

Elle s'éloigna d'un pas pour mieux le regarder tandis que les flocons frôlaient délicatement leurs visages.

— Tu m'inquiètes, dit-elle à son tour à voix basse. Ce sont des pulsions de mort. Les biscuits de la Saint-Hilaire t'ont complètement retourné.

— Arrive un âge où on aimerait bien s'arrêter pour méditer, s'expliqua le commissaire. J'ai la nausée à force de côtoyer des morts, la méchanceté, l'ignorance… Je me bats depuis des années, et rien ne change. J'ai envie de tout lâcher et d'aller voir ailleurs. Comprendre si une autre vie est possible au-delà de ces rixes obscènes et meurtrières. Et puis je voudrais me barrer avant que le monde ne me jette comme une épave. Après, ce sera trop tard.

— Tu te trahirais toi-même. Et tu t'emmerderais, lui rappela Angela.

— Non, parce que je suis un contemplatif qu'on oblige à agir, renchérit Soneri. Depuis des décennies, tous ceux qui ont tenté de lutter contre l'horreur n'ont pas fait baisser la vague de merde d'un millimètre, on dirait même qu'elle ne cesse de grandir. On s'est plantés !

— Chaque fois que tu rends justice à quelqu'un, c'est de l'espoir en plus, tu ne crois pas ? susurra doucement Angela.

Le ton vaguement consolateur de sa compagne augmenta l'abattement du commissaire : il sous-tendait qu'elle l'avait parfaitement compris et qu'elle était du même avis. Il aurait préféré qu'elle s'y oppose ou qu'elle lui crie son désaccord. Il s'y serait accroché pour continuer de se dire que tout n'était pas comme il le croyait, qu'une alternative existait. Il sentait qu'il appartenait à une minorité rêveuse. Comme Afro et les Faunes. Mais eux s'étaient taillé un petit bout de monde pour y passer leur vie alors que lui était contraint de vivre clandestinement dans l'univers des autres.

Ils rejoignirent la partie haute de Monteripa près des ruines d'une tour de garde. Face à eux, la vastité obscure de la vallée ressemblait à un mur de pierre. De temps à autre, des odeurs de cuisine et de feu de bois remontaient des habitations situées en contrebas, là où la neige se déposait petit à petit comme la poussière sur les meubles d'une maison abandonnée.

— C'est cette quiétude que je recherche, chuchota Soneri, pris soudain de fatigue. Je suis las de toutes ces misères.

— Elles viendraient te trouver où que tu sois, rétorqua Angela.

Sans prévenir, des véhicules passèrent sur la route départementale. Suivis par d'autres quelques instants plus tard.

— Il ne manquait plus qu'eux, glosa-t-elle avec sarcasme.

Ils décidèrent de redescendre en traversant le village déjà immaculé. Mais à peine eurent-ils dépassé la place près de l'église qu'ils entendirent un sombre entrechoquement de roches suivi d'un bruit d'effondrement. Puis des voix excitées amorties par la neige, qui avaient l'air très proches. Ils comprirent qu'il s'agissait du cimetière en débouchant sur la montée qui conduisait au presbytère. Ils reconnurent don Pino, immobile sous un lampadaire, tandis qu'autour de lui gravitaient des silhouettes allant et venant dans la nuit.

L'éboulement avait déchaussé une aile du cimetière. Les vieux murs avaient perdu l'équilibre, et les pierres qui y reposaient depuis plus longtemps que les corps s'en étaient détachées avant de s'écrouler. Une vision de ruine plus triste que la mort.

La trouée avait mis à nu une partie des tombes, et des cercueils s'étaient retrouvés en équilibre au bord du vide avec leur contenu osseux. En vérité, tout le cimetière semblait en équilibre sur cette terre dissoute qui implosait et se gonflait avant de dévaler. Régulièrement, comme une sorte d'avertissement, on entendait bruisser ou craquer des décombres.

Soneri et Angela rejoignirent don Pino, toujours planté au même endroit en train d'observer le désastre.

— Ça fait deux ans que je leur demande d'intervenir, murmura-t-il sans se retourner. Ils ne respectent même pas les morts. Ils ont envie que tout s'écroule, même l'église. Ils sont tous d'accord, y compris la curie.

Il parlait comme s'il était seul, les yeux fixés dans le vide et le corps recouvert de neige.

— Tout par terre, poursuivit-il, pour pouvoir reconstruire. Même les églises et les cimetières sont des affaires. Ensuite, ils feront la piste de ski, ils remettront sur pied les vieilles maisons éventrées pour les transformer en village touristique, ils enverront les vieux à l'hospice de Corniglio, et nous, on aura des boutiques et des supermarchés.

Il s'arrêta subitement de parler, et ses mots restèrent en suspens.

D'autres voitures rejoignirent la place de l'église. Soneri s'approcha de la grille du cimetière pour regarder à l'intérieur. L'éboulement avait plié des croix, cassé des plaques et ouvert des fissures, comme s'il voulait montrer aux vivants le lieu qui les engloutirait. Soneri se souvint des biscuits de la Saint-Hilaire et se désespéra de ne pouvoir laisser ce mauvais présage derrière lui. D'autant que par moments arrivaient des relents que lui connaissait bien.

— On ne peut rien y faire, dit un des hommes qui se trouvait un peu plus bas dans l'obscurité.

— Demain, on pourra commencer à déblayer avec le bulldozer, intervint un autre.

— Demain, toute cette partie sera par terre, redouta un troisième qui n'était autre que Rasmi.

— C'est la partie la plus ancienne, minimisa le premier qui avait parlé, personne ne se souvient des morts qui sont ici.

Le commissaire imaginait ces gens, dont il restait peut-être une photographie sans nom dans le fond d'un tiroir, et songea que leurs efforts pour se cramponner à la vie n'avaient servi à rien.

Il se tourna vers don Pino, qui n'avait pas bougé d'un pouce. L'allée du cimetière avait aussi tremblé et gonflé çà et là comme fait la *torta fritta* dans le saindoux bouillant. Quand elle fut à côté du prêtre, Angela fit un signe en montrant l'expression du curé. Ce dernier regardait fixement les tombes en marmonnant des phrases incompréhensibles. Soneri s'approcha et le secoua. Un peu de neige glissa de son chapeau.

— Je crois que tout sera bientôt détruit, murmura don Pino en balayant d'un geste ample l'église présente depuis trois siècles. Nous vivons une époque, poursuivit-il en tournant son regard brûlant en direction du commissaire, où rien ne peut survivre. Le mouvement brise la continuité et nous laisse dans le néant. Comme une roue colorée qui devient blanche et transparente à force de tourner... Vous ne les entendez pas ? Ils assistent en direct à la destruction de leur mémoire, et ils sont contents. Contents du néant qui leur reste.

Puis don Pino fit volte-face et s'en alla au presbytère en s'époussetant la neige. Angela s'approcha du commissaire et lui dit à voix basse :

— Tu crois que la solitude et la colère ont atteint son cerveau ?

— Qui ne deviendrait pas fou, dans ce bled ? répondit Soneri.

— Tu as fait comment pour ne pas le devenir ? piqua-t-elle en retour.

— Je me défends avec des illusions, même si, à mon âge, j'ai de plus en plus de mal.

— Allez, dit-elle en lui donnant une bourrade affectueuse, ce sont nos idées qui nous sauvent. Et notre complicité, ajouta-t-elle avec un regard entendu.

Le commissaire sourit et la prit dans ses bras.

— Les idées se font tellement rares que j'ai l'impression d'être un petit musée où il n'en reste que quelques exemplaires. De temps en temps quelques échanges, comme entre collectionneurs.

Angela approuva en riant pendant qu'ils rejoignaient l'Alfa sous des flocons de plus en plus gros.

De retour sur la place, Soneri appela Juvara.

— *Dottore*, le dernier appel à Hamed vient d'un garage d'Aulla, l'informa l'inspecteur.

— Un garage ?

— Oui, *Car Service*, son gérant s'appelle Gianni Ballero.

— Et ce type a appelé Hamed...

— Nourredini aussi a contacté ce garage, spécifia l'inspecteur.

— J'imagine que tous les autres numéros du répertoire ne donnent rien… supposa le commissaire.

— Presque tous correspondent à des sociétés, on a du mal à comprendre qui est derrière.

— Ils ont dû communiquer par téléphones sécurisés, en déduisit Soneri. Impossible à intercepter.

— J'ai fait des recherches sur ce Ballero. Il n'a pas de casier, reprit Juvara. Il travaille beaucoup, surtout des dépannages sur l'autoroute Parme/La Spezia. À cause des routes de montagne et des embouteillages, je suppose… On n'imagine pas le nombre de casses moteur. Son garage est à deux cents mètres de la bretelle, quasiment tous les véhicules atterrissent chez lui. Parfois, c'est lui qui se déplace directement. D'ailleurs, c'est précisé sur son site : service d'assistance routière.

Soneri marmonna quelque chose et raccrocha sans prendre congé. Presque aussitôt, il composa le numéro de Nunziata.

— Chef, tu es en train de dîner ? démarra-t-il avec une voix aux accents de ruffian.

— J'y pensais, répondit l'autre. Ne me dis pas que t'as trouvé autre chose dans les cercueils.

— Désolé, mais je crains qu'ils ne t'appellent : l'éboulement a entraîné une partie du cimetière.

— Putain ! lâcha l'adjudant-chef. C'est quoi cette série d'emmerdes ? Soi-disant qu'il ne se passe rien en montagne !

— Ce n'est pas pour ça que je t'appelle, le prévint le commissaire.

— T'as une autre histoire de croque-morts à me raconter ?

— Non, cette fois, pas d'histoire de cimetière, le rassura Soneri tandis que l'autre poussait un ouf de soulagement. Tu as des collègues dégourdis à Aulla ?

— L'adjudant Cacchioli, un molosse, affirma le militaire.

— Écoute, je voudrais que tu surveilles discrètement un garagiste, un certain Ballero Gianni qui officie près de la bretelle de l'autoroute d'Aulla ; le garage s'appelle *Car Service*.

Le commissaire entendait Nunziata prendre des notes en répétant à voix basse les noms et les indications en même temps qu'il les écrivait.

— Et qu'est-ce qu'il a fait, ce mécano ? questionna-t-il.

— Je n'en sais rien, mais j'ai des soupçons. Nourredini et le jeune Marocain lui ont souvent téléphoné, et il a l'air d'avoir une grosse activité avec les dépanneuses…

— Je vais dire à Cacchioli de soigner son travail, assura le carabinier. Tu penses que le contenu des bouteilles passe par là ?

— C'est possible, répondit laconiquement Soneri avant de raccrocher.

Quand, peu après, Angela et lui descendirent de voiture, leurs pieds s'enfoncèrent dans la neige.

— Si ça continue à ce rythme, tu vas devoir me garder avec toi un petit moment, constata-t-elle à la vue de la couche de plus en plus épaisse.

Ils aperçurent Egisto devant son auberge qui déblayait un petit bout de la place pendant que sur la départementale passait le chasse-neige.

— Que disent les interrogatoires ? demanda ensuite Angela. J'ai bien compris ? Breviglieri a avoué ?

— C'est le seul. Les autres, zéro, regretta Soneri.

— Je te le répète : c'est lui le maillon faible.

— Il a dit ce que je savais : convoyeur de haschich.

— Après deux ou trois jours en prison, Ablondi va finir par parler, tu verras… Le Marocain, ce sera plus difficile. Il a dû recevoir des menaces, supputa Angela.

La vallée était inhabituellement silencieuse, excepté quelques véhicules. Les chiens ne hurlaient plus, et les cors des Faunes s'étaient tus. La neige avait tout paralysé en arrachant une pause au temps. Les gens étaient rentrés chez eux, les bêtes, dans les tanières.

Seuls Angela et le commissaire arpentaient le moelleux crissant des rues de Monteripa, comme s'ils revivaient cette fugace euphorie des veilles de Noël. On comprenait en les voyant qu'ils n'étaient pas d'ici.

Soudain, ils entendirent une complainte ondoyer, sans discerner d'où elle venait. Ils aperçurent ensuite une ombre sur un mur avant qu'elle ne s'en détache brusquement et ne surgisse au milieu de la rue. Un homme sous un grand chapeau noir, habillé d'un manteau dont l'ourlet pendouillait, souriait du même sourire que le joker du jeu de rami.

— Eul' prêt' est fou, eul' prêt' est fou, et sa bonne a filé…

Le regard malicieux, il répétait cette phrase de manière compulsive, comme un petit refrain.

Angela et Soneri éclatèrent de rire, et l'autre disparut en courant vers la route comme brusquement épouvanté.

— Et qui c'est, celui-là ? ricana le commissaire.

— Un fou, commenta Angela.

Ils empruntèrent ensuite la route haute pour revenir sur la place et s'amusèrent à glisser sur les plaques de pierre verglacées.

— Regarde comme ce serait bien de vivre à l'abri des regards et de tout laisser tomber, dit Soneri en proie à un élan de félicité.

— Ce sont de beaux moments, mais s'ils durent trop longtemps, ils deviennent vite insupportables, répliqua Angela avec la légèreté dont elle était capable.

CHAPITRE 18

Egisto blasphémait en déblayant la neige qui envahissait patiemment l'entrée de son auberge. Quand Angela et Soneri furent près de lui, il se releva d'un coup comme s'il ne les avait pas vus arriver. Son visage ressemblait à une ampoule remplie de sang, ses yeux se noyaient dans la sueur.

— Espérons qu'elle se transforme en eau, bougonna-t-il.

— Ce n'est pas sur la neige que vous comptiez ? lui rappela Soneri.

— S'il y avait la station, oui… Autrement, ça sert à quoi, la neige ? C'est seulement des emmerdes.

— Il y a la piste de ski de fond… insista le commissaire.

Egisto fit signe de laisser tomber.

— Personne n'y va. Un truc pour deux ou trois fanas qui veulent avoir un infarctus. Faut donner aux gens ce qu'ils veulent, pas des trucs qu'ils n'ont rien à foutre. Tous ces intellectuels qui veulent nous apprendre ce qu'on doit faire. Qu'ils aillent se faire pendre avec leurs livres ! jura-t-il encore. C'est difficile à comprendre que plus personne n'a envie de se fatiguer ? Comment vous pouvez croire que des gens ont envie de skier dans la forêt pour contempler la nature ? Les gens veulent s'amuser ! Tu te fais tirer jusque là-haut, et tu lâches tout. Quand tu en as marre, tu vas au bar, tu discutes le bout de gras pendant que les femmes se font bronzer. C'est ça qu'ils veulent ! Pas faire des kilomètres pour rien, seul au milieu des bois ! Qu'est-ce qu'on va foutre dans une forêt si c'est pas pour couper du bois ? conclut-il.

— Visiblement, certains ont d'excellentes raisons de la fréquenter, répliqua le commissaire en pensant aux allées et venues sur les sentiers.

Egisto le regarda de travers en passant devant lui.

— Pas d'assemblée ce soir ? demanda Soneri.

— Une seule, ça m'a suffi, répondit l'hôte à mi-voix.

— Ils ont décidé quelque chose ?

Nouveau coup d'œil méfiant et agacé.

— Réunir des signatures et les transmettre aux politiques du coin, révéla-t-il en haussant les épaules.

— Dans quel but ?

— D'exiger la libération d'Ablondi et des interventions pour éviter que Monteripa se casse la figure après la mort de Malpeli. On ne sait pas comment va finir l'usine d'embouteillage.

— Et vous, vous êtes d'accord ?

— Pour moi, c'est une perte de temps, dit Egisto avec scepticisme. De toute façon, les politiques et tous ceux qu'ont les sous se foutent des signatures. S'ils trouvent que l'usine est rentable, ils la feront vivre, sinon, ils la fermeront, et bonsoir messieurs-dames.

Angela et Soneri entrèrent et prirent place à une table. Le restaurant était désert. Par la vitrine, on voyait la neige qui tombait. Tout semblait suspendu. Le commissaire imaginait les efforts collectifs des Faunes, là-haut, pour lutter contre l'ensevelissement et tenter de survivre en maintenant les voies et les sentiers ouverts. Il éprouvait de la nostalgie pour leur esprit communautaire semblable à celui des fêtes de village où les bandes de jeunes se défiaient sur le petit terrain de sport. Il s'engouffra dans ses souvenirs, puis Angela le secoua pour qu'Egisto puisse lui servir ses *maltagliati*[1] au bouillon de légumes.

— Tu penses encore à tes souliers sucrés ? devina-t-elle.

— Presque. À mes chaussures de foot, sourit le commissaire. Quand chaque rue avait son équipe.

Elle dodelina de la tête et se mit à manger. Les *maltagliati* accompagnés d'un peu de bonarda étaient d'excellents psychotropes, et Soneri en ressortit rasséréné. Maintenant que la soirée n'avait plus rien à dire, il se sentit pris de paresse, mais aussi d'une légèreté l'encourageant à se foutre de tout, y compris de son enquête. Il regardait tour à tour Angela et la neige qui tombait et, à la vue de sa compagne heureuse et rassasiée, il aurait voulu tout éteindre, s'éterniser jusqu'à ce que le sommeil les cueille.

Leur immobilité s'interrompit comme ils remarquaient une silhouette surgir au bout de la place, difficilement reconnaissable compte tenu de l'obscurité. Avec ce temps et à cette heure dans ce bourg déjà endormi, cette présence incongrue éveillait les soupçons, sans doute avait-elle eu une bonne raison pour venir jusque-là.

— Le flic est de retour, se désola Angela.

Soneri s'était levé et posté à l'entrée. Il fixait les contours de la silhouette qui avançait lentement, ses pieds s'enfonçant dans la neige. À mesure qu'elle se rapprochait, il faisait le point sur des détails : les bottes, le parapluie au manche de bois. Au bout de quelques

1 Pâtes coupées en losanges irréguliers dans des restes d'abaisse (*maltagliato* : « mal coupé »), servies le plus souvent dans un bouillon ou dans une soupe. (*N.d.T.*)

mètres, il distingua une femme affublée d'un large pantalon et d'un coupe-vent d'une taille trop grande. Il sortit de l'auberge et s'achemina en rasant le mur du côté le moins éclairé pour ne pas être vu. Lorsqu'il fut à une distance suffisante, il reconnut Elena qui s'en allait vers la route départementale en contournant la place. Il fit demi-tour et retourna chez Egisto.

— Alors ? demanda Angela.

— Elena, répondit le commissaire.

— À cette heure ?

— Oui, acquiesça Soneri, à cette heure. Je voudrais bien savoir où elle va.

— D'après toi ?

— Où tu veux qu'elle aille ? Chez don Pino. C'est le seul qui l'accueille.

— Elle doit avoir besoin de réconfort, la défendit Angela. Elle porte tout sur ses épaules, cette femme.

— Et elle va le voir à cette heure, avec ce temps ? rétorqua Soneri.

Ils gardèrent le silence pendant quelques secondes. Enfin, le commissaire se décida.

— Toi, attends-moi là-haut, moi, je vais la suivre.

— Tu ne veux pas de moi ? Qu'est-ce qu'il y a ? Tu veux être seul avec elle ? plaisanta Angela sans insister davantage, consciente que sa présence pourrait être gênante.

— Il va peut-être se passer quelque chose, sait-on jamais… marmonna le commissaire en sortant sous la neige.

Il retourna à l'endroit où il avait vu Elena et suivit ses empreintes. Ce n'était pas difficile, il n'y en avait pas d'autres. Ainsi qu'il l'avait supposé, elles empruntaient la direction de la départementale, mais juste avant de l'atteindre, les traces tournaient sur un chemin parallèle qui traversait de vieux dépôts de bois, des potagers et des baraques. À mi-chemin, son portable sonna.

— Commissaire ! On a eu un de ces culs ! s'exclama Nunziata.

— C'est toujours essentiel.

— Cacchioli a taupé Ballero la main dans le sac.

— La dépanneuse…

— Eh oui ! Les collègues d'Aulla lui ont demandé de se rabattre pour un contrôle. Mais ils n'ont pas seulement demandé le permis et l'assurance : Cacchioli est monté fouiller le véhicule et il a découvert la came. Ils ne l'avaient même pas planquée, tellement ils étaient sûrs de s'en tirer !

— De la poudre ?

— Oui. Et à vue de nez, la même que dans les bouteilles, affirma l'adjudant-chef. Dès qu'il a vu les collègues, Ballero a fait le malin : « C'est moi ! Pourquoi vous m'arrêtez ? Vous me reconnaissez pas ? » Ensuite, il s'est calmé. Quand Cacchioli a trouvé la came sous la roue de secours, l'autre s'est retrouvé comme un con.

— Il ne savait rien, évidemment, intervint Soneri.

— Évidemment. Il a raconté qu'on l'avait appelé pour un dépannage après le péage d'Aulla, vers Pontremoli, et qu'il y était allé direct. Il accuse le propriétaire de la voiture.

— Elle est à quel nom ?

— Un Marocain : Said Nourredini.

— Je le connais.

— Comment tu fais ? Il est domicilié à Sarzana… lui apprit Nunziata.

— J'ai trouvé son téléphone dans l'agenda de Malpeli,

expliqua Soneri qui commençait à comprendre comment la poudre circulait d'un bout à l'autre des Apennins.

— Reconnais que c'est ingénieux, comme artifice. Ils savent que les bagnoles sont contrôlées à la sortie des péages, du coup, en les chargeant sur les dépanneuses, ils évitent les mailles du filet.

— Et une fois quittée l'autoroute, ils n'ont plus qu'à reprendre le volant et à monter sur les Apennins en jouant les vendeurs ambulants… acheva le commissaire.

— On a grillé leur itinéraire, conclut Nunziata.

— Il manque une pièce, fit noter Soneri. Tu crois qu'ils font monter la came pour se la garder là-haut ? Au-dessus du Pô où se trouve le marché le plus juteux d'Italie ?

— Collègue, pour l'instant, estime-toi heureux. Attendons de voir la suite. On aura peut-être un autre coup de cul…

Le commissaire se remit sur les traces d'Elena. Il poursuivit son chemin dans une semi-obscurité jusqu'à ce qu'il débouche de nouveau sur la route départementale, quasi en face de la montée qui conduisait au presbytère. Mais là, les empreintes avaient disparu. Il repéra l'endroit où Elena avait traversé, mais il ne trouva rien sur la chaussée d'en face. Soit elle était montée dans une voiture, soit elle s'était acheminée le long de la route où le chasse-neige avait tout effacé.

Soneri poussa des jurons en piétinant, contrarié d'avoir été distrait par Nunziata. Il finit par s'impatienter et traversa la route pour aller vers l'église. Des voix d'enfants passaient par les fenêtres du presbytère, entrecoupées de temps à autre par des injonctions péremptoires dans une langue inconnue. Il essaya de sonner pour avoir des nouvelles du prêtre et s'étonna de voir don Pino apparaître à la fenêtre.

— Je croyais que vous n'étiez pas là, se justifia Soneri.

— Je suis toujours là pour ceux qui sont dans la peine, mais dans ce village, tout le monde est très serein, répondit le curé.

— Je ne crois pas, objecta le commissaire.

— Ils préfèrent sans doute aller voir le curé de Corniglio, trancha l'autre. Mais je vous en prie, si vous avez quelque chose à confesser, montez.

— Je vais peut-être vous paraître sacrilège, mais moi aussi, je suis un confesseur, dit Soneri en bas de l'escalier. Par contre, les péchés qu'on m'avoue sont presque tous mortels.

Il escalada les deux volées de marches raides et atterrit sur une coursive qu'encombraient deux poussettes d'enfant, des chaussures et des parapluies.

— Nos métiers se ressemblent, alors, dit don Pino en l'accueillant.

— Se confesser porte moins à conséquence… sourit Soneri.

— Sauf si on est hypocrite.

— Je pensais trouver Elena, lança brusquement le commissaire. Je l'ai vue traverser le village, je pensais qu'elle venait vous voir. Elle vient souvent, non ?

— Laissez-la en paix, l'invita don Pino. C'est une jeune femme qui se bat pour survivre et pour élever ses enfants. Et qui, malgré tout ça, garde foi et espoir. Un petit miracle, en somme, vous ne croyez pas ?

— Son mari trafiquait de la drogue, et elle le savait, lui fit remarquer Soneri.

— Et cela lui causait de grands tourments, révéla le prêtre avec une pointe d'agacement. Vous êtes un homme d'expérience et vous sous-évaluez les malédictions qu'implique un tourment intérieur : elles sont capables de vous tuer.

— Je ne sous-évalue rien du tout, moi aussi, je me perds dans mes propres tourments, avoua le commissaire dans un filet de voix. Mais ce n'est pas le sujet, nous dépendons de deux juridictions différentes.

— Grattez, grattez, ce sont les mêmes, et le mal est toujours le mal. Je vous dis que cette femme est une créature rare. Pleine de grands idéaux, d'amour et de rêve.

— Les prêtres nous enseignent que l'enfer est pavé de bonnes intentions. Ensuite, les circonstances... J'ai vu tellement de personnes pleines d'illusions croire en de belles idées, enthousiastes au point de s'y enfoncer et de justifier toutes les infamies.

— Elena est une femme pure, s'opposa don Pino en haussant le ton, comme s'il était amoureux d'elle.

— Alors expliquez-moi ce qu'elle fait en pleine nuit dans un village hostile en laissant ses enfants chez elle ?

— Je n'en sais rien, mais si elle le fait, c'est qu'il y a une raison.

Soneri fixa le prêtre avec sévérité.

— Finalement, vous n'êtes pas différent des villageois.

— Ne me comparez pas à eux, gronda le prêtre. Plutôt être maudit !

Il y avait une ombre de folie dans son regard, et tout son corps tremblait. On entendit soudain du bruit sur la coursive, et aussitôt après la porte s'ouvrit en grand. Trois enfants entrèrent en appelant le curé par son prénom de leurs petites voix stridentes. La tension se relâcha d'un coup sur le visage de don Pino, et celui-ci leur sourit d'un air débonnaire. Les trois petits l'embrassèrent sur les joues en lui souhaitant bonne nuit et sortirent en courant.

— Il y a toujours de l'espérance dans l'amour, murmura le prêtre comme pour lui-même.

L'espace de quelques secondes, un autre homme était apparu. Un homme tendre et serein.

— Pourquoi vous ne me dites pas ce que vous savez ? Sur cette femme, par exemple, le pressa le commissaire. Si vous voulez que ce village change, vous devez montrer l'exemple.

Don Pino changea aussitôt d'expression.

— Ce n'est pas cette femme qui a le plus à cacher, se limita-t-il à répondre d'un ton absent.

Ils conservèrent un moment le silence jusqu'à ce que l'embarras et l'agacement de Soneri ne le poussent à sortir sans même prendre congé. Il rebroussa chemin en glissant sur la neige vers les lumières de la route départementale. Les lampadaires ressemblaient à de gros cocons fluorescents, mais ils peinaient à indiquer la route. En entendant le chasse-neige qui se rapprochait, il préféra se faufiler entre les maisons du village. C'est alors que son portable sonna.

— *Dottore!* On a enfin du concret ! annonça Juvara, euphorique. On vient de saisir de la cocaïne dans un des bars où joue Breviglieri, la même que celle qu'on a trouvée dans les bouteilles.

— Où ?

— À Sassuolo, près de Modène.

— C'est quel bar ?

— Un cercle privé, genre night-club, fréquenté par des gens friqués.

— Belle prise, Juvara, le complimenta Soneri. Comment vous avez fait ? Breviglieri joue dans une foule de bars.

— Grâce à Combi, l'informa l'inspecteur. Vous vous souvenez ? Le trafiquant de céramiques ? Sassuolo, c'est la ville des carrelages… On l'avait à l'œil, c'est lui qui nous a emmenés jusque-là.

— Donc, il livrait aussi de la coke… songea le commissaire à voix haute en faisant référence aux aveux de Breviglieri. Vous en avez saisi combien ?

— Peu, déplora Juvara. Une vingtaine de grammes, mais c'est la même, renchérit-il.

— Demain, continuez de cuisiner Breviglieri, je compte sur vous, le pria Soneri avant de raccrocher.

Angela avait sûrement raison : Breviglieri était le maillon faible.

CHAPITRE 19

Il avait cessé de neiger dans la nuit. Quand Soneri regarda dehors, il fut surpris de ne pas trouver plus de neige que la veille. Il fut un rien déçu, comme du temps de l'enfance quand il se levait plein d'espoir pour aller à l'école. Angela se trouvait dans le même état.

— C'est comme si la nuit n'avait pas tenu sa promesse.

Le commissaire opina sans rien dire et ils descendirent tous les deux prendre leur petit déjeuner. Egisto leur tournait autour comme un satellite silencieux, puis disparut d'un coup dès qu'il entendit une voiture arriver sur la place. Il reparut peu de temps après et déposa un pli sur la table du commissaire.

— Un coursier m'a donné ça pour vous.

L'enveloppe était volumineuse et ne mentionnait pas l'expéditeur. Soneri l'ouvrit et lorgna à l'intérieur. Il en tira un tas de papiers, accompagnés d'un petit mot : *J'espère que ces documents pourront vous être utiles. Joe Farrell.*

— Les avocats… dit le commissaire avec un hochement de tête et des yeux malicieux en repensant aux discussions qu'il avait eues avec l'Anglais.

— Tu devrais garder le contact, dit-elle en se rapprochant d'un air entendu. Fais voir.

— Pas ici, répondit Soneri en refermant le tout.

Ils remontèrent dans leur chambre. Le commissaire vida l'enveloppe pour examiner les papiers. Il s'agissait de la chronologie historique de l'héritage de Garulli à laquelle étaient joints des documents sur les entreprises de Malpeli. Il commença à lire, mais se perdit dans un océan de chiffres.

— Tu n'as pas fait de droit civil? se rappela Soneri en tendant les papiers à Angela. Regarde un peu ce que ça raconte.

Puis il redescendit et sortit dans le froid glacé et transparent qui suit les chutes de neige. Sur la place, il croisa Nunziata qui était revenu en camionnette.

— Commissaire, cette nuit, Cacchioli a cuisiné Ballero jusqu'à 3 heures du mat', et le mécano a fini par cracher le morceau, annonça l'adjudant-chef. Un vrai molosse, ce Cacchioli.

— Qu'est-ce qu'il a dit?

— Pratiquement tout, rapporta l'autre. Il a chié dans son froc quand il a su qu'on pouvait lui refiler dix ans de taule pour participation à un trafic de stupéfiants.

— Il a expliqué l'itinéraire?

— La poudre arrivait à La Spezia ou à Livourne, entre autres dans des containers, développa l'adjudant-chef. La bande, grâce à de grosses complicités, stockait la came dans des entrepôts avant de la charger dans les bagnoles des Marocains, dont ce fameux Nourredini. Ensuite, les bagnoles prenaient plusieurs directions. Certaines remontaient les Apennins par des routes secondaires en s'arrêtant régulièrement pour faire croire à du porte-à-porte. Les autres, les plus chargées, appelaient les dépanneuses pour échapper aux contrôles routiers. Une fois arrivées au col, la redescente sur Parme devenait beaucoup moins risquée.

Le commissaire garda le silence quelques secondes jusqu'à ce que Nunziata, déçu, ne lui demande :

— Tu n'es pas convaincu ?

— Si, si, répondit Soneri, mais c'est l'après que je ne pige pas.

— Quel après ?

— La drogue arrive ici, ils la stockent un peu partout, dans les bois, au cimetière... Mais après, ça atterrit où ?

— Une chose à la fois, le calma Nunziata. Ils ne la mettent pas au frigo, c'est clair.

— Et surtout, reprit Soneri, à quel point les habitants de Monteripa sont impliqués là-dedans ?

— Encore un truc à comprendre, admit l'adjudant-chef. Sauf qu'ici personne ne parle.

— Il y a toujours un maillon faible, souligna le commissaire en repensant une nouvelle fois aux propos d'Angela.

— C'est déjà bien si t'as quelqu'un en tête, conclut Nunziata.

Soneri descendit de la camionnette et prit la direction de la maison des Breviglieri. Cette Elena ne le convainquait pas : il la trouvait bien moins sincère que ce qu'elle voulait faire croire. Il passa devant l'épicerie qui vendait aussi des journaux. Les affichettes annonçaient une enquête sur les soirées à base de sexe et de cocaïne dans les salons parmesans. Il entra et acheta un exemplaire du quotidien local. Le pauvre Combi avait terminé sur le gril et passait désormais pour un démon. Ne bénéficiant plus de la protection d'un conseil d'administration ni d'une charge quelconque, il n'était plus qu'un dépravé. La ville ne lui pardonnait pas de ne plus être quelqu'un. Le journal citait aussi Malpeli, reliant sa mort à l'organisation de ces soirées.

Soneri replia le journal et le fourra dans sa poche. Il s'alluma un *toscano* et se remit en marche jusqu'à ce qu'il aperçoive la maison des Breviglieri sur la route qui conduisait au Brattello. Elena était en train de déblayer la neige de la cour. Elle se redressa dès qu'elle le vit, reposa sa pelle contre le mur et se mit en attente, comme si elle savait qu'il viendrait.

— Vous savez pourquoi je suis ici, c'est ça ?

— Disons que je l'imagine, murmura-t-elle.

— Je me sens trahi, confessa Soneri. Vous m'avez déçu.

La femme resta muette un petit moment et déclara enfin :

— Tout ce que je fais, je le fais pour mes enfants, personne d'autre.

— En protégeant un mari qui revend de la cocaïne ?

— Je n'étais pas d'accord, dit-elle en élevant la voix. Du shit, passe encore, mais de la drogue dure… Giancarlo avait perdu le contrôle : passée une certaine limite, impossible de revenir en arrière. Je savais qu'un jour ou l'autre cette histoire remonterait à la surface.

— Vous m'aviez dit : seulement du shit.

— Je devais faire quoi ? Dénoncer l'homme que j'aime ? Giancarlo manque de maturité, il a agi par impulsion. Il a fait ça pour nous sauver, ce n'est pas un délinquant, ni un vrai trafiquant !

— Malheureusement, la loi ne distingue pas les bonnes intentions des mauvaises, reprit le commissaire. Un délit est un délit, basta.

Elena ne protesta pas.

— Giancarlo était persuadé que c'était le seul moyen pour s'en sortir financièrement. Moi, je savais qu'en rentrant dans ce trafic on ne pouvait pas le faire à moitié.

— Pour qui travaillait votre mari ? la pressa Soneri.

— Je vous l'ai déjà dit, les Marocains.

— Les Marocains travaillent pour Ablondi, sinon, comment la cocaïne aurait pu finir au cimetière ?

— Commissaire, reprit la femme, vous savez que je vis ici avec mes deux petits enfants… Surtout pour eux… Ils vont mettre le feu à ma maison.

— Ils ne le feront pas, assura Soneri. Et puis, maintenant, vous n'avez plus le choix.

— Je ne connais pas les rapports entre Nourredini et les autres, lança la femme. J'ai l'impression qu'entre eux c'est plutôt : une main lave l'autre, les deux lavent la figure. Et puis, ce sont leurs affaires, non ?

— Vous voulez dire qu'il n'y a pas de rapport de dépendance entre les deux bandes ?

— Pas à ma connaissance. Par contre, elles ont besoin l'une de l'autre.

— Les Marocains, de lieux sûrs où cacher la poudre, et Ablondi, de convoyeurs ? en déduisit le commissaire.

— Dans ce genre-là, oui, confirma Elena. Je crois que les Marocains se gardaient une partie de la drogue pour leur propre profit, c'est pour ça qu'ils ont demandé à Giancarlo de se mettre à vendre la cocaïne. Ils le payaient quatre fois plus que pour le shit.

— C'est cette drogue-là qu'ils enterraient dans les bouteilles ?

— Qu'est-ce que j'en sais ? s'énerva Elena.

Mais Soneri avait acquis une certitude : il comprenait enfin la raison de cet étrange système de planque. À présent, tout était limpide : les Marocains ne pouvant pas la camoufler dans leurs logements ni au village, ils la déposaient dans les bois.

— Ablondi vous a menacés et a tiré sur votre camion

pour vous rappeler la concurrence. Je me trompe ? devina le commissaire.

— Ils nous en voulaient avant. Je vous l'ai déjà dit… répondit nerveusement Elena.

— Il ne fallait surtout pas que les Marocains deviennent trop autonomes, poursuivit Soneri. Ils avaient dû convenir de tout traiter ensemble…

— Je vous répète que je n'en sais rien ! s'énerva de nouveau la femme en s'appuyant au manche de la pelle qu'elle avait reprise en main.

— Hier soir, vous aviez un rendez-vous sur la route, et ce n'était pas avec don Pino, réattaqua le commissaire. C'était pour clarifier les choses avec un des hommes d'Ablondi ?

Elena trembla légèrement.

— Il voulait connaître mes intentions.

— Qui ?

— Rasmi.

— Vos intentions concernant votre attitude face à l'enquête ?

— Oui. Il voulait que je le laisse à l'écart. Que je dise qu'on était juste en relation avec les Marocains.

— Et vous avez répondu quoi ?

— Qu'est-ce que vous vouliez que je lui réponde ? Que j'allais le balancer ? Commissaire, s'agaça la femme, Rasmi et toute sa clique essayent de s'en tirer, vous comprenez ? Ablondi est perdu, et ils essayent de tout lui mettre sur le dos. Je lui ai promis de ne pas le mettre sur le tapis. De toute façon, je n'ai aucune preuve. Je sais qu'il est mêlé à tout ça, lui et sa clique de chasseurs, mais je n'en ai pas la preuve.

— Sans complices, difficile, pour Ablondi… insinua Soneri.

— Ces histoires ne me regardent pas, répliqua Elena. Je ne suis pas au courant des affaires de Rasmi. Et même si je le voulais, je ne pourrais pas l'accuser. C'est ce que je lui ai dit hier soir.

— Et comment il a réagi ?

— Il m'a crue, je crois. Je l'oublie, et il me laisse tranquille. Tu fais ta vie, je fais la mienne, conclut la femme.

— Ça pourrait être la devise du village, résuma le commissaire en s'éloignant d'un pas, prêt à repartir.

Elena reposa de nouveau sa pelle et le fixa.

— Vous êtes encore déçu ?

Soneri écarta les bras.

— Vous racontez un bout d'histoire à la fois, déplora-t-il, je ne sais jamais si c'est le dernier.

Elle continuait de le regarder.

— Je suis désolée, chuchota-t-elle avant de se remettre au travail.

Le commissaire retourna vers la place. Le ciel s'était soulevé comme un diaphragme, et maintenant la vallée respirait une brise glaciale qui soufflait depuis l'est, où l'on entrevoyait un soleil paille entre les crêtes du Marmagna. Il s'arrêta pour contempler les strates obliques de roche, trop raides pour que la neige ne s'y installe, et la montagne entière lui fit l'effet d'une lasagne gigantesque recouverte de béchamel coulant sur le côté. Son portable le détourna de cet univers de saveurs et de visions.

— C'est la belle vie en montagne, hein ! le salua Nanetti.

— De douces pensées occupaient mon esprit, avoua Soneri.

— Ici, pour la douceur, on repassera, grommela son collègue. La ville n'a plus que le mot sécurité à la bouche, la presse ne parle que de vols à la tire, de cambriolages et de magouilles… Ce qui tenait d'habitude dans un entrefilet prend aujourd'hui une demi-page.

— Je vois que la coke et les putes continuent de faire marcher le commerce… grinça le commissaire.

— Eh oui ! Ton petit protégé a fait une belle prise. Combi est devenu une cible facile, et tout le monde le lâche…

— Alors qu'ils ont tous magouillé avec lui et corrompu la moitié de la ville… l'interrompit Soneri.

— À force de sniffer, il est devenu à moitié dingue : il s'est ruiné, il le paye cher. Tout le monde allait dans ces soirées : industriels, politiciens… Le maire aussi, paraît-il, et même des galonnards, chuchota soudain Nanetti en alludant à la Questure.

— Et ça, ça ne rentre pas dans le chapitre sécurité ? ironisa le commissaire.

Son collègue garda un instant le silence tandis qu'en fond sonore on entendait des voix. Quelqu'un était entré ; ils changèrent de sujet.

— Je venais au rapport pour le fragment d'ivoire, reprit Nanetti.

— C'est ce que j'attendais. J'ai l'impression de recoller les morceaux d'un vase, dans cette enquête, se plaignit le commissaire.

— Mais il nous manque le vase, plaisanta Nanetti. On ne sait pas d'où vient ce morceau.

— Qu'est-ce que tu as trouvé ?

— Pas grand-chose. Je peux juste te dire que c'est de l'ivoire ancien.

— Ancien comment ?

— Difficile de faire une estimation précise, il nous faudrait des examens chimiques du matériau, et ça prendrait du temps. D'après Bertelli, notre spécialiste, il a au moins trois siècles, affirma Nanetti.

— Si ça vient d'un vase, ça peut venir d'un musée. On est déjà tombés sur des armes aussi vieilles ?

— Jamais ! À part un coupe-papier du siècle dernier utilisé dans un moment de folie. Mais je ne sais pas si c'est le même genre de crime.

— Je n'en sais rien non plus, murmura le commissaire d'un air songeur.

— L'étrangeté de l'arme peut être un avantage, considéra Nanetti. Il réduit le nombre des suspects. Imagine si on avait descendu Malpeli avec un 9 mm ou un 7.65 ? Tout le monde a ce genre de flingue. Aujourd'hui, tu en trouves dans toutes les villas, avec la trouille qu'ont les gens…

Un flot de pensées tourbillonna dans le cerveau de Soneri, puis il salua son collègue. Mais juste avant de raccrocher, l'autre lui rappela le dîner qu'il lui devait.

— T'es pire qu'une hypothèque ! souffla le commissaire pour mettre un terme à la conversation.

Quelques secondes plus tard, un nouvel appel arriva : cette fois, de Juvara.

— *Dottore*, les collègues de Milan ont pincé la Bocchialini dans un night-club en compagnie d'un notaire, débuta l'inspecteur au milieu d'un fracas assourdissant.

— Tu es au stade, ou quoi ? demanda Soneri en élevant la voix.

— C'est un vrai bordel, depuis hier, on n'arrive plus à travailler, geignit Juvara.

— Qu'est-ce qui s'est passé ?

— Depuis que le maire a mis en place les brigades anti-dégradation, on est sans arrêt dérangés. Faut voir la flopée de toxicos, de clochards et de roms qu'on nous ramène… Au commandement municipal, ils n'ont pas de geôle, résultat, c'est à nous qu'ils s'adressent. Ils se prennent pour Serpico, ils arrêtent tout ce qui bouge. Et quand ils sont dans la merde, ils appellent le 17. *Dottore*, on en a ras le bol ! s'écria l'inspecteur.

— Qu'est-ce que tu veux y faire ? Ils ont décidé qu'il valait mieux courir derrière les mendiants plutôt que derrière les trafiquants qui corrompent la moitié de la ville. La justice suit la voie la plus facile et exige de la popularité. Elle n'est pas la même pour tout le monde.

Juvara garda le silence pendant quelques instants avant d'en revenir à la question principale :

— On parlait de la Bocchialini…

— Dis-moi, l'invita le commissaire qui n'avait pas encore compris si l'inspecteur s'était tu par peur d'affronter certains sujets ou parce qu'il n'était pas d'accord.

— Elle s'est expliquée sans difficultés, poursuivit Juvara. Elle a reconnu avoir participé aux soirées de Malpeli avec tout le gratin de Parme, en y amenant parfois certaines de ses amies. Par contre, elle soutient qu'elle n'a jamais manipulé de drogue, même si elle a reconnu en consommer. C'est Malpeli qui assurait la drogue à ses amis, et en grosses quantités.

— En bref, elle essaye de s'en tirer : une débandade, résuma le commissaire en pensant à Rasmi. Elle a balancé des noms ?

— Elle a dit aux collègues qu'elle n'en parlerait qu'au magistrat s'il veut l'entendre en tant que témoin, répondit l'inspecteur. Elle a également spécifié que c'était Malpeli qui organisait les soirées : aussi bien celles de Monteripa que celles de Parme ou de Forte dei Marmi, et que le nombre d'invités variait de cinq ou six à vingt personnes maxi. Ça dépendait de la situation, vous voyez ? Il y avait des soirées plus intimes où chaque personne venait accompagnée, et d'autres où on faisait surtout la fête, ensuite, si quelqu'un voulait s'isoler...

— Je vois, l'interrompit Soneri. Éventuellement pour discuter d'affaires sérieuses entre une baise et un rail de coke.

— Ça, elle ne l'a pas dit, intervint ingénument Juvara. Elle a aussi reconnu qu'elle avait participé aux soirées de chez Combi.

— Un vrai théâtre itinérant, grogna le commissaire. Est-ce que tu sais si Zammarano a l'intention de l'entendre ?

— Non, je ne sais pas, *dottore*. Et s'il en a l'intention, il faut qu'il se dépêche, parce qu'elle se balade autant qu'une voiture de location. Le boulot, vous savez...

Quand Soneri raccrocha, un pâle soleil parut à l'endroit le plus bas de l'enceinte de montagnes juste au-dessus du Brattello. Il marcha vers la place et croisa Angela.

— La journée promet d'être belle, dit-elle en contemplant les reflets du soleil sur la neige.

— On y voit plus clair, confirma Soneri sans qu'elle saisisse son allusion.

— Pour y voir plus clair, répéta-t-elle en montrant l'enveloppe remise par Farrell, j'ai beaucoup transpiré. J'espère que tu reconnaîtras mon rôle fondamental dans cette enquête.

— C'est pour ça que je t'ai fait venir, répliqua le commissaire.

Angela fit mine de lui donner un coup de poing, mais d'une manière tellement gracieuse et improbable qu'on aurait dit un geste d'affection.

— Quel est le verdict de ma consultante ? demanda Soneri.

— J'ai l'impression que Malpeli servait de paravent. En bref, un homme de façade.

Le commissaire grommela en s'allumant un cigare et l'invita à poursuivre d'un signe.

— J'ai d'abord mis un certain temps à comprendre le réseau de sociétés qui lui sont attribuées, commença Angela. Tout le monde sait bien que les poupées russes, c'est toujours louche. Mais Farrell a mené une enquête minutieuse et rien ne lui a échappé.

— Il est bon, ce Farrell, s'engoua Soneri. Je crois qu'il a compris tout un tas de choses.

— En fait, c'est en partant des bilans qu'on comprend comment tournait la baraque, confirma Angela. Ces sociétés se soutenaient toutes les unes les autres, je ne comprends même pas comment elles ont réussi à s'en tirer. Visiblement, les associés y injectaient souvent de l'argent : on constate de fréquentes augmentations de capital, sauf que les sigles des sociétés empêchent de voir qui est derrière.

— Il n'y a pas de chef de file ?

— Si, la Valbianca, qui contrôle aussi Acquabona, l'usine d'embouteillage de Monteripa. C'est la seule activité pour laquelle il existe un semblant de bilan plausible, même si, là aussi, les mouvements entre associés sont fréquents.

— Et les comptes, ça donne quoi ?

— Pas fameux. Les cinq dernières années, ça s'est

terminé avec trois bilans en perte et autant d'augmentations de capital.

— Malpeli a participé ?

— Bizarrement, oui. En conservant la majorité, mais avec quel argent ?

— En fait, tu penses que rien ne lui appartient ? devina le commissaire.

— J'en doute. Le fric, tu l'as ou tu ne l'as pas. Ou alors, tu fais semblant de l'avoir, et ce sont d'autres qui te le donnent, résuma Angela.

— Ou alors tu t'endettes, suggéra Soneri. Les banques sont dans le coup ?

— Après enquête, Farrell s'étonne que l'endettement soit insignifiant, quasiment naturel pour des entreprises de ce genre.

Le commissaire se mit à réfléchir cependant qu'Angela continuait de feuilleter les documents qu'elle avait sortis de l'enveloppe.

— Tu vois, ajouta-t-elle en désignant des passages de bilans, chez Valbianca, on a deux sociétés financières qui interviennent dans les augmentations du capital. Une des deux a versé presque un million d'euros sur le compte étranger de Garulli, en plusieurs tranches, et via un pays tiers. Et ça n'est pas la seule, nous dit Farrell : d'autres compagnies ont fait au moins six versements jusqu'à ce qu'ils atteignent le montant de l'héritage. Une seule, la Consulting, a souscrit à l'augmentation de capital de la Valbianca.

— Il a vachement bien bossé, notre avocat ! s'exclama le commissaire. L'argent explique toujours tout.

— Il éveille surtout les soupçons.

— D'après moi, c'est de l'argent sale, mais j'imagine

que d'un point de vue formel tout est présenté de manière impeccable, non ? supposa Soneri.

Angela opina.

— Avec tout ce qu'il faut de bons sentiments : ce Garulli, qui veut revenir dans le village où il est né…

— Il voulait peut-être vraiment revenir, qu'est-ce que tu en sais ? répliqua-t-elle. Peut-être qu'il n'avait pas les moyens de se payer son enterrement transocéanique, et que les types ont échafaudé ce procédé à la fois pour le satisfaire et parce qu'il permettait de verser leur argent directement dans les bonnes mains, le tout en payant leurs impôts.

— L'argent de la coke parfaitement blanchi, conclut le commissaire.

— On est arrivés au bout ? espéra Angela.

— Pas tout à fait, répondit Soneri. Des éléments manquent encore à l'appel, et avant tout : qui a tué Malpeli.

CHAPITRE 20

Peu avant midi, la dépanneuse chargée de la Mercedes de la Bocchialini arriva au village.

— Elle est à Ballero ? plaisanta Soneri en s'adressant à Nunziata.

— Ils l'ont coffré à Massa au lieu de le foutre aux arrêts domiciliaires, s'énerva le militaire.

Zammarano le faisait trotter dans la vallée comme l'autocar d'une ligne régulière.

— Et maintenant, il s'est mis en tête de foutre cette bagnole sous séquestre... bougonna-t-il. Qu'est-ce que tu veux qu'il y ait à l'intérieur ? Elle était sous un mètre de neige !

Le commissaire se garda bien de lui avouer que cette idée était la sienne. Il s'était persuadé que cette Nadia était un autre maillon faible qui l'aiderait à ouvrir une brèche dans l'omerta de Monteripa. C'était une femme qui agissait d'un seul mouvement, elle avait dû laisser des traces.

On déposa sa Mercedes dans le petit parking attenant à la place. L'arrière et une partie latérale cabossée de la voiture étaient les seuls endroits non recouverts de neige. L'homme au volant de la dépanneuse était concessionnaire, il avait fait le nécessaire pour ouvrir la portière.

— La serrure est foutue, prévint-il, j'ai débranché le boîtier moteur pour ne pas qu'on l'embarque.

Soneri décida d'agir sur-le-champ.

— Si on peut trouver des indices, autant le savoir tout de suite, annonça-t-il en s'asseyant sur le siège passager.

Nunziata resta à l'extérieur et observa le commissaire ouvrir la boîte à gants et fouiller dans les poches des portières. Soneri y trouva deux culottes en dentelle et les tendit au militaire.

— Tu peux les ajouter à ta collection, le taquina-t-il.

— Je vais les offrir à Malacrì, répliqua l'autre, je crois qu'il en a une valise pleine.

La boîte à gants était remplie de papiers concernant la voiture : son carnet d'entretien, de vieilles vignettes, la copie d'assurance, le manuel d'utilisation ainsi qu'une petite chemise avec des dépliants, des factures de contrôle technique et tout un tas d'autre paperasse.

— Je te l'avais dit, intervint Nunziata, y a rien. Tu pensais trouver quoi ?

Mais l'attention du commissaire s'attarda sur une petite feuille à carreaux où étaient écrits trois numéros d'immatriculation, suivis chacun d'une couleur différente : rouge, bleu et vert. Il la fixa plusieurs secondes en s'efforçant de comprendre sans toutefois parvenir à la moindre conclusion.

— Ça correspond à trois voitures, mais lesquelles ? résuma le carabinier.

— Oui, lesquelles ? répéta Soneri en fourrant le papier dans sa poche.

— Maintenant, on peut la laisser ouverte sans problème, poursuivit Nunziata en indiquant la Mercedes.

Le commissaire acquiesça en lui lançant un regard de reproche.

— Laisse-moi d'abord jeter un œil dans le coffre.

Ils furent obligés de le forcer, car le gel l'avait quasiment soudé. Leurs efforts ne servirent à rien : à part le cric et la roue de secours, ils n'y trouvèrent qu'un parapluie et des sacs en plastique.

— Maigre butin, déplora le militaire comme le clocher sonnait une heure. Et le temps d'arriver chez moi, je serai à table dans trois quarts d'heure, se plaignit-il encore avant de prendre congé.

Soneri avait hâte de se retrouver seul. Il avait besoin de réfléchir. Et en particulier sur la possible signification de ces numéros d'immatriculation combinés à ces trois couleurs. C'est alors que darda un rayon de soleil et que toute la vallée s'éclaira d'une sorte de phosphorescence éblouissante.

Il contempla la cime du Marmagna disparaître et réapparaître dans la vapeur azurine de la glace et profita quelques instants de cette vision avant de s'apercevoir qu'il était le seul à s'étonner de ce spectacle. Egisto continuait de déblayer la neige, des vieux chaussés de bottes se traînaient tant bien que mal et, dans les rues, on entendait racler les pelles. Il reprit la départementale pour aller voir Afro. Il le trouva étrangement désœuvré en train de faire les cent pas. Le long des murs qui se trouvaient à l'ombre, la neige s'était amoncelée jusqu'aux rebords des fenêtres.

— Une nouvelle fois coupés du monde, commenta le commissaire.

— L'hiver est rude, répondit le garde forestier, mais la première chose qu'il t'enseigne, c'est de renoncer à la voiture : trop de gens ont l'habitude d'avoir le cul vissé au siège. Et avec ces routes-là, ça se termine dans le fossé. J'ai vu l'état de la bagnole qu'ils ont ramenée ce matin.

— Tu les connais toutes, les voitures du village, non ?

— Ce n'est pas très compliqué, sourit Afro. Si tu vires les vieux qui n'ont pas leur permis, il ne reste pas grand monde. Y a pratiquement que des 4 x 4.

— Ça te dit quelque chose, dans l'entourage de Rasmi et d'Ablondi, une voiture bleue, une verte et une rouge ?

— Bon Dieu ! Tu me parles de couleurs passe-partout, réagit l'homme en y réfléchissant.

Et peu après, il ajouta :

— Je crois que oui. Devant l'usine, sur le parking. À Monteripa, tout le monde travaille à l'Acquabona.

— Tu vas être obligé de rester dans la vallée un petit moment, constata le commissaire.

— Ça ne sert à rien d'aller contre le temps et contre les saisons, sourit Afro, puisque c'est toujours eux qui gagnent.

Soneri reprit la départementale déserte et verglacée où l'on entrevoyait parfois de sombres taches d'asphalte semblables à de noires ecchymoses.

L'établissement se trouvait au fond d'une vallée en entonnoir presque entièrement à l'ombre, et, ici plus qu'ailleurs, la neige s'était accumulée, prête à se liquéfier dans les bouteilles siglées Acquabona. Les grilles étaient ouvertes, mais l'usine semblait à l'arrêt. Excepté une pelleteuse qui déblayait la cour, il n'y avait pas le moindre signe d'activité. Le commissaire fut tout de suite attiré par une rangée de voitures parmi lesquelles il reconnut le 4 x 4 de Rasmi. Il tira de sa poche le papier qu'il avait trouvé dans la Mercedes et compara les numéros des plaques en espérant tomber sur la bonne combinaison entre couleurs, chiffres et lettres. Il passa en revue toute la rangée de voitures et sentit peu à peu sa déception grandir lorsqu'il vit Rasmi sortir par la porte du hangar.

Ce dernier s'avança d'un pas décidé, comme on avance vers un intrus.

— Vous cherchez quelqu'un ? dit-il sans le saluer et du ton âpre des montagnards.

— Non, se limita à répondre Soneri en regardant autour de lui. Je me demandais si l'usine fonctionnait ou si vous étiez au chômage.

L'autre le lorgna, l'air rancuneux.

— Vous ne voyez pas le temps qu'il fait ? Les camions ne sont pas tous équipés pour rouler dans ces territoires, alors on marche au ralenti.

Soneri n'avait pas pensé aux camions. Il y en avait quatre alignés dans la cour, tous recouverts de neige.

— Ils étaient prêts à partir ce matin, l'informa Rasmi en indiquant les cabines immaculées. Ils sont déjà chargés.

— Vous n'avez pas de chaînes ?

— Avec les remorques qui poussent dans les descentes, même si on en avait…

Il en vit un vert et un rouge et eut envie de lire les plaques.

— Comment vous faites, alors ?

— Ils voyagent sans les remorques. Au moins jusqu'à ce que les routes soient dégagées. Ils sont en train de les saler, répondit Rasmi en continuant de le scruter, légèrement irrité.

— Et ceux-là ?

— Vous ne voyez pas que c'est des TIR ? Si vous enlevez les semi-remorques, il reste quoi ?

Soneri avait posé une question idiote, et maintenant il se sentait embarrassé, comme lorsqu'on se croit obligé de poursuivre la conversation. Rasmi fit preuve d'un léger agacement et le commissaire attendit qu'il s'en aille pour jeter un coup d'œil aux véhicules. Mais l'homme restait planté devant lui comme un poteau. Tout à coup, on entendit un vrombissement, et l'avant d'un camion se profila à l'entrée de la grille. Celui-ci étant bleu, Soneri estima qu'il en avait fini avec la gamme de couleurs de son petit papier. Le camion s'approcha lentement, et le chauffeur s'arrêta à côté de Rasmi en se penchant par la fenêtre.

— J'ai mis trois heures pour venir de Parme, je te dis pas les bagnoles en travers de la route.

Le commissaire put alors jeter un coup d'œil à la plaque : AB 312… L'un des numéros écrits sur son papier. Un coup de chance tombé du ciel, en même temps que la chute de neige. Il s'éloigna de Rasmi qui s'entretenait toujours avec le chauffeur et se dirigea vers les autres camions. Leurs plaques étaient en partie verglacées, mais on réussissait quand même à distinguer des numéros et plusieurs lettres. L'immatriculation du camion vert correspondait, mais celle du camion rouge n'avait aucun rapport.

Il entendit le moteur s'emballer et vit le chauffeur manœuvrer. Rasmi le rejoignit, cette fois en ayant l'air d'exiger des explications. L'homme lui adressa la parole, mais Soneri n'entendit rien à cause de la pelleteuse, qui, elle aussi, avait redémarré en faisant vrombir son moteur.

— Il n'y a que lui qui travaille, ici, fit noter le commissaire en indiquant le type qui remuait l'énorme benne, histoire de détourner l'attention de ce qu'il venait de découvrir.

— Qu'est-ce que ça peut vous foutre ? répliqua Rasmi. C'est vous, le patron ?

— Non, et le patron est mort, rétorqua Soneri. Et

personne ne sait plus qui est aux manettes. Vous non plus, vous n'êtes pas le patron.

— Je suis le contremaître, lui fit savoir l'autre avec arrogance. On continue d'embouteiller même si nos camions ne roulent pas, parce qu'on remplit les entrepôts, acheva-t-il en initiant un mouvement de départ.

— Vous travaillez en douce ? le railla le commissaire.

Rasmi lui jeta un regard rageur et ravala sans doute une insulte. Sans prévenir, il fit demi-tour et disparut derrière le hangar.

Soneri, quant à lui, retourna au village. Durant son trajet, il appela Nunziata, qui décrocha encore plus fâché que tout à l'heure.

— Me dis pas que t'as une nouvelle emmerde, hein ? attaqua-t-il. Je viens juste d'arriver à la caserne. Malacrì est dehors depuis ce matin pour constater des accidents, on a beaucoup de choses à faire…

— Sois tranquille, le rassura le commissaire, ce n'est pas un travail urgent, tu pourras le faire sans lever le cul de ton siège.

Il entendit un soupir à l'autre bout du fil.

— D'accord, vas-y, dis-moi, s'inclina l'adjudant-chef.

— Je voudrais savoir si vous avez contrôlé un camion rouge immatriculé CD 187…

— Putain, commissaire, tu sais combien on en arrête ? On ne s'amuse pas à regarder la couleur !

— Tu vas peut-être trouver ça idiot, s'expliqua calmement Soneri, mais tu te souviens des trois plaques et des trois couleurs ?

— Évidemment !

— Voilà : deux plaques correspondent à deux camions qui transportent les bouteilles de l'usine.

L'adjudant-chef émit un grognement.

— Il me manque le rouge, poursuivit Soneri. Et comme il fait la navette sur la départementale, vous l'avez sûrement contrôlé. Si ce camion était de la partie, on remporterait le gros lot, tu vois ?

— Je vois, je vois, opina Nunziata, soudain intéressé par la question. Les routiers nous maudissent à cause des contrôles. Je vérifie sur l'ordi cet après-midi et je te tiens au courant.

En revenant au village, Soneri jugea que les choses commençaient à cadrer. Il regagna la place et se dirigea vers l'auberge. Angela l'attendait à une table.

— Tu as trouvé des trucs dans cette voiture ? le questionna-t-elle.

Le commissaire acquiesça furtivement et lui fit signe de ne pas se faire entendre, car Egisto se rapprochait.

— Quel spectacle, le Marmagna et le Sillara ! s'exclama-t-il en s'adressant au patron.

L'homme le regarda avec indifférence.

— Je les ai sous les yeux depuis soixante ans, ce n'est pas une nouveauté pour moi, balança-t-il.

— Certains spectacles se renouvellent en permanence, argumenta Soneri. Je pensais que vous étiez attaché à vos montagnes.

Egisto haussa les épaules.

— Parce qu'elles me servent, peut-être ? À part les champignons que je mélange à mes tagliatelles, elles ne m'offrent rien de bon. Et encore, à cause des serres, les gens ne font même plus la différence entre des champignons sauvages et des champignons de culture.

Angela s'exaspéra ouvertement, et le commissaire fut obligé de lui jeter un regard pour éviter qu'elle n'en rajoute.

— Je vous sers deux tagliatelles ? proposa l'hôte.

— Puisque les champignons sont la seule chose de bonne… persifla-t-elle dans un sourire éhontément faux.

Egisto la fixa sans rien dire, et peu après ils l'entendirent maugréer en cuisine auprès de sa femme.

— Arrête de le provoquer, susurra le commissaire à Angela. Déjà qu'ils nous détestent, si en plus tu les titilles…

— Je ne supporte pas les esprits bornés, déclara Angela. Même moi, qui n'aime pas la montagne, je suis émerveillée. Pourquoi il n'ouvre pas un bar sur la via Emilia avec un grand écran, la déco en inox et un nom américain ?

— Ils l'ont déjà fait, répondit le commissaire. Tu sais combien sont partis d'ici ? Pense à Garulli… Je te l'ai dit : ceux qui sont restés sont les plus couillons.

Egisto reparut peu après avec les tagliatelles et une bouteille de bonarda.

— Reconnaissons au moins qu'il sait faire la cuisine, reprit Soneri en montrant son assiette.

— Il n'a aucun mérite, riposta Angela, c'est sa femme qui fait tout.

Dehors, le soleil l'avait définitivement emporté, la neige commençait de goutter des toits. On entendait de temps à autre de minuscules effondrements : la glace s'évanouissait en se jetant sous la chaleur.

Ils avaient également commandé un morceau de canard rôti, et une fois de plus, le commissaire se sentit mieux l'estomac plein. La lumière vive au travers des fenêtres redoublait leur sentiment de bien-être. Ils restèrent ainsi pendant un petit moment, sans prononcer un mot. Ils n'étaient même pas remontés dans leur chambre, bien qu'ils en eussent envie, car ils ne voulaient pas fermer la porte sur ce soleil et cette clarté. Ensuite, cet équilibre fut rompu par l'éternelle sonnerie du téléphone portable.

Il s'agissait de Nunziata.

— Putain, commissaire, vous aviez raison ! Le camion rouge a été contrôlé deux fois, et les collègues de Langhirano l'ont chopé en excès de vitesse. Il transporte l'eau minérale à Parme, Mantoue, Crémone et Plaisance.

— Tu as le nom du routier ?

— Romano Cuozzo, il bosse à son compte, précisa l'adjudant-chef. Tout le monde est à son compte, ici, ils bossent directement pour Rasmi et Ablondi.

— Tu sais qui sont les deux autres ?

— Celui du camion vert s'appelle Adrian Dumitriescu, un Roumain, et l'autre est un type du coin, un certain Germano Mavilli.

Le commissaire nota les noms avant de demander encore :

— Et ils déchargent à quel endroit ?

— À Parme, dans des hangars près de l'autoroute, via Paradigna. Dans les autres villes, je ne sais pas. Commissaire, ajouta l'adjudant-chef en ricanant, tu as remarqué qu'il y a toujours de l'eau dans cette histoire ? Malpeli emporté par le courant, les os du cimetière traînés jusqu'à Pastorello, la camionnette de Breviglieri… De l'eau qui court et qui voyage dans des camions, et qui va toujours en aval.

— Nunziata, tu es un poète, se marra Soneri.

— Si j'avais pu faire des études… regretta l'autre.

Une minute plus tard, le commissaire repensa à cette conversation de manière un peu moins goguenarde. C'était vrai, l'eau était une constante dans cette enquête, qu'elle se déplace dans le lit d'un torrent ou bien dans des camions après avoir été embouteillée. Il fit soudain le rapprochement avec les bouteilles déterrées et fut pris d'un soupçon.

Il se leva en se saisissant de son portable et sortit de l'auberge sous le regard étonné d'Angela.

— Rifranti, c'est toi ? Écoute, j'aurais besoin d'une vérif, attaqua le commissaire.

— En montagne ? s'inquiéta son collègue.

— Non, en ville, ce sera moins compliqué.

— Dis-moi. Je dois aller où ?

— Via Paradigna, dans un hangar où les camions de l'usine Acquabona déposent leurs caisses de flotte.

— Je vois, à côté du péage de l'autoroute.

— Je voudrais que tu suives trois camions suspects, je te donne le numéro des plaques, reprit Soneri en les lui dictant. Vérifie l'entrepôt où ils déchargent. Je crois que c'est par là que passe la cocaïne pour arriver en ville.

— Tu en es sûr ou tu as seulement des soupçons ?

— Soupçons, mais d'après moi j'ai visé juste, expliqua le commissaire. J'ai trouvé des numéros de plaque combinés à des couleurs dans la boîte à gants de la voiture de la Bocchialini. Elle et Malpeli étaient quasiment associés.

— Tu veux dire que Malpeli était mouillé dans un truc pareil ? Il n'était pas plein de fric ? s'étonna Rifranti.

— Détrompe-toi, le contredit Soneri, ses entreprises avaient du mal à tenir debout malgré des injections constantes de capital dont personne ne sait d'où il sort. Tu vois que…

— Je vois, je vois… Histoire classique d'activités de façade.

— T'as compris ? Sachant, poursuivit le commissaire, que de l'autre côté des Apennins, une bande de

Marocains associée à des Italiens s'occupait de dédouaner la drogue avant de la transporter à Monteripa.

Rifranti émit un grognement de satisfaction :

— Dès qu'on en chope un, on le passe aux rayons X.

Angela le rejoignit dehors. Le soleil flottait à un empan de la crête du Sillara, cachée par de légers nuages.

— Je ne t'ai pas dit ce qu'a écrit Farrell dans les conclusions de son enquête, lui confia-t-elle.

Soneri, encore songeur, la fixa d'un air interrogatif.

— Qu'est-ce qu'il a écrit ?

— Que dans l'histoire de l'héritage, il juge plutôt curieux de ne pas trouver de documents de la paroisse de Monteripa.

— Il n'en a retrouvé aucun ?

— Aucun. Bizarre, non ?

Le commissaire hocha la tête : il n'avait pas fini de se colleter avec tous les mystères présents dans cette affaire.

Le soleil disparut rapidement, la cime du Sillara avait dorénavant une belle couleur cuivrée. Tout à coup, Angela se plaignit du froid et monta dans la chambre tandis que Soneri, pris d'une folie d'agir, ne savait pas quelle direction choisir. Il longea le village jusqu'à ce qu'il croise Afro, une pelle sur son épaule.

— Je suis allé dégager une partie du pré à la lisière du bois, au moins les bêtes pourront se nourrir un peu, expliqua l'homme.

Ils entendirent une voiture dans les rues du village, et quand elle emprunta la départementale, ils reconnurent Rasmi.

— Il y a un gros va-et-vient chez Magnaschi, aujourd'hui, commenta Afro.

— Autant de visites pour un type aussi solitaire ?

— J'ai entendu dire que l'héritage était sur le point

d'arriver, mais ce ne sont que des bruits qui courent, le prévint le garde forestier.

— Qui est allé le voir ? insista le commissaire.

— En ce moment, je ne sais pas, mais juste avant, c'était le curé. On dirait que le solitaire est devenu dévot.

— Je ne crois pas, rectifia Soneri, c'est don Pino qui va chez lui, pas le contraire.

— Exact. Il doit y avoir autre chose, insinua l'homme.

Ce fut alors que sur la route le fou fit une nouvelle apparition :

— Eul' prêt' est fou, eul' prêt' est fou, et sa bonne a filé pour ne pas se prendre ses coups, récita-t-il en ricanant avec son regard de furet.

— Qui est-ce ? voulut savoir Soneri.

— Il s'appelle Bianchi, mais tout le monde le surnomme Benghazi parce qu'il est né en Afrique.

— Qu'est-ce qu'il a contre le curé ?

— Tout le monde en a après le curé, ici, répondit Afro en haussant les épaules.

— Et contre Magnaschi aussi, apparemment, souligna le commissaire en rappelant son agression.

— Ils ont longtemps eu besoin de lui, expliqua le garde forestier. Ils doivent être sur le qui-vive, parce que s'il se met à parler…

— Il n'a aucun intérêt à le faire, à moins que don Pino ne le persuade de se confesser.

Afro le regarda de travers sans que le commissaire ne comprenne s'il avait l'intention de donner du poids à ce qu'il venait de dire ou s'il s'en fichait complètement.

— On se confesse à l'église, trancha-t-il.

— Pour des choses plus banales, moi ou un juge suffisent, fit remarquer le commissaire.

— Quoi qu'il en soit, reprit l'homme, l'heure des comptes a sonné : toute cette agitation…

L'éclairage de la route se déclencha, et la température baissa presque d'un coup. On se serait cru au début d'une pièce de théâtre. L'obscurité et le profond silence dans lesquels le village plongeait en étaient le prélude. Les derniers vieux restés dehors se hâtèrent de rentrer chez eux, mais les trottoirs couverts de neige rendaient leur marche difficile. Les volets se fermaient, ne laissant plus passer que des rais de lumière, et quelques rares automobiles rompaient parfois la quiétude en glissant timidement sur la couche de verglas qui tapissait la route. L'odeur du bois qui se consumait dans les poêles envahissait le moindre recoin comme l'encens à l'église. Afro et le commissaire conservaient le silence et restaient plantés là, l'un à côté de l'autre, comme frappés de stupeur par la neige dans la pénombre, par les étoiles, par l'enchantement de ce spectacle.

La sonnerie du portable fut comme un coup de poignard.

— On a repéré un des camions dont tu parlais, l'avisa Rifranti. Deux de mes hommes en civil l'ont vu passer il y a dix minutes.

— Où ça ?

— À Pilastro. Dans vingt minutes, il est à Parme.

— Restez derrière, le reste, tu le sais mieux que moi, conclut le commissaire.

Bien que tout semblât en suspens, le compte à rebours était lancé et il fallait attendre. Soneri prit congé d'Afro en le priant de l'avertir au cas où il remarquerait de l'animation au village, puis il se dirigea vers la maison de Magnaschi.

L'homme arborait toujours ses bleus et paraissait d'une humeur exécrable malgré l'once de soulagement qu'il exprima en voyant le commissaire. Toutefois, il ne desserra pas les dents et resta sans bouger sur le pas de sa porte.

— Je peux entrer ? s'excusa Soneri.

L'autre se poussa à peine pour le laisser passer et referma rapidement derrière lui.

— Qu'est-ce que vous voulez ? attaqua-t-il de manière discourtoise.

— Vous féliciter, répondit le commissaire avec un brin de sarcasme. Je sais que vous avez reçu votre héritage.

Silence.

— Vous auriez préféré une amende ?

— Je préférerais qu'on me foute la paix, marmonna finalement Magnaschi.

— J'ai appris que vous aviez reçu de nombreuses visites…

L'homme le regarda d'un œil torve.

— Vous allez faire quoi de tout cet argent ? L'investir ?

— Qu'est-ce que ça peut vous foutre ? balança-t-il enfin, exaspéré. J'en ferai ce que je veux ! Je vous dois des comptes ?

— Ça se pourrait, insinua le commissaire. Si on ne sait pas d'où il vient…

— On le sait parfaitement.

— Bien sûr, les documents sont en règle, mais il se pourrait qu'il en manque quelques-uns, poursuivit Soneri. Tout aurait roulé sans encombre si ceux qui manquent étaient restés dans les tiroirs, et ils y sont restés longtemps. Ensuite, quelque chose s'est grippé…

Magnaschi l'écoutait avec un regard sombre et ne répondait rien.

— Vous avez peut-être trop tiré sur la corde, brisé les pactes... insinua encore Soneri. Quelqu'un s'est pris pour le patron.

— Je ne comprends rien à ce que vous dégoisez, grogna l'homme.

— Évitez de vous foutre de ma gueule, dit Soneri en élevant la voix. Pendant des années, vous avez été de connivence avec Malpeli, Rasmi et Ablondi. C'est vous qui contrôliez la commune et qui avalisiez les affaires qu'ils mettaient en œuvre. Le genre de pot aux roses qui rend les magistrats extrêmement curieux. J'en connais un, s'il y fourrait son nez...

— Vous croyez que vous me faites peur ?

— Et vous ? Vous croyez que je vais me laisser avoir par votre aplomb ? J'ai suffisamment de métier pour savoir à qui j'ai affaire, et je peux vous assurer que vous manquez d'estomac.

— Vous vous êtes regardé... riposta Magnaschi d'un ton acide et allusif. Depuis une semaine, vous tournez dans le village sans arriver à rien ! Tout le monde se fout de votre gueule !

— Moins pire que de se prendre une raclée sans avoir le courage de porter plainte. Vous êtes un pantin, lui jeta Soneri.

L'homme sursauta et, l'espace d'un éclair, eut l'air de chercher quelque chose pour frapper le commissaire. Puis il déchargea sa colère en bondissant maladroitement et il lui intima :

— Sortez d'ici !

Soneri lui sourit en le regardant droit dans les yeux avant de se diriger calmement vers la porte.

— Ne vous inquiétez pas, je vais bientôt revenir.

CHAPITRE 21

On aurait dit que Rifranti avait monté des escaliers quatre à quatre tellement il était essoufflé.

— On les a chopés ! annonça-t-il au commissaire. Le camion vert, tu te souviens ? La plaque...

— Oui, oui, reprends ton souffle, conseilla Soneri en serrant son portable d'un air satisfait.

Son collègue fit une pause pour se remettre les idées en place.

— Je t'avais dit qu'on était tombés dessus à Pilastro, tu te souviens ? Bon, mes hommes l'ont filé jusqu'à via Paradigna, ensuite ils ont appelé deux patrouilles en renfort, et ils ont pénétré dans l'entrepôt, expliqua-t-il. Les mecs avaient commencé de décharger pour se récupérer le morceau le plus précieux... On est arrivés pile-poil, comme quand tu rentres chez toi et que tu mets les pieds sous la table.

— Vous avez trouvé combien de came ?

— Plus ou moins trois kilos répartis dans cinq bouteilles de trente-trois centilitres, précisa Rifranti. C'est quand le chauffeur a balancé : « Allez ! Déchargez-moi la bête ! » qu'on a décidé d'intervenir. On a compris de quelle bête il parlait, on les a pris en flag.

Soneri repensa au carnet avec les notes de Malpeli.

— C'était qui, le chauffeur ? Le Roumain ?

— Non, un certain Mavilli. Il a joué les innocents. Sur le moment, il a déclaré qu'il n'était au courant de rien. Comme d'habitude.

— Vous avez prévenu Zammarano ?

— Sur-le-champ, le rassura Rifranti. Je crois qu'ils vont transmettre des décisions de détention provisoire.

— Dans ce cas... Les carabiniers s'en occuperont, acheva le commissaire en songeant à la manière dont le prendrait Nunziata.

En attendant, il était sûr qu'il jouerait son dernier atout la nuit prochaine. Tout dans les quelques heures avant que Nunziata n'arrive et ne lui retire l'un des joueurs les plus importants. Il entendit raire des chevreuils à la lisière du bois où Afro avait découvert le pré. Plus haut, on distinguait à peine le son cristallin de la brise qui secouait doucement les branches glacées des hêtres. Puis son portable sonna encore.

— Belle prise, commissaire, je vous félicite ! le congratula Zammarano. Nous cherchions depuis longtemps à comprendre le circuit de cette cocaïne : difficilement imaginable !

— Absolument imaginable, rétorqua Soneri. Si on faisait irruption dans tous les salons influents de Parme, on trouverait plus de criminels qu'en prison.

— N'exagérez pas, on va vous traiter de communiste, plaisanta le magistrat. Attachons-nous plutôt à reconstruire les relations qu'entretenait la bande toscane avec la bande émilienne : de véritables transhumances des deux côtés des Apennins.

— Qui empruntaient l'ancienne via Francigena, la voie du sel, des pèlerins et des partisans, expliqua Soneri. Mais aujourd'hui, la marchandise, c'est de la drogue.

— Eh oui ! Des dizaines de kilos par mois ! spécifia Zammarano, avant de s'interroger : Vous pensez que ce trafic est le mobile du crime ?

— Peut-être, mais je n'en suis pas sûr, avoua le commissaire. Par contre, ce dont je suis certain, c'est que Malpeli avait besoin de la drogue pour financer une ribambelle d'entreprises paravent. Dont son usine d'eau minérale.

— C'est l'hypothèse la plus probable, n'est-ce pas ? le pressa le magistrat.

— S'il fallait parier, oui, sans aucun doute, répondit Soneri quelque peu sibyllin.

— Commissaire, poursuivit Zammarano, vous avez eu raison de rester là-bas. Qui aurait pu penser que dans un village de montagne aussi coupé du monde...

— Et ce n'est pas terminé, le coupa Soneri juste avant de le saluer.

Le silence régna de nouveau. Le gel assourdissait les bruits, et peu à peu la nuit se renfermait dans sa coquille. Le commissaire sentit ses jambes alourdies par le froid et se mit à faire les cent pas. Il tenait à l'œil le moindre mouvement sans perdre de vue l'habitation de Magnaschi. Puis Nunziata téléphona, très agacé mais résigné.

— Je dois aller choper Rasmi, tu sais où je peux le trouver ?

— S'il a flairé quelque chose, on va avoir du mal, mais s'il veut prendre la fuite, il en aura aussi.

— Je sais, il a dû se planquer dans une ferme... Ils sont tous cousins, ici, ils se couvrent tous, pareil qu'en Sicile, souligna l'adjudant-chef.

— D'après moi, ce soir, il a une affaire urgente à régler, insinua Soneri.

— Quelle affaire ?

— L'histoire de l'héritage avant de finir en taule. Il a sûrement fait des calculs à l'idée d'être millionnaire, imagina le commissaire.

— J'attends Malacrì pour partir, acheva Nunziata.

Soneri se remit en chemin dans l'air glacé en s'enfonçant dans la poudreuse aussi légère que de la farine. Des stalactites de glace pendaient des lampadaires et des gouttières trouées, et au milieu de ce silence, on percevait la tension muette du piège prêt à se refermer.

La voix de Benghazi résonna parmi les maisons :

— Regarde par là, regarde par là, eul'prêt' il se rapproche, regarde par là, regarde par là, eul'prêt' oublie d'aller chez lui.

Soneri jeta machinalement un œil sur le presbytère, mais tout était éteint et l'on ne voyait pas âme qui vive. Seulement des routes bloquées par le verglas. Il se promena une demi-heure perdu dans ses pensées. Cette solitude commençait à lui plaire, il ne devait pas se laisser distraire. Il passa par la place et remarqua la seule vitrine illuminée, celle de l'auberge d'Egisto devant laquelle plusieurs voitures étaient garées. Puis, dans le noir, il vit Angela s'approcher.

— Je venais à ta rencontre, dit-elle. Pourquoi tu ne rentres pas ?

— Je sens qu'il va se passer quelque chose. J'attends que Nunziata me transmette l'ordonnance de détention provisoire pour Rasmi et consorts.

— Je t'ai amené ça, dit-elle en lui tendant un petit sachet.

Il y trouva du pain et des copeaux de *grana*.

— Je connais tes goûts, ajouta-t-elle l'air malicieux.

Le commissaire sourit et lui donna rendez-vous plus tard. Il continua sa promenade et reconnut l'empreinte de ses propres semelles qui avaient parcouru plusieurs allers-retours. Une vingtaine de mètres plus loin, il crut entendre une porte claquer et un portail grincer. Il dressa l'oreille, mais rien ne se passa. Peut-être percevait-il des choses inexistantes ? Il s'appuya contre un mur brodé de mousse : ses membres étaient si raides qu'il aurait pu dormir debout. Ce fut à ce moment-là qu'un coup de feu résonna. Cette fois, il n'avait pas rêvé : il s'agissait d'un tir comme ceux du polygone. Un tir en intérieur, et pas très loin d'ici : dans l'une de ces maisons qui grimpaient comme des chèvres en direction de l'église. Il prit en courant la montée qui conduisait chez don Pino. Enfin un peu d'adrénaline pour réchauffer son corps. Il arriva sous les fenêtres du curé, mais tout était éteint. Peut-être s'était-il à nouveau trompé : la neige amortissait les bruits et les disséminait un peu partout. Il resta aux aguets, puis, au moment de revenir sur la route, il entendit une plainte remonter jusqu'à lui, comme surgie de l'obscurité. Au même instant, la fenêtre à côté du logement du prêtre s'éclaira.

— Il est arrivé quelque chose, affirma un homme à l'accent étranger.

— Je le crois aussi, répondit Soneri, mais je ne comprends pas d'où ça vient.

— Dans le salon du presbytère ! cria l'autre en désignant un petit escalier qui descendait dans une espèce de cour.

Le commissaire s'élança dans cette direction tandis qu'on entendait un enfant qui pleurait dans la pièce d'où l'homme venait de lui parler. Il vit des empreintes dans la neige et comprit qu'il fallait les suivre. Une petite porte en fer, cachée par un sapin, laissait passer un rai de lumière. Il l'ouvrit et se retrouva dans une grande salle glaciale et très mal éclairée. Don Pino se trouvait à côté de Rasmi qui comprimait son bras ensanglanté et jurait à voix basse. Le prêtre semblait le confesser en même temps qu'il tentait de lui confectionner un garrot autour de la blessure qui s'égouttait. Dans un premier temps, Soneri ne vit qu'eux, ce n'est qu'après que Magnaschi sortit de la pénombre un pistolet en main.

— Ne vous approchez pas ! s'écria l'homme en relevant un peu son arme.

— Ne faites pas l'imbécile, lâchez ce pistolet ! ordonna Soneri.

L'autre s'obstina à les tenir en joue, mais le blessé, qui souffrait trop, et le curé, qui tentait de le soulager, n'y prêtaient aucune attention.

— Un dingue, marmotta peu après le contremaître. Enfermez-le, et jetez la clé.

Don Pino n'ouvrait pas la bouche et continuait de s'occuper de la blessure.

— Posez votre arme, répéta le commissaire comme s'il lui lançait un ultimatum. N'ajoutez pas d'ennuis supplémentaires à ceux que vous avez déjà.

Le corps de Magnaschi était pris de tremblements, il pouvait devenir dangereux. Une bête aux abois, le regard plus brillant de peur que de courage.

— Les carabiniers ne vont pas tarder, ne faites pas de conneries, l'encouragea Soneri.

L'homme finit par se résigner et baissa le regard, puis déposa son pistolet à côté de lui.

Soneri fit comme s'il n'avait rien vu et ne le ramassa pas tout de suite.

— Qu'est-ce qui vous a pris ?

— C'est un dingue, répéta Rasmi en geignant de douleur.

— Il voulait me frapper, j'ai voulu me défendre, gronda Magnaschi.

Dans le même temps, le commissaire s'était approché de lui pour ramasser son arme et l'envelopper dans un mouchoir : un vieux Smith & Wesson. Il ouvrit le barillet pour enlever les cartouches : une seule avait été tirée.

— Cette fois, vous ne vouliez pas prendre une raclée… insinua Soneri.

L'homme ne répliqua pas.

— Vous saviez que tout le monde allait finir en prison : Ablondi, Rasmi, d'autres complices. Malpeli étant mort… vous avez cru que vous pourriez garder l'argent. Après tous ces services rendus… Vous pensiez qu'ils vous laisseraient vous en tirer ?

— Qu'ils prennent ce qu'ils veulent, je n'en peux plus de ce fric ! explosa Magnaschi. Ils m'ont utilisé, comme ils l'ont toujours fait.

— Vous saviez qu'il n'était pas pour vous, reprit Soneri.

— Pour eux non plus, riposta l'homme.

— Ce n'était même pas l'argent de Garulli, dit le commissaire pour achever le tableau. Une histoire pourrie dès le départ.

— Ils ont inventé la rengaine de l'héritage pour justifier les transferts et le blanchiment d'argent. Ils savaient qu'ils avaient la brigade financière sur le dos à cause des sociétés bancales de Malpeli, c'était trop risqué de continuer des augmentations de capital. Ils ont de l'argent à recycler. Ils en avaient besoin pour leurs spéculations : la piste de ski, ses hôtels, ses restaurants. Ils ne savent faire que ça, conclut Magnaschi avec mépris.

Don Pino observait en silence, son visage trahissant une expression triomphante.

— Arrêtez de jouer les saints ! coupa court Soneri. Vous avez été leur complice pendant des années, et aujourd'hui vous vouliez gratter un dédommagement.

— Ils me menaçaient, s'obstina l'homme. Ils font ce qu'ils veulent, ici. J'en ai plein le cul d'être sous contrôle et d'arranger tout le monde. J'aurais dû m'en aller, mais comment j'aurais fait ? Avec cette baraque invendable dans le trou du cul du monde alors que toute la clique a des appartements en ville et des portefeuilles bien gonflés, balança-t-il en regardant Rasmi les yeux remplis de haine.

Après avoir tout déballé, Magnaschi s'arrêta de parler. Il manquait de souffle et tremblait ostensiblement. Rasmi et don Pino demeuraient muets. Le contremaître se tenait le bras gauche que le curé avait bandé tant bien que mal, il paraissait ne plus souffrir. Il avait le regard épuisé et vaguement exsangue qu'ont les convalescents. Enfin, tout doucement dans un filet de voix, il s'adressa à son ancien complice :

— T'es qu'une merde, t'as jamais été qu'une merde.

— Dire que je l'ai épargné, siffla Magnaschi. Tu vaux même pas une balle !

— Il ne m'a pas épargné, reprit Rasmi, cette fois en retrouvant sa voix. Il m'a raté parce qu'il tremblait. Il voulait me tuer, mais il n'en est même pas capable.

— Fermez-la ! intervint le commissaire. Et arrêtez de jouer les durs, vous aussi. Tant qu'il était vivant, vous avez accepté, Ablondi et vous, d'être ses sous-fifres, mais dès que Malpeli est mort, vous vous êtes dit que l'occasion était venue de faire le grand saut. Promus colonels d'une troupe sur le terrain. Vous avez commencé à vous mesurer avec les Marocains qui travaillaient sur l'autre versant, mais vous aussi, vous avez manqué de couilles, parce que vous ne voyez pas plus grand, jamais plus loin que ces montagnes où vous croyez régner en maîtres.

— Les Marocains voulaient s'agrandir, se justifia Rasmi. Ils ne respectaient pas le contrat, ils revendaient de la came pour leur compte avec tout un réseau de passeurs, dont ce Breviglieri. Il fallait bien qu'on se défende !

Pendant tout ce temps, don Pino n'avait pas prononcé un mot. Il avait écouté sans remuer d'un pouce, complètement impassible. Alors que Soneri tentait de déchiffrer son expression, son portable sonna.

La première chose qu'il entendit fut le bruit d'un moteur, puis la voix de Nunziata alourdie de fatigue :

— T'as une idée d'où est ce connard ? Je n'ai pas envie de passer le bled au tamis avec ce froid.

— Viens à l'église, le rassura le commissaire, on est au presbytère.

— Tu l'as chopé ?

— Non, il s'est pris une balle.

— Putain ! Il est mort ?

— Non, ne t'inquiète pas, tu pourras le présenter sur ses deux pieds devant les photographes, ironisa Soneri. Il a juste une blessure au bras.

— J'arrive, attends-moi.

— Je ne bouge pas. On a encore des trucs à se dire... Viens jusqu'au presbytère.

Ce dernier mot lui résonna en tête comme un écho. Il se demanda soudain pourquoi cette espèce de règlement de compte se passait justement ici. Trop excité quand il avait fallu savoir d'où venait le coup de feu, il ne s'était pas posé la question. Il braqua son regard sur le prêtre :

— Je crois que vous aussi, vous me devez des explications…

— Quelles explications ? Je rends des comptes à une autre justice que celle pour laquelle vous travaillez. Il m'arrive même de m'asseoir sur vos lois.

— Le problème ne date pas d'hier, le rembarra le commissaire. En tant que prêtre, vous avez le droit d'agir en fonction de vos croyances, mais en tant que citoyen, vous êtes tenu de respecter le code pénal, lui signifia-t-il. Expliquez-moi pourquoi ces hommes sont venus se battre en duel chez vous ? ajouta-t-il en balayant d'un geste cette grande pièce froide qui exhalait la moisissure.

— Mon rôle de prêtre m'impose de pacifier et de trouver des solutions, lui rappela don Pino.

— Les résultats ne sont pas très bons, me semble-t-il.

— Non, ils pourraient être meilleurs, reconnut l'autre. Je les ai convoqués pour trouver une solution : aurais-je dû les rouer de coups ?

Et il tourna la tête vers Magnaschi.

— Arrêtez votre comédie ! explosa ce dernier. Les curés ne sont pas censés dire la vérité ? C'est quoi vos putains de prédications ? Vous ne connaissez pas vos commandements ? trancha-t-il en haussant la voix.

Pour une fois, il avait réussi à être péremptoire. Il en était au stade où il n'avait plus rien à perdre et où il trouvait ridicule de continuer de mentir.

— Lui aussi m'a menacé, reprit-il en désignant don Pino. Il avait compris le genre de château de cartes que les autres avaient mis en place, poursuivit-il en indiquant cette fois Rasmi. Je n'ai aucun lien de parenté avec ce Garulli, moi ! Même pas éloigné ! C'est eux qui ont tout inventé en falsifiant les papiers de la mairie. Puisque tout avait brûlé ! Ensuite, ils ont relevé leur plat avec les documents de la paroisse de Corniglio qui faisaient état de mariages entre des membres de ma famille et certains Garulli d'ici. Sauf que c'était une autre branche, et qu'ils ont profité de l'homonymie et de la transcription approximative du prêtre. Tout paraissait plausible, les avocats n'ont rien pu faire. Alors que lui, conclut-il en fixant don Pino, avec son document, il pouvait tout bloquer.

Le commissaire fixa lui aussi le prêtre comme n'importe quel témoin, sans s'arrêter à sa fonction.

— C'est vrai ?

Le prêtre soutint le regard du commissaire. Il y avait dans ses yeux une limpidité qui semblait reposer sur des convictions au-delà de ce monde. Il finit par hocher la tête.

— Avec ce document, vous les teniez tous en échec, reprit Magnaschi. Il vous suffisait de le sortir, et deux millions et demi partaient en fumée. Vous l'aviez dans vos archives.

— Pourquoi don Pino vous a menacé ?

— Il voulait que je garde tout, que je ne donne pas un kopeck à ces gens, comme ça, l'affaire de la piste de ski sautait, avec tout le reste. Facile de jouer les courageux avec la peau des autres.

Don Pino le scruta avec mépris.

— Vous me dégoûtez ! siffla-t-il. Cet homme, reprit-il en alludant à Magnaschi comme s'il n'était pas là, a toujours joué le jeu du temps de Malpeli. Un véritable laquais. Ensuite, quand il a vu que le pouvoir s'effritait, il a commencé à se dire qu'il pourrait faire grimper les prix. Et quand les hommes de main de Malpeli se sont retrouvés dans une situation désespérée, il a rassemblé son courage.

— Pourquoi ne pas avoir sorti ces papiers avant ? Vous auriez bloqué les faussaires tout de suite. Vous vouliez un autre mort ? reprit Soneri.

— Nous avions fait un pacte : Malpeli se gardait son fric, mais en contrepartie il renonçait à raser la forêt et à chasser les communautés qui vivent en altitude pour faire de la spéculation. Il possédait le village entier, ça devait lui suffire. Qu'il se prenne la montagne en plus, c'était trop.

— Et ensuite, qu'est-ce qui s'est passé ?

— Malpeli mort, le pacte est mort. Ceux-là étaient prêts à retenter le coup.

— Et vous ?

— J'avais toujours mon atout, expliqua calmement le prêtre. Malheureusement, quand des grosses sommes d'argent n'ont plus de propriétaire, tout le monde veut les récupérer, ajouta-t-il plein de sous-entendus à l'égard des deux autres.

Soneri opina du chef pour montrer qu'il avait compris. Au bout du compte, toutes les histoires auxquelles il faisait face finissaient de la même manière : la lutte immémoriale pour le plus gros morceau. Un sourire amer se dessina sur son visage.

— Ils atteignaient leur but, et moi ? rebondit à nouveau Magnaschi. Moi, je me faisais encore avoir ? En joignant les deux bouts avec ma retraite de misère ? Le curé se gardait ses arbres et ses fous, et lui, dit-il en indiquant Rasmi, avec les autres, il se serait pris tout le fric ? Et moi ? Qui c'est qu'a décidé que je resterais toujours à sec ? Un petit merci pour le dérangement, d'avoir mis les mains dans cette comédie, comme Malpeli l'avait promis ? Non ! Même pas ! C'est des charognes, conclut-il en mettant don Pino dans le même sac.

Épuisé, il se passa le dos de la main sur la bouche pour se débarrasser de l'écume de salive qu'il avait sur les lèvres, puis il cracha et il toussa. On aurait dit que sa colère lui bouillait dans les bronches. Le presbytère se chargea d'un silence embarrassé jusqu'à ce que l'on entende arriver dans la cour le fourgon des carabiniers et l'ordre de Nunziata à son collègue.

— Maintenant, c'est à toi, dit Soneri après que le militaire fut entré dans la salle.

Il lui confia le pistolet qu'il avait enveloppé dans son mouchoir et ajouta :

— Demande à Zammarano ce qu'il veut faire de lui, suggéra-t-il en montrant Magnaschi. Malgré sa tentative d'homicide, il pourra l'assigner à résidence. Il n'a pas réussi à s'en aller quand il était plus jeune, ce n'est pas maintenant qu'il va le faire.

CHAPITRE 22

Egisto l'avait sûrement attendu, car dès que Soneri entra, il se hâta d'aller fermer son rideau de fer.

— Vous voulez un petit verre? Avec ce froid... proposa-t-il.

Comme il semblait avoir envie de s'attarder un peu, Soneri accepta. Ils s'installèrent à une table et remplirent leurs deux verres d'une grappa qui brûlait la gorge.

— Vous avez conclu quelque chose ? demanda Egisto distraitement.

— Quelque chose, oui... confirma le commissaire. Vous allez avoir un client de moins pendant un petit moment.

— Rasmi, c'est ça ?

— Oui. Rasmi.

— Il était trop monté sur ses ergots. Quand un patron vient à manquer, ceux qui sont en dessous font les paons, mais ils ne sont pas capables et ils foutent le bordel, décréta Egisto.

— Il était trop monté sur ses ergots, oui, confirma Soneri.

— Et puis, le curé s'en est mêlé... reprit l'hôte. Çui-là, c'est pire qu'un communiste. Faut voir tous les problèmes qu'il a eus avec la curie, ils ont fini par le muter et c'est nous qui l'avons dans le fion. Si Malpeli était encore en vie, il l'aurait déjà dégagé, acheva-t-il d'un geste éloquent.

— Il avait du pouvoir sur la curie ?

— Avec les politiques, il était dans son élément. Et tout le monde sait que l'Église et les politiques…

— J'ai appris qu'il était prêt à le faire tomber, dit le commissaire.

— De la même manière que le cimetière. Ce n'était pas difficile avec les moyens qu'il avait ; et don Pino cassait les couilles à son évêque, rappela Egisto.

— Et finalement, c'est Malpeli qui est tombé, constata le commissaire.

— Oui, admit l'hôte. Je ne me l'explique pas. Maintenant, dans la vallée, les patrons, c'est les Marocains… Et Breviglieri, en leur prêtant la main. Vous n'avez pas trouvé des cheveux de Malpeli dans sa camionnette ? J'ai lu ça dans le journal.

— Vous croyez que Breviglieri a pu descendre un type comme Malpeli ? Vous l'imaginez ?

L'hôte secoua la tête.

— C'est les Marocains. Lui, il a juste débarrassé la table.

Dehors, dans la nuit, on entendit résonner l'écho de la voix de Benghazi :

— La fourrure de la Maria, eul' prêt' arrive et la bénit…

— Il a l'air d'en vouloir au curé, fit remarquer Soneri.

— Il écoute parler les gens et il répète en faisant des rimes, expliqua l'hôte. C'est qu'on en dit, sur don Pino… À ce qui paraît, on lui a barboté un crucifix qui était là depuis des lustres, bien avant mes aïeux.

— Quel genre de crucifix ? s'enquit le commissaire.

— Quel genre de crucifix ? répéta l'hôte avec surprise.

— Je veux dire, vous sauriez me le décrire ?

— Je ne m'en souviens plus. Je ne fréquente plus tellement l'église, précisa-t-il. Je sais qu'il était sur le mur, à l'entrée, sur la droite, à côté du bénitier. On dit que c'est saint Hilaire qui l'a ramené ici quand il est revenu de Rome. Parce qu'au village, on était tellement pauvres qu'on n'avait même pas de Christ sur la croix. Après, est-ce que c'est vrai… Sans doute les éternels bobards que racontent les curés.

— Et il a disparu comment ?

— Comment voulez-vous qu'on le sache ? Ce curé fait entrer n'importe qui dans son église. C'est normal qu'on lui vole des choses. Il y a quelques mois, il nous a même ramené un jeune qui jouait de la guitare pendant la messe. Et puis ils se sont rendu compte qu'il leur piquait l'argent de la quête, alors, pour se venger, plus personne ne chantait. Il a décidé de le virer quand il l'a pris la main dans le sac à voler dans la sacristie.

Soneri avala sa dernière goutte de grappa. L'eau-de-vie l'avait réchauffé, mais il sentait sur ses épaules toute la fatigue de la journée. Aussi, quand Egisto frappa ses paumes contre ses cuisses et annonça qu'il était temps d'aller se coucher, le commissaire ne se fit pas prier et monta dans sa chambre.

Angela s'était endormie en laissant la lampe allumée sur la table de nuit. La chambre était enfin tiède. Comme si elle avait profité de la chaleur de cette présence discrète, de cette manière toute féminine d'avoir disposé ses affaires, au point que tout semblait en harmonie, au bon endroit. Lui se sentit presque un intrus avec ses chaussures trempées, ses vêtements lourds et froids, son haleine imprégnée de grappa. Il se déshabilla sans faire de bruit et s'allongea à côté d'elle en prenant soin de ne pas la réveiller.

Le lendemain matin, Soneri fut le premier à ouvrir les yeux. Le jour venait de se lever. Il s'assit sur le lit et contempla Angela qui n'avait pas changé de position depuis la veille. Il lui semblait qu'un temps très bref s'était écoulé et que la nuit avait duré le temps d'une sieste. Il était encore fatigué, en proie à une agitation qu'il ne maîtrisait pas.

Plus il pensait à son enquête, plus son humeur devenait rogne. Comme s'il avait trop tardé pour passer à l'attaque, à la manière de deux boxeurs qui se tournent autour sans se frapper.

— À quoi tu penses ? le surprit Angela qui s'était réveillée.

— À la conclusion de mon enquête, murmura le commissaire.

— Vous avez arrêté pas mal de monde…

— Mais on ne sait toujours pas qui a tué Malpeli, se plaignit Soneri. Je suis venu ici pour ça.

Ils furent interrompus par la sonnerie du téléphone.

— Commissaire, je vous réveille ? s'enquit Zammarano avant de poursuivre sans même attendre sa réponse : Je vous appelle, car ce matin je vais interroger Breviglieri, et si vous n'avez rien de nouveau, je pense qu'il sera le seul suspect.

Soneri écoutait en silence, encore plongé dans ses pensées, au point que la voix du magistrat sonnait comme une pénible interférence.

— J'ai regardé le dossier, dit encore Zammarano, et tout a l'air de concorder : les cheveux du mort dans son camion, ledit camion sur la grève du torrent, et la grève sur laquelle on retrouve Malpeli…

— Je me suis dit la même chose que vous, parvint enfin à placer Soneri, mais je ne suis pas convaincu. Breviglieri soutient qu'on a volé son véhicule.

Il entendit le magistrat soupirer :

— Mais il n'a pas déposé plainte. Quelle autre solution avons-nous ? Le mobile paraît clair depuis que nous savons que Breviglieri est impliqué dans le trafic de drogue. Et les coups de fusil sur la camionnette ? N'est-ce pas le signe d'une guerre entre bandes rivales ? De toute façon, conclut Zammarano, j'avais déjà prévu cet interrogatoire, j'espère au moins que nous serons en mesure de clarifier certains éléments. Après plusieurs jours de cellule, ils parlent plus volontiers.

— Ils veulent coincer Breviglieri, résuma le commissaire devant le regard interrogateur d'Angela après qu'il eut salué Zammarano.

— Si j'étais son défenseur, je commencerais à me sentir au pied du mur.

— Eh oui… Et à la fin de l'interrogatoire, il va être mis en examen pour homicide. Zammarano veut aller vite, il suffira d'un rien pour qu'il renvoie Breviglieri devant la cour d'assises, estima Soneri.

— La balle est dans ton camp. Tu es le seul qui puisse changer les choses, conclut Angela.

Le commissaire se tut pour réfléchir. Il se sentait en charge d'une énorme responsabilité. Il en avait assez de Monteripa, de ce silence hostile, des mesquineries, des habitants qui tournaient le dos à la beauté, tous desséchés par une rancœur glaciale. Il étouffait.

— Je t'ai déjà dit ce que j'en pense, lui rappela Angela au vu de son agitation. Le maillon faible, c'est le couple

Breviglieri, Elena a des choses à dire. Je la sens tourmentée, je sens chez elle un truc irrésolu.

— Elle a la trouille. Elle a sans doute envie de parler, mais elle a peur qu'on le lui fasse payer.

— Mais ils sont tous en taule ! Et maintenant que son mari se voit incriminé, elle n'a plus rien à perdre… Tu sais ce qu'elle a ? Elle balance entre conscience et amour, et les deux la poussent dans la même direction. Si elle veut sauver son Giancarlo, elle est obligée de dire la vérité. Ne néglige pas l'intuition féminine, c'est un excellent instrument d'investigation, termina Angela sur un ton d'avocate.

Peu après, le commissaire descendit, prit son petit déjeuner au comptoir et sortit dans le soleil clair du matin. L'air était vif et le paysage avait la dureté et la grâce du gel. Il partit vers le presbytère et rencontra Afro. Lui aussi avait l'air inquiet, sans doute à cause du temps qui le tenait loin de ses arbres.

— Les hêtres me manquent, mais le joueur a décidé que je devais faire une pause, et comme c'est lui qui décide… expliqua-t-il avec sérénité.

— Tout est à l'arrêt, dit Soneri pour achever la phrase.

— J'ai entraperçu Elena. Elle erre comme une âme en peine.

— Ce matin ?

Afro acquiesça.

— Elle est allée deux fois à l'église.

Le commissaire le salua d'un geste et se remit en marche. Dans la cour du presbytère, un groupe d'enfants jouait avec la neige en criant des phrases incompréhensibles. Don Pino les regardait par sa fenêtre en respirant leur bonheur.

Soneri entra dans la salle paroissiale glaciale et garda son manteau. Le prêtre avait les mains livides et durcies par le froid.

— Je n'allume pas avant midi, se justifia-t-il.

— Vous avez besoin de vous punir ? Vous avez commis des péchés ? le provoqua le commissaire.

Don Pino fit une grimace.

— Nous en commettons tous, y compris quand nous nous taisons et que nous restons chez nous. Notre inertie est un péché.

— Se taire, surtout, souligna Soneri.

Le prêtre lui jeta un regard défiant.

— Après tout ce qui s'est passé, reprit-il peu après, le silence est criminel. À commencer par le mien et par celui de l'Église. Si le monde se déchristianise, c'est aussi à cause de la morale hypocrite d'une Église muette qui ne condamne pas. Je crois vous l'avoir déjà dit : aujourd'hui, un vrai chrétien devrait faire la révolution. Au lieu de ça, les évêques font des discours inoffensifs, ils reçoivent les corrompus et les voyous qui nous gouvernent, et ils se font acheter avec quatre promesses. Voilà pourquoi le silence est un péché redoutable. Vous savez ce que disait saint Hilaire ? poursuivit don Pino, encore une fois tendu et agité, tandis que Soneri, en entendant le nom du saint, pensa à ses biscuits et à cette matinée du début de l'affaire. Au sujet de l'empereur Constance, réattaqua le prêtre, Hilaire disait que nous n'étions plus soumis à un empereur anti-chrétien persécuteur, mais qu'il faudrait dorénavant lutter contre un persécuteur plus insidieux : l'ennemi qui nous flatte. Cet ennemi ne donne plus de coups de fouet, il nous caresse la panse. Il ne confisque plus nos biens en nous donnant la vie, mais, au contraire, nous enrichit pour nous donner la mort. Il ne nous incite plus à vouloir être libres en nous emprisonnant, mais nous réduit à l'esclavage en nous faisant les honneurs des palais du pouvoir. Il ne touche plus au corps, mais il prend possession du cœur. Il ne nous tranche plus la tête de son épée, mais tue nos âmes avec l'argent. N'est-ce pas encore d'actualité ?

Don Pino avait récité cet extrait dans un crescendo dramatique, le regard brûlant, son front marqué d'une veine gonflée. Soneri attendit qu'il se calme et lui demanda sans détour :

— Où a fini le crucifix de saint Hilaire ?

L'autre fut surpris par cette question, car il eut un léger tressaut.

— Je fais confiance à mon prochain, mais il arrive... Quoi qu'il en soit, s'ils choisissent un crucifix, cela veut dire qu'ils le considèrent comme un bien. Ici, beaucoup lui cracheraient dessus, dit-il évasivement.

— Vous auriez une idée de l'endroit où il aurait pu finir ?

— Non, aucune.

— Il était précieux, fit noter Soneri. Ce n'est pas un objet qu'on peut refourguer facilement.

— Précieux en tant que relique, pas en tant qu'objet d'art.

— Il doit bien y avoir un marché, non ?

— Ne blasphémez pas ! tonna le prêtre. Ce mot est une insulte à Dieu ! Pire, l'ennemi du Christ !

— Il faut pourtant s'y habituer, trancha froidement le commissaire. Je voulais dire qu'il était rare que la dévotion soit le mobile d'un vol. Si on vous l'a volé, c'est sûrement pour le revendre, ajouta-t-il.

— Je n'ai pratiquement accueilli que des musulmans, rétorqua don Pino. Ils ne voleraient jamais un crucifix.

— Vous n'avez jamais accueilli de chrétiens ? s'énerva Soneri. Ce garçon qui vous a barboté l'argent de l'église…

— Les nouvelles vont vite… Ils ne perdent pas de temps dès qu'il s'agit de répandre des calomnies, persifla le prêtre. Oui, c'est vrai, reconnut-il ensuite, j'ai parfois trop tendance à faire confiance à mon prochain. Je crois que c'est un risque que tout vrai chrétien doit courir. Et puis, qu'est-ce que le vol des quelques sous de la quête en comparaison des gens honnêtes qui se font avoir, des banques qui s'enrichissent sur leur dos, ou des industriels qui fraudent le fisc et des commerçants qui augmentent les prix ? Personne ne dit jamais rien de tout ça, mais dès qu'un jeune se met en poche un peu de monnaie pour manger, alors là…

— C'est lui qui a volé le crucifix ? le pressa Soneri.

— Je ne peux pas l'exclure, marmonna-t-il.

— Et vous savez où il est, aujourd'hui ?

— Comment voulez-vous que je le sache ? Sûrement loin de ce village où tout le monde l'a maudit.

On en revenait au point de départ, toujours le même refrain. Toutes les questions du commissaire se heurtaient à l'hostilité fuyante de don Pino.

Malgré tout, il insista :

— C'était un crucifix en bois ?

— Oui, comme la croix que porte le Christ, répondit le curé en agitant ses mains aussi noueuses qu'un olivier.

En entendant les enfants qui jouaient en bas, Soneri éprouva brusquement le désir de les rejoindre. Dans l'un de ses élans, il bondit sur ses pieds. À peine eut-il saisi la poignée de la porte que don Pino s'écria :

— Vous devez me croire, je vous assure que je ne sais pas où est ce jeune !

Le commissaire lui tournait le dos, mais dans la voix du prêtre, il devina une nuance de terreur presque réparatrice. Alors il s'arrêta sur la coursive illuminée par le soleil qui entrait par la baie vitrée et se tourna vers lui.

— J'imagine que vous n'avez pas porté plainte…

Don Pino écarta les bras.

— Où qu'il soit, il sera bénéfique à ceux qui le possèdent, dit-il avant d'ajouter, d'une voix mystérieuse : Jésus-Christ est la vérité.

— Vous faites du catéchisme ou vous faites référence à la vérité que cherche la police ?

— Il n'y a qu'une vérité, affirma le prêtre de façon ambiguë.

Soneri fut tenté de l'envoyer se faire foutre, mais il s'en empêcha. Un appel de Juvara le détourna de son irritation.

— *Dottore*, les deux montagnards se sont dégelés.

— Ablondi et Rasmi ? Ils se sont mis à table ?

— Ils ont tout reconnu, reprit l'inspecteur.

— Tout quoi ? l'encouragea le commissaire, plein d'espoir.

— Le trafic et les dissensions avec les Marocains, répondit l'autre.

— Ah, soupira Soneri avec déception – il s'attendait à davantage.

— C'est un beau résultat, non ? continua l'inspecteur. Ils étaient coincés, ils ont été obligés de passer aux aveux. Zammarano s'est bien débrouillé, il les a accusés d'être mêlés à l'assassinat de Malpeli.

— Ah ! répéta le commissaire. Et eux ?

— Ils ont nié. Ablondi, en vrai chef, s'est pris la responsabilité du trafic de cocaïne. Il a précisé que le pacte avec les Marocains était de se répartir les bénéfices à parts égales, mais il s'est plaint qu'ils trahissaient souvent les accords en dealant pour leur compte par le biais de Breviglieri. Clairement, Ablondi et les autres ne l'ont pas digéré. Et ils lui en voulaient depuis longtemps. Cela dit, le trafic restait extrêmement rentable, et Malpeli, pour qui tout le monde bossait, avait en permanence besoin d'argent pour faire tenir sa flopée de sociétés toujours au bord de la faillite, sans compter son train de vie entre orgies et faveurs aux puissants.

— Plus ou moins ce qu'on savait, commenta Soneri avec scepticisme.

— *Dottore*, reprit Juvara, selon moi, Malpeli s'est fait descendre par rapport au trafic. Vous verrez qu'on va finir par découvrir le mobile. Et puis, ajouta-t-il, qui nous dit que ces deux montagnards ne nient pas pour éviter d'être accusés plus lourdement ?

— Peut-être, répondit le commissaire d'un air songeur. Tout ça ne nous aide pas beaucoup. Tiens-moi au jus pour l'interrogatoire de Breviglieri : Zammarano vient de me prévenir.

Il raccrocha et se dirigea vers la place. Il aurait pu choisir n'importe quelle direction parce qu'il ne savait plus par où recommencer. C'est Angela qui lui montra la voie. Il la croisa à l'improviste devant le kiosque à journaux de la départementale.

— Viens, lui proposa-t-elle. On va voir Elena.

CHAPITRE 23

Sa compagne avait eu raison : à ce moment-là, la Breviglieri représentait la seule chance pour le commissaire. Ils montèrent en voiture, et Angela prit le volant tandis que Soneri réfléchissait, pour une fois reconnaissant d'être à la place du passager.

Arrivés devant l'ancienne maison cantonnière, ils sonnèrent, mais personne ne se présenta. Les volets étaient ouverts, et l'on voyait quelques outils éparpillés dans le jardin. Le commissaire escalada le portail et s'approcha de la fenêtre de la cuisine. À l'intérieur, on ne trouvait pas âme qui vive, mais tout laissait penser à une absence de courte durée.

— On l'attend ici, ou bien on va à sa rencontre ? demanda Soneri.

— Il faudrait savoir où elle est…

— Je sais où elle est, affirma le commissaire.

— Chez le curé ? devina Angela.

— Et où, sinon ?

— Il vaut mieux qu'on ne te voie pas avec elle : elle aura encore plus peur de te parler.

Soneri réfléchit une seconde et s'en remit à Angela.

— C'est vrai, admit-il, mieux vaut l'attendre ici.

Elena ne tarda pas à apparaître sur la route. Elle marchait comme toujours en se dandinant à cause de ses grosses bottes en caoutchouc qui s'enfonçaient dans la neige, et elle portait toujours le même survêtement. Elle n'eut pas l'air surprise de les trouver ici, peut-être que don Pino l'avait prévenue.

— Tu n'as plus donné de nouvelles, attaqua la femme en s'adressant à Angela quand elle fut en face d'elle.

— Si vous avez décidé de jouer les bonnes du curé… riposta Soneri à la place de sa compagne.

Elena lui lança un regard agacé.

— Don Pino est le seul qui m'écoute. Je croyais que vous l'aviez compris.

Le commissaire opina du bonnet.

— Il vous a dit qu'on allait venir chez vous ?

— Pas exactement. L'avocat m'a téléphoné pour m'expliquer la situation de Giancarlo, je me suis doutée que vous alliez venir.

— Votre mari est dans le pétrin, l'informa Soneri d'un ton grave. Un gros pétrin.

— Vous savez parfaitement qu'il n'a tué personne, explosa Elena en braquant son regard dans celui d'Angela.

— Ce que nous pensons, nous, n'a aucune importance, reprit le commissaire, tous les faits parlent contre lui, et dans la situation actuelle, le renvoi aux assises est quasiment certain.

Elena sursauta, on lisait dans ses yeux une expression d'abattement, et elle commença à trembler en agitant ses mains sans réussir à se contrôler.

— Ils s'en prennent à lui parce que c'est plus facile, protesta-t-elle. Malpeli fréquentait des gens intouchables. Giancarlo leur sert de paratonnerre.

— Quelqu'un peut le tirer de là, balança Soneri.

— Qui ?

— Vous.

— Moi ? s'étonna Elena en pointant son index sur sa propre poitrine. Je vous ai déjà tout dit.

Le commissaire secoua la tête.

— Vous parlez tant que vous y êtes obligée, mais vous n'allez jamais au bout. Vous devez sans doute couvrir quelqu'un, mais à ce point…

— Qui je devrais couvrir ? Tout le monde me déteste, ici ! Vous croyez que j'aurais des scrupules ?

— Vous avez couvert votre mari en mentant sur l'histoire de la drogue.

— Je l'ai fait par amour. Vous vouliez que ce soit moi qui le trahisse ?

— Eh bien, disons que maintenant, par amour, il vaudrait mieux vider votre sac, répliqua sèchement Soneri. Vous préférez trahir votre mari en le condamnant à trente ans de prison ?

La femme se tordait les mains sans savoir comment réagir.

— Elena, intervint Angela avec autorité, tu peux encore le sauver…

L'autre sembla se calmer et réfléchir. Enfin, désespérée, elle laissa tomber ses bras le long de ses hanches et elle baissa la tête.

— Venez à la maison, on gèle, ici, murmura-t-elle en signe de capitulation.

Le portable du commissaire sonna à ce moment-là : Juvara.

— *Dottore*, ça n'a duré qu'un quart d'heure, annonça l'inspecteur.

— Motus et bouche cousue ?

— Non, Breviglieri a reconnu son implication dans le trafic de drogue, mais il nie l'assassinat de Malpeli. Il soutient qu'on lui a volé son camion et qu'on a transporté le cadavre pour le foutre dans la merde.

— S'il avait porté plainte… Personne ne le croira sur parole… Un dealer, qui plus est… marmonna Soneri.

— Cela dit, c'est plausible, jugea Juvara.

— Oui… murmura le commissaire. Et Zammarano, il a décidé quoi ?

— Il l'a inscrit sur le registre des mis en examen. À partir de là, vous comprenez…

— Oui, je comprends, abrégea Soneri en le saluant.

Les deux femmes étaient déjà entrées dans la maison et discutaient en se réchauffant autour du vieux poêle à bois. Elena prit une chaise et proposa au commissaire de s'y asseoir.

— J'espère qu'il n'y a rien de neuf, soupira-t-elle. À chaque fois, j'ai droit à une mauvaise nouvelle.

— Votre mari nie avoir tué Malpeli, rapporta sèchement Soneri.

— Il faut le croire, c'est la vérité.

— Facile à dire… reprit le commissaire d'un ton amer et ironique.

— Si tu tiens à ton mari, il faut que tu parles, répéta Angela. Se faire condamner pour trafic de drogue ou pour homicide volontaire, ça n'est pas la même chose. Tu veux qu'il croupisse en prison et qu'on te le rende quand il sera vieux ?

Elena écarquillait les yeux. On ne comprenait pas de quoi elle avait peur, tous ceux qui l'avaient menacée étant identifiés. Elle demeura ainsi un petit moment jusqu'à ce que Soneri s'impatiente :

— Qu'est-ce que vous allez faire plusieurs fois par jour chez don Pino ?

— Prier, répondit la femme. Vous savez combien je suis croyante. Je prie pour Giancarlo, je m'adresse à Jésus, qui est la vérité.

Le commissaire était sur le point de jurer, mais Angela l'en empêcha d'un regard éloquent.

— Et où faites-vous vos prières depuis qu'on a volé le crucifix de saint Hilaire ? se limita-t-il enfin à dire.

Le regard d'Elena devint préoccupé.

— Oui, on nous l'a volé, confirma-t-elle gravement. Le Christ en croix de notre saint. Depuis, je prie devant l'autel.

— Vous devez vous en souvenir, alors. Décrivez-le-moi.

— Bien sûr. Il n'était pas très grand, peut-être quarante centimètres de haut et trente centimètres de large, et son Christ était en ivoire. Son visage et son regard souffrant libéraient une telle force... Il y avait tout dans ce regard.

— En ivoire ?

— Oui. Et la croix, en bois sombre, comme si c'était du fer.

Soneri s'attarda sur cette information qui avait mis plusieurs secondes à se fixer dans son esprit.

— C'était un bel objet sacré, poursuivit Elena avec une expression indéchiffrable, un peu rêveuse. Je ne compte même plus les fois où je me suis agenouillée devant... Je suis sûre que Jésus avait ce visage... C'est lui qui sauvera Giancarlo, j'en suis certaine.

Le commissaire fixa Angela pour avoir une confirmation des pensées qui le traversaient : Elena semblait suivre un fil qu'aucun des deux n'était en mesure de saisir. Une sorte de délire fébrile.

— Oui, reprit-elle ensuite avec la même expression. Jésus intercédera en faveur de mon mari. Si vous ne le sortez pas de ses ennuis, c'est lui qui le fera.

— Je crains que le juge ne soit pas très pratiquant. À votre place, je choisirais de faire aussi confiance aux hommes, suggéra Soneri, agacé par les actes de foi excessifs de la jeune femme. Je vous invite encore une fois à me dire ce que vous savez.

— Pourquoi vous n'enquêtez pas sur le vol du crucifix de saint Hilaire ? riposta Elena.

— Quel est le rapport ? s'étonna le commissaire qui commençait à deviner un rien d'ambiguïté dans cette conversation.

— Il pourrait y en avoir un…

Angela fixa Soneri une seconde, l'invitant à être attentif.

— Vous savez qui l'a volé ? demanda-t-il alors.

— Non, répondit Elena avec un filet de voix, refroidissant ainsi l'espoir du commissaire.

Un silence gênant retomba dans la pièce jusqu'à ce qu'Angela se lève et dise :

— Je crois qu'il est temps d'y aller.

Soneri l'imita, ne sachant plus quoi décider après cet intervalle silencieux.

— Au point où nous en sommes, expliqua-t-il quand il se trouva sur le seuil, puisque vous ne vous en remettez qu'à Dieu, je pense que je ne sers plus à rien.

Elena ne réagit pas tout de suite. Elle suivit Angela et le commissaire qui traversaient la petite cour et les héla quand ils arrivèrent sur la route.

— Écoutez !

Le commissaire se retourna et croisa le regard de la femme.

— Si vous voulez savoir où a fini ce crucifix, demandez-le aux Faunes, là-haut. Je crois que Ribot en sait quelque chose.

Elle n'ajouta rien d'autre. Elle fit brusquement demi-tour et, toujours en se dandinant, regagna ses pénates.

Ils retournèrent à la voiture, mais cette fois, c'est Soneri qui prit le volant. Avant de démarrer, il poussa un soupir et secoua la tête.

— Ça s'est bien passé, commenta au contraire Angela.

— Tu interprètes les oracles ?

— Je connais la façon de raisonner de certaines femmes.

— La sienne est difficile.

— Tu n'as pas vu qu'elle t'a mis sur une voie ? lui reprocha Angela. Tu crois qu'elle t'a parlé du crucifix par hasard ? Cette femme a peur de quelqu'un, ou de quelque chose. De qui, je ne sais pas. Elle ne parle qu'en sous-entendus. Il faut que tu interprètes sa pensée exactement comme le font les connards de mâles : quand vous pensez qu'une femme dit oui quand elle dit non !

— Alors on a raison ?

— Va te faire foutre ! grogna Angela. Tu m'as prise pour une bimbo ?

— Ça ne serait pas pour me déplaire…

Elle lui montra son poing, mais, là encore, son geste fut d'une grâce irrésistible.

Le commissaire reprit une expression sérieuse et essaya de remettre les événements en ordre.

— Un crucifix a disparu dont on dit qu'il a appartenu à saint Hilaire, attaqua-t-il. Un fragment d'ivoire très ancien s'est retrouvé dans le crâne de Malpeli, or le Christ du crucifix était en ivoire… L'histoire qui commence avec saint Hilaire semble suivre son chemin, conclut-il.

— En bref, reprit Angela, tu penses que c'est l'arme du crime ?

— Ouais, ça se pourrait... songea Soneri à voix haute avant d'ajouter : Il faut que j'aille chez les Faunes, il faut que j'aille voir Ribot. Je vais demander à Afro de m'accompagner.

— Mange au moins quelque chose, l'exhorta Angela.

— Non, l'après-midi va être courte, je dois y aller maintenant.

Afro parut content d'avoir un prétexte pour retourner dans ses bois.

— Il nous faut des raquettes, le prévint-il. Vous savez marcher avec ?

— Je vais essayer.

— Il a beaucoup neigé, là-haut, l'informa le garde forestier en jetant un œil à sa montre. Il est bientôt midi : une heure pour y aller, une heure pour revenir... Il nous restera une bonne heure. Ça ira ?

— J'espère que oui, si on trouve Ribot tout de suite.

— On le trouve toujours, assura Afro.

Ils partirent pour ne pas geler. Ils chaussèrent leurs raquettes une fois à pic au-dessus des toits de Monteripa, sur un bout de pâturage en direction du Marmagna. Puis ils les retirèrent sous la hêtraie, à l'abri des feuillages qui avaient empêché la neige de s'y accumuler. Dans les vallons les plus profonds, certaines parcelles de prés n'avaient pas été recouvertes, et les chevreuils y descendaient pour y brouter une herbe maigrichonne. Ils rechaussèrent les raquettes quand la végétation se raréfia en ouvrant le décor d'une immense colline où un vent violent et oblique avait formé des tas de neige d'un mètre de hauteur.

— La partie la plus dure nous attend, annonça Afro en indiquant dans cet espace bref et trompeur de haute montagne une alternance de dépressions et d'écailles de roche presque nue.

Ils s'extirpaient de la poudreuse, on eût cru qu'elle voulait retenir ceux qui s'y enfonçaient. Enfin, cet épiderme scintillant s'interrompit d'un coup. Derrière une gigantesque saillie de grès semblable à une tête de rapace, plusieurs maisons d'alpage qu'on avait réhabilitées surgissaient de la neige, reliées par un étroit réseau de chemins en boyau.

— Vous avez baissé la garde, s'écria Afro en apercevant Ribot sur la placette verglacée au centre du hameau.

— Avec ce temps, aucun de ceux qui menacent la montagne ne monte jusqu'ici. Bien obligés de la respecter, répliqua l'homme.

— Vous avez de quoi vous occuper, poursuivit Afro en indiquant les hommes munis de pelles et de brouettes qui s'affairaient à déblayer la neige devant les maisons.

— Ce n'est qu'un début, l'hiver est long, sourit Ribot tout en les invitant d'un geste à entrer chez lui. On ne reçoit pas beaucoup de visiteurs, alors ceux qui viennent jusqu'ici, on les traite bien, plaisanta-t-il en passant le seuil.

Il faisait chaud dans la maison ; tout l'intérieur était en pierre : le sol, les murs, la cheminée, et même l'évier. Pierre et bois. Des souvenirs d'enfance revinrent à la mémoire de Soneri, quand il accompagnait son père rendre visite à des parents dans les hameaux ou les fermes isolées des Apennins. De fugaces réminiscences de vieilles et de vieux, de longues robes et de houppelandes lui firent songer à de lointains parents, morts depuis tant de temps qu'on ne les retrouverait jamais, pas même sur les plaques d'un cimetière de montagne.

Ce voyage dans le temps l'avait détourné de la conversation qu'entretenaient Afro et Ribot. Ce dernier le tira de ses songeries en lui tendant un verre de grappa.

— Avec ça, le retour sera plus facile, dit-il.

Il invita ses deux hôtes à trinquer et but son verre d'un trait. Les autres l'imitèrent, et dès qu'ils reposèrent leur verre sur la table, Ribot les regarda dans les yeux.

— Vous n'êtes pas venus jusqu'ici sans raison.

— Je cherche le crucifix de saint Hilaire, on l'a volé, lui révéla Soneri avant d'ajouter, après une courte pause : Au village, ils disent que vous en savez peut-être quelque chose.

Ribot prit un air grave.

— Volé ? Vous pensez que nous l'avons volé ?

— Non, pas forcément, le rassura le commissaire. Mais vous pourriez peut-être me renseigner.

L'homme se montra soudain nerveux.

— Vous avez vu où nous vivons ? Vous croyez qu'on est au courant de ce qui se passe dans la vallée ?

— Vous l'êtes plus que ce que vous laissez croire, insista Soneri.

— Vous faites fausse route, marmonna Ribot. Afro, dis-lui, toi, conclut-il en s'adressant au garde forestier.

Ce dernier paraissait tout autant embarrassé, surtout d'avoir accompagné chez ces gens peu liants quelqu'un qui pourrait les mettre en danger.

— Personnellement, je pense que vous n'êtes pas mêlés à cette affaire, tenta le commissaire pour le rassurer. C'est justement pour cette raison que ça ne vous coûterait rien... Je sais que vous savez, et je n'ai pas l'intention de lâcher.

Ribot soupira.

— Ça ne me plaît pas, cette discussion, se plaignit-il. Si on a choisi de vivre ici, c'est pour éviter les problèmes de votre société : les intérêts, les luttes, les vengeances... On ne vit pas pour ça.

— Mais vous en faites aussi partie, rétorqua le commissaire. Et les sommets de ces montagnes sont aussi de mon ressort.

— Ce qui veut dire ? menaça Ribot en se redressant.

— Que je pourrais demander au juge de perquisitionner vos maisons, le menaça à son tour Soneri. On enverrait un hélico, et pour vous, ce serait un désastre. La ville entière est sur le qui-vive à cause de l'homicide de Malpeli.

Le visage de Ribot s'empourpra et l'homme serra les poings. Le commissaire avait bluffé, mais il avait touché sa cible. Au bout de quelques secondes, Ribot se leva et dit dans un mouvement d'humeur :

— Suivez-moi.

L'air était vif, et ils furent éblouis par la lumière froide du soleil. Ils parcoururent un dédale de boyaux jusqu'à l'entrée d'un bûcher creusé à même le sol et dont l'enfouissement dans la neige accentuait l'effet de profondeur.

— Attendez-moi ici, les pria Ribot après avoir ouvert un verrou qui grinçait.

Dès qu'il eut disparu à l'intérieur, Soneri regarda Afro et lut la préoccupation sur son visage. L'homme remonta peu après avec un objet sous le bras enveloppé dans une toile de jute. Ils retournèrent dans la maison et, une fois autour de la table, Ribot retira l'objet de la toile et le posa devant le commissaire.

— Le voilà.

La première chose que Soneri remarqua fut le visage du Christ en ivoire. Sa physionomie dramatique exprimait une immense souffrance. Il observa la croix en bois, en caressa les bords. Les bras du Christ étaient presque aussi longs que l'axe horizontal, comme si l'axe avait été scié pour rendre la croix moins encombrante. Il imagina saint Hilaire qui avait apporté ce crucifix de Poitiers dans le même genre de toile où Ribot l'avait enveloppé : peut-être était-ce le saint lui-même qui l'avait scié ? Ce fut en s'attardant sur les extrémités de la croix qu'il découvrit une minuscule brisure sur l'une des mains du Christ. Il lui manquait un doigt, et l'on voyait une marque plus claire à l'endroit de la fracture fraîche.

Mais Soneri garda sa découverte pour lui et continua son observation. Enfin, il demanda :

— Pourquoi ce crucifix s'est retrouvé ici ? Don Pino a déclaré qu'on lui avait volé.

— Je ne sais pas pourquoi il vous a dit ça, répondit Ribot. C'est lui qui nous l'a apporté, il nous a dit qu'il avait peur qu'on le lui vole.

— Il pensait à des gens en particulier ?

— À la curie, surtout. Les évêques sont toujours prêts à dépouiller les églises des curés qui leur tapent sur le système. Ils trouvent toujours de bonnes excuses pour récupérer des tableaux ou des objets de culte d'une certaine valeur, et les curés gênants se retrouvent à poil. Quand il nous a apporté le crucifix, don Pino nous a expliqué qu'il n'avait pas trouvé d'endroit plus sûr, il nous a suppliés de le cacher et de ne le donner à personne. Ce sont les vrais chrétiens qui doivent en prendre soin, nous a-t-il dit.

— Quand vous l'a-t-il apporté ?

— Le jour de l'éboulement sur la route départementale.

Soneri réenveloppa le crucifix afin de l'emporter, mais au moment de partir, Ribot bloqua le commissaire en lui posant sa main calleuse sur l'avant-bras.

— Que les choses soient bien claires : si je vous l'ai donné, c'est uniquement parce que vous êtes de la police et que vous avez menacé notre communauté. Don Pino nous a toujours conseillé de défendre avant tout notre communauté, y compris si on devait sacrifier un pacte ou des individus. C'est pourquoi, conclut Ribot, je ne crois pas avoir manqué à ma parole.

Il retira sa main, se rassit sur sa chaise et tourna ostensiblement le dos au commissaire pour attiser le feu dans la cheminée. Afro ouvrit alors la porte, et Soneri lui emboîta le pas.

L'après-midi mourait déjà dans la lumière rasante de l'hiver. Ils firent la route dans l'autre sens, Afro devant et Soneri derrière, le crucifix sous le bras. Ils gardèrent le silence jusqu'à ce qu'ils enlèvent leurs raquettes après avoir aperçu le village enveloppé dans l'obscurité profonde du fond de la vallée.

— Je suis désolé, Afro, se justifia Soneri, mais être flic, c'est aussi se montrer désagréable.

— Je crois qu'ils vont me prendre en grippe de leur avoir amené un type comme toi, répliqua le garde forestier. J'espère qu'avec le temps ils me pardonneront cette offense. Après tout, on appartient à la même montagne.

CHAPITRE 24

Dans la soirée, le ciel s'était couvert, et quelques heures plus tard il s'était remis à neiger. Angela était partie se coucher tandis que Soneri s'attardait à une table de l'auberge d'Egisto. Vers minuit, l'hôte avait montré des signes d'impatience, et le commissaire s'était levé, sans savoir s'il devait rejoindre la chambre ou sortir dans le village désert où résonnaient parfois les éclats de voix de Benghazi. Mais Egisto l'avait invité à rester. Après avoir fermé la porte et laissé le rideau de fer ouvert, le commissaire n'aurait qu'à éteindre la lumière quand il irait dormir.

— Avec ce temps, personne ne passera avant demain matin, avait dit l'hôte en le saluant.

Soneri n'avait pas l'intention de dormir. Il attendait en regardant la neige tomber sous les lumières mortes de Monteripa. Une goutte de bonarda battait régulièrement le rythme de l'attente. Vers 1 heure du matin, son portable sonna enfin.

— T'es vraiment qu'un connard ! grogna Nanetti.

— Dis-moi si tu as du nouveau, s'informa Soneri avec indifférence.

— Tu vas devoir encore patienter. S'il n'y avait que moi, je te tiendrais sur le gril toute la nuit, renchérit son collègue.

— Tu as bouffé trop gras ? souffla le commissaire.

— Je n'ai pas bouffé du tout ! Et si j'attendais après toi, je mourrais de faim, parce qu'en plus de ne pas me payer le repas que tu me dois, tu as envoyé le crucifix au Ris.

— Je n'ai rien envoyé au Ris, rectifia Soneri. Je l'ai remis aux carabiniers pour qu'ils l'emmènent en ville. Plains-toi à Zammarano, moi, je n'y suis pour rien.

— OK, mais sache que je me suis battu comme un lion pour récupérer cette relique. Elle est à nous, l'enquête, ou à eux ?

— Le ministère public n'a pas beaucoup de sympathie pour toi, on dirait…

— Cette fois, Capuozzo m'a donné raison : il a enfin sorti ses couilles.

— Allez, raconte-moi un petit peu : le fragment vient du Christ, ou pas ? l'interrogea le commissaire.

— Probable, mais on a encore besoin d'un peu de temps.

— Probable comment ?

— Très. Je te rappelle dans une heure.

Peu après, ce fut au tour de Zammarano de donner de ses nouvelles :

— Alors ? L'enquête touche à sa fin ?

— Bah… je l'espère, répondit un Soneri laconique.

— Je joue mon honneur qu'il s'agit de l'arme du crime, reprit le magistrat. Bien sûr, une arme inhabituelle…

— D'habitude, elle sert à donner de l'espoir…

— Exact. Et qui pourrait avoir utilisé ce crucifix ?

— Soit quelqu'un qui n'y croit pas du tout, soit quelqu'un qui y croit beaucoup.

— C'est l'affaire la plus curieuse que je connaisse, admit Zammarano. En même temps, je ne suis pas dans la magistrature depuis longtemps… Pour vous, peut-être…

— Pour moi qui suis vieux, vous voulez dire ? Oui, pour moi aussi, en fait, commenta Soneri avec une certaine amertume.

— Ce n'est pas ce que je voulais dire… tenta de se rattraper le magistrat.

— Oh, vous pouvez, le rassura le commissaire. Il faut regarder les choses en face. Impitoyablement. Dans cette affaire aussi, je crois, au risque d'avoir des surprises.

— Si par « surprises » vous voulez dire qu'un type comme Breviglieri tue Malpeli à l'aide d'un crucifix, je vous donne raison.

— Ça, ce n'est pas surprenant, c'est improbable, objecta Soneri.

— C'est vrai, je trouve aussi que ça cloche. C'est une affaire vraiment curieuse, répéta Zammarano.

— C'est le moins qu'on puisse dire, confirma le commissaire avant de raccrocher.

Il but encore une goutte et regarda sa montre tout en s'impatientant. Dehors, la neige tombait avec abondance, et le bout de vallée cadré par la vitrine se couvrait d'une lumière opaque. Dans ce décor figé, seul et légèrement ivre, tout lui semblait magique et chargé de signification. Quelques instants plus tard, Nanetti le tira de sa torpeur songeuse.

— Si y a quelqu'un qui te sort toujours de la merde, c'est bien moi, attaqua son collègue. Dire que tu voulais que le Ris…

— Mais arrête !

— Je te confirme que le fragment d'ivoire vient bien du crucifix. J'espère que c'est une bonne nouvelle.

— D'un côté oui, de l'autre, pas tellement, bougonna Soneri.

— Tu n'as pas envie de conclure l'enquête et de revenir parmi nous ?

— Parfois, je n'aime pas la manière dont ça se termine. Comme dans certains bouquins, ou quand je regarde un film.

— Les flics aussi ont leurs préférences.

— Oui. Ils ne devraient pas, abrégea le commissaire.

Dès qu'il eut raccroché, il se leva et s'étira : il n'en pouvait plus de fatigue. La pendule de la salle indiquait 2 h 45, et son premier élan fut d'aller se coucher. Il fit au contraire un effort de volonté pour enfiler son manteau, puis il éteignit la lumière et sortit par la porte de derrière dont il avait la clé. Il se retrouva dans la neige jusqu'aux chevilles. Les flocons continuaient de tomber et une brise froide le réveillait en soufflant par petites bouffées. Il enfonça sa tête dans ses épaules et se mit en chemin. Le dernier acte l'attendait.

Il rejoignit la départementale balayée par un vent oblique qui remontait de la vallée et s'engagea dans la côte en direction du presbytère. La fenêtre de don Pino laissait passer de la lumière, et il s'arrêta juste en dessous. Les empreintes qu'il avait laissées le long de la rampe éclairée par deux lampadaires lui donnèrent l'impression d'un parcours irréversible. Il appuya sur la sonnette. Le prêtre déclencha l'ouverture sans même regarder de qui il s'agissait, et Soneri en déduisit qu'il s'attendait à sa visite.

Il monta l'escalier, retrouva la coursive encombrée et ses relents d'humidité. Quand il entra, il vit que don Pino avait revêtu sa soutane, comme un vieil homme qui prendrait soin de sa personne.

— Je me suis habillé en prêtre pour la dernière fois, je veux le rester jusqu'au bout, déclara-t-il en l'accueillant.

— Vous l'êtes, sans aucun doute. Peut-être trop.

— Trop ? Vous savez mieux que personne que je suis un pécheur. Pour votre loi, mais surtout pour la loi de Dieu.

— Dans votre cas, les deux coïncident.

— La seconde m'importe davantage, dans votre cas, c'est la première.

Soneri s'alluma un cigare.

— Il ne s'agit pas seulement d'une question de code pénal. Il y a autre chose. Pour vous, la loi descend de Dieu, pour moi...

— Appelez-la éthique si vous voulez, on dit encore comme ça, l'interrompit le prêtre. Si quelqu'un la possède... Moi, j'en ai été esclave, et si j'ai fait ce que j'ai fait...

— Je sais, l'interrompit à son tour Soneri, de trop y croire mène à la rébellion. Et quelquefois, la rébellion peut signifier...

Don Pino hocha gravement la tête et fit un geste équivalant à des aveux tacites.

— J'ai oublié le pardon, voilà tout mon péché. Le chrétien doit pardonner. C'est tellement difficile d'être chrétien ! Depuis des siècles, cette Église chaste et putain n'a-t-elle pas utilisé des armes, des bûchers, des décapitations ? Et pas par idéalité. Un pauvre prêtre n'a-t-il pas le droit de perdre la tête une seule minute ? Non, il n'en a pas le droit, poursuivit-il avant que Soneri ne puisse lui répondre, car s'il est un prêtre, il pardonne comme le Christ. Vous voyez que je ne le suis pas ? Je pourrais me foutre de vos petites lois hypocrites qui changent en fonction des intérêts en jeu, mais pas de la loi de Dieu. Et c'est au nom de celle-ci que vous devrez m'arrêter.

— Je ne peux pas le faire, j'obéis aux petites lois, moi, répliqua le commissaire. Et de toute façon, je ne partage pas votre geste. Bien sûr, je peux le comprendre, je n'exclus pas qu'à votre place… Je veux dire que Malpeli était un homme condamnable qui faisait du mal aux autres. Mais se débarrasser du mal, ce n'est pas forcément faire le bien. Tout dépend de la manière dont on s'y prend.

Don Pino, vêtu de sa soutane noire rapiécée ici et là, raidi par son faux col romain d'où surgissait un cou rugueux de tortue, conserva le silence. Il fixait Soneri de son regard perçant à travers ses verres épais, le front coupé en deux par sa veine gonflée.

— Je ne voulais pas… murmura-t-il enfin tandis qu'une larme s'échappait de sa lourde monture. Ça n'était pas mon intention, nous sommes tous des pantins manipulés par le destin… Tu voudrais raisonner, contrôler tes impulsions… Mais il y a toujours un moment où les passions subvertissent et bouleversent les cœurs les plus tranquilles. Quand tout est piétiné, quand l'injustice devient insupportable, quand d'autres cherchent à écraser leur prochain… Voilà, c'est là que la moralité qu'on a en soi se heurte à quelque chose d'insupportable. Et plus votre moralité est ancrée, plus vous perdez la tête.

— Je comprends, acquiesça Soneri. Pour vous, c'est avec Malpeli que le choc a eu lieu.

— Vous savez quel homme il était ?

— Je l'imagine.

— Non, vous ne pouvez pas l'imaginer, le contredit

don Pino. Il m'est rarement arrivé de rencontrer un homme avec un tel désert à l'intérieur.

— Racontez-moi comment ça s'est passé, se limita à dire le commissaire.

— J'ai perdu le contrôle.

— D'accord, mais avant ?

— Il a toujours voulu nous écraser.

— Qui d'autre, à part vous ?

— Tous ceux qui s'opposaient à ses trafics de drogue, à ses orgies, ses faveurs aux puissants. Les Breviglieri, les Faunes... Et il aurait réussi si je ne l'avais pas...

Soneri fit un geste pour l'arrêter.

— Comment vous opposiez-vous ? Vous l'avez menacé de révéler le trafic de drogue ?

— Je n'étais même pas au courant de ce trafic, reprit sombrement le prêtre. Je l'ai découvert quand Elena m'a dit que son mari vendait de la drogue pour les Marocains de Corchia...

— Alors pourquoi ? La station de ski ? Le parc n'avait pas enterré le projet ?

— Malpeli avait des relations, il avait obtenu le feu vert de la Région en promettant de faire travailler les entreprises liées aux partis de la majorité. Du reste, il n'était qu'un prête-nom : l'argent n'était même pas à lui.

— L'héritage ? insinua Soneri.

— L'investissement ne devait surtout pas éveiller les soupçons, alors ils se sont inventés cette histoire en mettant Magnaschi dans le coup. Mais quand Malpeli est mort, la guerre s'est déchaînée.

— On ne comprend toujours pas d'où venaient ces millions, déplora le commissaire.

— Je ne le sais pas non plus, mais je crois qu'il ne faut pas grand-chose pour le deviner, marmonna don Pino. Qui gagne de l'argent avec la drogue ? De toute façon, poursuivit-il, ils auraient supprimé toute une partie de la forêt, construit des routes, des maisons, des hôtels, et pour les Faunes, les seuls chrétiens de la vallée, c'était la fin. Je ne pouvais pas le permettre, je me suis mis en travers de sa route.

— Vous l'avez affronté ?

— Il est venu chez moi un soir de pluie, avoua le prêtre. Je savais qu'il avait falsifié les papiers de l'héritage pour le virer sur le compte de Magnaschi, qui a toujours fait partie de sa bande. Mais moi, j'avais dégotté dans les archives de la paroisse des documents qui démentaient les siens. J'aurais pu les donner à cet avocat anglais. Lui aussi est venu me voir, deux fois.

— Pourquoi vous ne l'avez pas fait ?

— J'avais fait un pacte avec Malpeli : qu'il se le garde, son argent sale, mais qu'il renonce à implanter la station, et tout le reste.

— Et lui ?

— Il a d'abord accepté, mais après, connaissant mes relations avec la curie, il a cherché à m'enterrer.

— C'est-à-dire ?

— Me faire muter dans le Sud pour se débarrasser de moi. Il travaillait avec les politiques et les prélats les plus proches de l'évêque. Et il me calomniait.

— Du genre ?

— Il m'accusait de louer les pièces du presbytère à des prix exorbitants, il cherchait même à recueillir des témoignages de villageois. Photographier les tracts des communistes que je mettais à côté des offrandes... Pour les envoyer directement à l'évêque.

— Vous diffusiez des tracts communistes à l'église ? s'étonna Soneri.

— Où est le problème s'ils disent des choses justes, des choses chrétiennes ? Les communistes en disent souvent. Certains d'entre eux sont les seules personnes que je connaisse à mettre en accord leurs actes et leurs discours.

— En résumé, Malpeli voulait vous faire muter pour avoir le champ libre...

— Il était sur le point de réussir, reconnut don Pino d'un air sérieux en braquant son regard intense dans le regard du commissaire.

— Et vous ?

— On s'est vus une deuxième fois, et c'est là que c'est arrivé, murmura le prêtre, les yeux dans le vide.

Soneri le laissa prendre une pause et ralluma son cigare. Puis il lui fit signe de poursuivre. Avant que l'autre ne reprenne, il le vit déglutir et avoir un léger sursaut.

— Il est venu directement à l'église, j'étais en train d'enlever les décorations de Noël. Il a fait un geste vulgaire et il m'a dit d'aller préparer mes valises, que j'allais bientôt dégager. Ensuite, il a voulu que je lui remette ces documents qui compromettaient l'héritage. « Soit tu me les donnes, soit ce sera ton remplaçant qui me les donnera ». Voilà ce qu'il m'a dit, en jouant les patrons. Je lui ai demandé s'il n'avait pas honte de ce qu'il faisait, des tyrannies qu'il commettait. Il m'a répondu que le monde appartenait aux gens comme lui, à ceux qui avaient des couilles, pas à des poules mouillées ou à des pourritures de prêtres rouges. Alors, j'ai décroché le crucifix du mur et je le lui ai montré : voilà celui qui a le plus de couilles, je lui ai hurlé à la figure, celui qui a eu le courage de mourir pour les autres ! Et Malpeli s'est mis à rire. D'un rire tellement hideux, et avec une telle grossièreté que j'en ai frissonné : « Il est mort pour les autres parce que c'était un gros couillon ». Voilà ce qu'il m'a dit, en riant encore plus fort. Et il a continué : « Qu'est-ce que tu veux me prouver ? Tu ne te rends pas compte que ce crucifix que t'as dans la main est le symbole de la poisse ? » J'ai senti une décharge en moi. Un choc insupportable. Même chez le pire des assassins, on peut trouver une miette de pitié à quoi se raccrocher pour espérer une rédemption. Avec Malpeli, non. Il est comme une race nouvelle, celle de l'homme déchristianisé si éloigné des idéaux qu'il n'en ressent aucun besoin. Ensuite, je ne me souviens pas très bien de ce qui s'est passé. J'ai été pris d'une espèce de furie, comme d'une réaction animale, instinctive. Je me souviens qu'il a repoussé le crucifix et qu'il s'est écrié avec mépris de dégager ce cadavre de sa vue. « Dégage ce cadavre de ma vue », il a hurlé, avant de se retourner pour s'en aller. Mon sang n'a fait qu'un tour. Je l'ai frappé avec le crucifix comme avec un marteau. Il est tombé au sol, j'ai tout de suite su qu'il était mort. Le Christ que j'empoignais encore me regardait, avec son expression de souffrance, de peine et de pitié, alors je me suis agenouillé et je me suis mis à pleurer. Elena m'a trouvé une demi-heure plus tard, évanoui au milieu de la nef sous les cierges de saint Joseph. Elle a appelé son mari, et ils m'ont emmené dans la sacristie. Je n'y comprenais pas grand-chose, j'étais confus, ils m'ont tout expliqué quand je suis revenu à moi. Le lendemain, l'église est restée fermée : j'avais fait dire aux villageois que j'étais malade. Les Breviglieri ont chargé Malpeli dans leur camion et ils l'ont jeté dans le torrent en crue au col de Pastorello. Une fois là-haut, le moteur les a lâchés, alors ils ont laissé le camion sur place en se disant qu'ils le récupéreraient le lendemain pour réparer la panne. Mais cette nuit-là, quelqu'un s'est amusé à tirer dessus, et les impacts ont attiré votre attention. Sans ces coups de feu, personne ne s'en serait inquiété.

— Ce ne sont donc ni Rasmi ni Ablondi qui ont tiré sur le camion, observa Soneri. En effet, sans ces impacts de balles… Il faut aussi de la chance, parfois.

— Moi, je l'appelle la Providence.

— On utilise souvent des termes différents pour définir la même chose, vous et moi, murmura le commissaire. Faire disparaître le crucifix, par exemple. Pour un juge, c'est une dissimulation de preuves.

— Je me fous des juges ! se dressa don Pino. S'il n'y avait eu que moi, je me serais précipité chez les carabiniers pour tout avouer, mais ces jeunes gens se sont compromis pour m'aider. Ils avaient emporté le cadavre, nettoyé la nef, et si le moteur de leur camion n'était pas tombé en panne, tout aurait roulé sans encombre. Malpeli, ce soir-là, était seul à Monteripa, et personne ne savait où il était. Sa compagne n'est arrivée qu'après.

— Comment vous avez tenu avec ce crime sur la conscience ?

— J'attendais que les eaux se calment pour en prendre toute la responsabilité. Je voulais trouver une manière de sauver ces gamins. Mais tout s'est précipité.

— Ils auraient pu au moins porter plainte pour le vol de leur camionnette…

— Ils préféraient la récupérer. C'était là-dedans qu'ils transportaient la drogue… Et puis, dès le lendemain, vous étiez déjà sur leurs talons.

— Vous avez donc décidé de cacher le crucifix en simulant un vol, affirma Soneri.

— J'aurais pu le détruire, ou l'enterrer. Ç'aurait été dans mon intérêt, mais comment pouvais-je faire disparaître l'image du Christ ? Si j'avais utilisé autre chose pour frapper Malpeli… Je ne manquais pourtant pas d'objets, mais c'est de ce crucifix dont je me suis servi. Si je l'avais détruit, je m'en serais sans doute sorti, mais j'aurais rejoint les rangs de Malpeli. C'était la dernière chose que je voulais. C'est là que j'ai compris qu'on ne s'en sortait pas avec le Père éternel : la Providence m'avait armé avec ce crucifix pour m'empêcher de détruire la preuve de ma culpabilité.

FIN

La traductrice :

Florence Rigollet est traductrice depuis six ans. Outre les enquêtes du commissaire Soneri, elle a traduit entre autres les mémoires d'Ugo Tognazzi, ceux d'Ennio Morricone et de nombreux articles.

Bibliographie sélective :

Ugo Tognazzi, *La Grande Bouffe d'Ugo Tognazzi*, Séguier, 2016

Valerio Varesi, *La Pension de la via Saffi*, Agullo Éditions, 2017 ; *Les Mains vides*, Agullo Éditions, 2019 ; *Or, encens et poussière*, Agullo Éditions, 2020 ; *La Maison du commandant*, Agullo Éditions, 2021

Goffredo Fofi, « Un héros marginal », postface à sa traduction italienne de *Codine*, de Panaït Istrati (*Il Bruto*, e/o Edizioni), parue dans la revue *Le Haïdouc*, n° 14/15, 2017/2018

Ennio Morricone, *Ma musique, ma vie – Entretiens avec Alessandro De Rosa*, Séguier, 2018

Asia Argento, *Anatomie d'un cœur sauvage*, Hors Collection, 2021

Déjà parus chez Agullo Noir

Miguel Szymanski
Château de cartes

Jurica Pavičić
L'Eau rouge

Arpád Soltész
Le Bal des porcs
Il était une fois dans l'Est

Valerio Varesi
La Maison du commandant
Or, Encens et Poussière
Les Mains vides
Les Ombres de Montelupo
La Pension de la via Saffi
Le Fleuve des brumes

Frédéric Paulin
La Nuit tombée sur nos âmes
La Fabrique de la terreur
Prémices de la chute
La Guerre est une ruse

Wojciech Chmielarz
Les Ombres
La Cité des rêves
La Colombienne
La Ferme aux poupées
Pyromane

Magdalena Parys
Le Magicien
188 mètres sous Berlin

Bogdan Teodorescu
Spada

Déjà parus chez Agullo Fiction

Laura Mancini
Rien pour elle

Magdaléna Platzová
Le Saut d'Aaron

Dragan Velikić
La Fenêtre russe
Le Cahier volé à Vinkovci

Osvalds Zebris
À l'ombre de la Butte-aux-Coqs

Astrid Monet
Soleil de cendres

Maria Galina
Autochtones
L'Organisation

Joe Meno
La Crête des damnés
Le Blues de La Harpie
Prodiges et Miracles

Viliam Klimacek
Bratislava 68, été brûlant

Bogdan Teodorescu
Le dictateur qui ne voulait pas mourir

Dmitri Lipskerov
Léonid doit mourir
L'Outil et les Papillons
Le Dernier Rêve de la raison

Jaroslav Melnik
Espace Lointain

Saad Z. Hossain
Djinn City
Bagdad, la grande évasion !

S.G. Browne
Héros secondaires
La destinée, la Mort et moi, comment j'ai conjuré le sort

Vladimir Lortchenkov
Le Dernier Amour du lieutenant Petrescu

Anna Starobinets
Refuge 3/9

Rui Zink
Le Terroriste joyeux
L'installation de la peur

Déjà parus chez Agullo Court

Yan Lespoux
Presqu'îles

Asja Bakić
Mars

Sigbjørn Skåden
Oiseau

Maja Thrane
Petit traité de taxidermie

Achevé d'imprimer en Avril 2022
sur les presses de l'Imprimerie
CPI Firmin Didot
au Mesnil-sur-l'Estrée (27650)
pour le compte de Agullo Éditions.

ISSN : 2551-5861
ISBN : 978-2-38246-019-1
Dépôt légal : mai 2022
Numéro d'impression : 169564